Edgar A. Poe

3

Fantasy

에드거 앨런 포 소설 전집 3
환상 편 _한스 팔의 환상 모험 외

1판 1쇄 펴냄 2015년 6월 20일
1판 2쇄 펴냄 2017년 9월 20일

지은이   에드거 앨런 포
옮긴이   바른번역
감수   김성곤
펴낸이   하진석
펴낸곳   코너스톤
주소   서울시 마포구 독막로3길 51
전화   02-518-3919
ISBN   979-11-85546-59-9 04840

에드거 앨런 포
소설 전집

3

E d g a r   A . P o e

환상 편
한스 팔의 환상 모험 외

에드거 앨런 포 지음
바른번역 옮김   김성곤 감수

코너스톤
Cornerstone

차례

한스 팔의 환상 모험

Edgar
A. Poe

한스 팔의 환상 모험

　최근 로테르담에 떠도는 이야기를 들어보면 이 도시는 철학적 논쟁으로 한껏 고조된 듯하다. 얼마 전 로테르담에서 일어난 사건은 신기하고 뜻밖인데다 누구도 상상하지 못한 일이라 틀림없이 조만간 전 유럽이 큰 혼란에 휩싸이고, 물리학의 모든 영역에서 대단한 논란이 일어날 것이며, 상식과 천문학이 대격돌하는 일이 있을 것이다.

　훌륭한 도시 로테르담 광장에 많은 사람이 한가로이 노닐 때 (정확히 며칠인지 기억나지 않지만) 그 사건이 일어났다. 제철답지 않게 유난히 무더워 숨쉬기도 힘든 날이었다. 파랗게 둥근 하늘에 하얗게 구름이 피어올라 잠깐씩 친절한 소나기를 내려준 덕분에 사람들의 기분이 불쾌하지만은 않았다. 정오가 되자 술렁거림이 일었다. 만 개의 입에서 술렁거림이 계속되다가 만 개의 얼굴이 하늘을 쳐다보더니 만 개의 입에서 한꺼번에 담뱃대가 떨어졌다. 그러더니 나이아가라 폭포 소리에나 견줄 만한 아우성이 로테르담 시를 뒤흔들었다.

　얼마 후 이 소동의 원인이 선명하게 모습을 드러냈다. 로테르담 시민은 뭉게뭉게 피어오르는 구름 뒤에서 넓게 트인 푸른 하늘로 서서히 나온 이 물체를, 튼튼해 보이지만 잡다한 것들이 누덕누덕 기워져 무엇인지 알 수 없고 감탄도 할 수 없는 물체를 그저 입만 벌린 채 서서 올려보았다. 저것은 도대체 무엇일까? 로테르담의 모든 여자와 남자의 이름으로 물어보건대 저것은 대체 무슨 징조란 말인가? 아무도 몰랐다. 짐작도 하지 못했다. 심지어 로테르담 시장 수페르부스 폰 운데르두크도 작은 실마리조차 내놓지 못했다. 로테르담 시민은 담뱃대를 바꿔 물고 위를 힐끗 보다가 연기를 한 번 내뿜고 멈칫하더니 불안한 듯 거닐다가 심각하게 중얼거리고 다시 왔다 갔다 하며 중얼거리더니 멈칫하다 결국에는 다시 담배를 뻐끔뻐끔 피웠다. 무엇인지 도무지 알 수 없으니 그 외에 무슨 일을 더 할 수 있을까.

그동안 이 신기한 물체는 먼지를 일으키며 점점 아래로 내려왔다. 몇 분이 지나자 모습을 분명히 알아볼 만큼 가까워졌다. 그렇지! 이건 틀림없는 기구였다. 로테르담에서 이렇게 기이한 기구는 한 번도 본 적 없었다. 누가 이렇게 더러운 신문지 조각으로 열기구를 만든단 말인가? 분명 네덜란드 사람은 아닐 것이다. 이 분야 최고 권위자로서 말하는데, 신문지로 열기구를 만들었다는 이야기는 누구에게도 들어보지 못했다. 그런데 바로 코앞에, 아니 코앞보다 약간 떨어진 곳에 신문지 열기구가 떠 있다.

마치 로테르담 시민의 상식이 틀렸다고 비웃는 것 같았다. 곤돌라는 더욱 괘씸했다. 커다란 모자를 뒤집어놓은 모양이었다. 자세히 보니 모자 꼭대기 부분, 즉 곤돌라 아래쪽에는 술이 풍성하게 달렸고 이보다 위쪽 모자 테두리에는 종처럼 생긴 작고 둥근 기계가 매달려 딸랑거리는 소리를 냈다. 웃기게도 이 별난 기계는 파란 리본으로 곤돌라에 묶여 있었다. 테두리가 넓은, 칙칙하기 이를 데 없는 비버의 모자 같기도 하고 검은 끈과 은색 버클로 조악하게 만든 왕관 같기도 한 곤돌라에 그렇게 매달린 꼴이라니. 그래도 모양새는 제법 그럴듯해서 로테르담 시민은 예전에 비슷한 모자를 본 적이 있다고 수군댔다. 정말이지 광장에 모인 사람 모두에게 낯이 익었다. 그레텔 팔 부인이 대번에 모자를 알아보고 우리 남편 모자라며 좋아서 소리를 질렀다.

5년 전 그레텔 팔 부인의 남편인 한스 팔은 남자 셋과 함께 연기처럼 사라졌고 지금까지 실종에 관한 어떤 단서도 얻지 못했다. 최근에 로테르담 동쪽 외딴 지역, 형체를 알 수 없는 쓰레기 더미 속에서 인간의 것이라 추정되는 뼈가 발견됐는데, 어떤 사람들은 이곳에서 끔찍한 살인이 벌어졌고 한스 팔과 세 명의 남자가 그 희생자일 것이라는 극단적인 생각도 했다. 그런데 한스 팔이 돌아온 것이다.

이제 기구가(기구임이 틀림없으므로) 땅에서 불과 30미터 높이까지 내려왔으니 기구에 탄 사람을 분명히 알아볼 수 있었다. 정말이지 그렇게 우스꽝스럽게 생긴 사람은 처음 보았다. 키가 채 60센티미터도 되지 않을 것 같았다. 너무 작아서 균형을 잡기 어려웠는지 곤돌라 가장자리 쪽으로 넘어지려다 다행히 가슴 높이에 닿는 곤돌라 모서리 덕분에 쓰러지지 않고 기구 끈에 매달린 형국이었다. 키보다 몸집이 커 온몸이 둥글둥

글해 보였다. 곤돌라 바닥에 난 갈라진 틈으로, 아니 더 정확히 말하면 모자 꼭대기 사이로 이상하고 딱딱한 물체가 간간이 보이기는 했지만 발은 전혀 볼 수 없었다. 손이 기형적으로 컸고 짙은 회색 머리를 땋아 늘였다. 긴 매부리코는 혐오스러웠지만, 크고 반짝이는 눈에는 예리함이 엿보였다. 턱과 볼은 나이를 숨길 수 없을 만큼 주름졌지만 넓고 불룩하고 살이 접혔다. 그중에서도 가장 기이한 것은 머리 어디에서도 귀를 찾아볼 수 없다는 점이었다. 작고 괴상한 이 신사는 꽉 조이는 반바지에, 하늘색이 도는 부드러운 새틴 외투를 헐렁하게 걸치고 무릎에 은색 버클을 둘렀다. 샛노란 조끼는 돋보였으며, 멋을 부린 듯 하얀 호박 모자를 머리 한쪽으로 비스듬히 썼다. 패션의 마지막을 장식하듯 목에 두른 핏빛 비단 손수건을 어마어마하게 큰 나비넥타이를 맨 가슴까지 살포시 늘어뜨렸다.

기구가 지상 30미터까지 내려오자 작고 나이 든 신사는 갑자기 당황한 모습을 보이며 땅바닥 가까이 내려오고 싶어 하지 않았다. 다시 올라가려는 듯 모래주머니를 낑낑대며 들고 와 모래를 꺼내 밖으로 던져버렸다. 그러다 잠깐 동작을 멈추더니 외투 호주머니에서 모로코가죽으로 만든 커다란 수첩을 성급하게 꺼냈다. 팔을 떨어뜨리며 놀란 눈으로 쳐다보는 것을 보니 수첩이 무척 무거운 모양이었다. 신사는 수첩을 열어 밀랍으로 봉인한 편지를 꺼내 조심스럽게 빨간 테이프로 묶고는 수페르부스 폰 운데르두크 시장 발아래 정확히 떨어뜨렸다. 시장은 고개를 숙여 편지를 집어들었다.

여전히 당황한 기색을 감추지 못한 기구 조종사는 더는 로테르담에 볼일이 없다는 듯 바쁘게 떠날 채비를 했다. 다시 떠오르려면 모래를 버려야 하는데 일일이 모래를 꺼내는 번거로움 대신 남은 모래주머니 여섯 개를 통째로 하나씩 던졌다. 공교롭게도 모래주머니 여섯 개 모두 시장 머리 위로 떨어져 시장은 로테르담 시민이 보는 앞에서 자그마치 스물한 번이나 넘어졌다. 존경하는 운데르두크 시장이 작은 노신사에게 이렇게 무례한 일을 당하는 것은 있을 수 없는 일이며 노신사가 처벌도 받지 않는다면 더더욱 안 될 말이다. 시장은 죽을 때까지 입에 물고 있을 담배 파이프를, 넘어지는 내내 물고 있으면서 넘어질 때마다 담배 연기를 자그마치 스물한 번 세차게 내뿜었다.

그 사이 기구는 종달새처럼 도시를 높이 날아올라 자신을 닮은 구름을 따라 유유히 흘러 로테르담 시민의 호기심 어린 시선에서 영원히 사라졌다. 이제 모든 관심은 편지에 쏠렸다. 고명하신 수페르부스 폰 운데르두크 시장님은 망가진 옷도 가다듬고 체면도 세워야 할 판이었다. 시장은 뒹구는 동안에도 문제의 편지를 챙길 생각에 급급했다. 수신자는 마침 편지를 받은 시장과 두둥둥 교수, 즉 로테르담 천문과학대학 총장과 부총장이었다. 고명하신 두 나리가 그 자리에서 편지를 뜯어보았더니 흥미롭고 놀라운 이야기가 들어 있었다.

로테르담 천문과학대학 폰 운데르두크 총장님과 두둥둥 부총장님께
총장님과 부총장님께서는 5년 전 풀무(불을 피울 때 바람을 일으키는 기구 – 옮긴이) 수리공 한스 팔과 남자 셋이 로테르담에

서 수수께끼처럼 갑자기 사라진 사건을 기억할 것입니다. 지금 이 편지를 쓰는 이가 바로 한스 팔이라는 사실을 말씀드리면 조금 위안이 되실지 모르겠습니다. 마을 사람들 모두가 알고 있듯이 그 마을에서 자취를 감추기 전까지 나는 40년 동안 사우어크라우트 골목 어귀에 있는 작고 네모난 벽돌집에서 살았습니다. 우리 선조 역시 먼 옛날부터 거기서 지내면서 풀무 수리공으로 일하며 남부끄럽지 않게 착실히 살았습니다.

하고 싶어서인지 해야 해서 열심인지 모르겠지만, 솔직히 최근 성실한 로테르담 시민은 내 직업보다 더 나을 것도 없는 정치를 하고 싶어 안달이 났습니다. 그리하여 신뢰로 똘똘 뭉친 로테르담은 일자리가 부족할 일이 없었고 모두의 손에 돈이 가득하거나 인심이 넘쳤습니다. 최근 로테르담을 뒤덮은 자유의 물결과 기나긴 연설과 급진주의와 기타 이런 것들이 나에게 무엇을 의미하는지 곧 깨닫게 되었죠. 이전에 풀무를 고치려고 항상 나만 찾던 사람들이 이제는 내가 있는지조차 모르는 것 같았습니다. 사람들은 열정을 다해 정치 혁명에 관해 읽고 토론하며 지식의 발달과 시대의 흐름에 발맞추어 나아갑니다. 이제 불꽃에 부채질이 필요하면 신문으로 얼마든지 부치면 됩니다. 정부가 약해지니 풀무질이 필요한 가죽과 철도 내구성을 잃요습니다. 언제나 바느질과 망치의 도움이 필요했던 로테르담에는 이제 어디서도 풀무를 찾아볼 수 없었습니다.

그야말로 감당하기 어려운 상황이었습니다. 나는 곧 쓰레기를 뒤져야 하는 생쥐처럼 가난해졌습니다. 처자식을 먹여 살리기도 어려워지자 도저히 내 짐을 견딜 수 없어 손쉽게 목숨을 끊을 궁리만 하며 하루하루를 보냈습니다. 빚쟁이들은 내게 죽음을 고민할 여유도 주지 않았습니다. 빚쟁이들이 우리 집을 울타리로 둘러싸고 아침부터 저녁까지 감시하는 바람에, 나는 입에 거품을 물고 악을 쓰면서 우리에 갇힌 호랑이처럼 초조하게 울타리를 서성거렸습니다. 특히 그중 세 명이 문 앞을 줄곧 지키고는 법적 대응을 하겠다고 위협하며 나를 견딜 수 없이 불안하게 했습니다. 마음속으로 이들 셋에게 내가 당한 만큼 모조리 되돌려주리라 다짐했습니다. 이들을 내 손아귀에 넣기만 한다면 더할 나위 없이 행복할 것 같았습니다. 세상에 내가 의지할 것이라곤 아무것도 없었지만, 오직 복수하려는 일념 하나로 당장 나팔 총으로 내 머리를 날려버릴 충동을 억누를 수 있었습니다. 복수할 좋은 기회가 찾아올 때까지는 분노를 숨기고 상환을 약속하며 공손히 말하는 편이 좋겠다고 생각했습니다.

어느 날, 다른 때보다 더욱 의기소침해진 나는 빚쟁이들 몰래 집을 빠져나와 정처 없이 오랫동안 뒷골목을 돌아다녔습니다. 우연히 책 가판대 모서리에 발이 걸렸죠. 가까운 곳에 손님용 의자가 있길래 왠지 모르게 그 의자에 털썩 주저앉아 손이 닿는 책 아무거나 펼쳤습니다. 그 책은 베를린의 엥케(독일의 천문학자로, 가우스의 제자였으며 베를린 천문대장을 역임함 – 옮긴이) 교수였던가 아니면 이름이 비슷한 프랑스 사람이 쓴 이론천문학 책이었습니다. 자연의 법칙에 대해 조금 읽다가 어느 순간 책의 내용에 점점 빠져들어 내가 어디에 있는지 까맣게 잊고 두 번이나 읽었습니다.

날이 어두워지자 집으로 발길을 돌렸죠. 그 책이 나에게 지울 수 없는 인상을 주었으므로 나는 어둑어둑한 거리를 천천히 걸으며 엄청난 이론들을, 때로는 이해하기 어려운 작가의 글을 하나씩 떠올려 보았습니다. 특히 내 상상력을 크게 자극하는 문구가 있었죠. 생각하면 생각할수록 나를 흥분시키는 호기심이 커졌습니다. 비록 내가 많이 배우지 못했고, 특히 자연철학에 대해서는 아무것도 모르지만 그렇다고 책을 이해하지 못하거나, 책을 읽고 떠오른 어렴풋한 생각을 불신하기보다는 오히려 내 무지 덕분에 상상력을 더 크게 키울 수 있었습니다. 머릿속에 걷잡을 수 없이 떠오른 모든 계획이 현실적인지, 내게 그럴 만한 능력이 있는지 고민하거나, 본능적·직관적으로 떠오른 생각인지, 순전히 불확실한 이론에 이끌려 거짓과 잘못 위에 쌓아 올린 생각인지 고민하는 일은 내게 완전히 쓸모없는 짓이었습니다. 아니, 어쩌면 아주 합리적인 고민이었을 수도 있죠.

진실이 무엇인지 반드시 알아야 하지만 진실의 핵심은 그 진실을 손에 넣는 데 있지 않고 찾는 과정에 있다는 점을 그 당시 나는 믿었고, 지금도 그렇게 믿습니다. 자연의 여신이 내 계획을 실행하라고 응원해주는 것 같았습니다. 밤하늘에 뜬 별을 보며 걷다 보니 어느 순간 별빛을 뚜렷이 구분하기 어려웠습니다. 두 눈을 크게 뜨고 아무리 쳐다보아도, 가늘게 뜨고 밤하늘을 훑어보아도 별을 찾을 수 없었습니다. 별이 있는데도 별을 보지 못하는 것은, 망막이 약한 빛을 감지하더라도 여기서 정보를 받은 대뇌피질의 시각령이 약한 빛을 잘 파악하지 못하기 때문에 생긴 현상임을 그때는 알지 못했습니다.

지난 5년 동안 파란만장한 여행을 하면서 이를 포함한 다양한 지식을 얻었고, 내 인생이 형편없다는 이전의 편견도 버렸으며, 전혀 다른 직업을 얻으면서 풀무 수리공이라는 직업도 잊었습니다. 하지만 별을 보던 당시 나는 이 현상이 나를 이끄는 계시고 이미 이끌리고 있다고 확신했으므로 내 계획을 실행하기로 마음먹었습니다.

집에 도착했을 때 이미 밤은 깊어 곧바로 침대로 들어갔습니다. 생각이 많은 탓에 잠이 쉬 오지 않아 밤새 사색에 잠겼습니다. 다음 날 아침 일찍 일어나 빚쟁이의 감시를 피해 집을 빠져나온 뒤 부지런히 책 가판대로 걸어가서는 준비한 돈을 주고 기계학과 실지 천문학(천체 관측 및 기계에 관한 이론과 방법, 관측치의 계산 등 천문 관측에 관한 일체를 연구하는 천문학 – 옮긴이)에 관한 책을 샀습니다. 무사히 집에 도착해서 남는 시간을 모조리 바쳐 책을 읽었습니다. 곧 내 계획을 실행에 옮길 수 있을 만큼 이 분야를 통달하게 되었습니다. 그동안 나를 집요하게 괴롭히는 빚쟁이 셋을 달래느라 애를 먹었죠. 빚쟁이들이 요구하는 돈의 절반은 가구를 팔아서 갚고 나머지 금액은 내가 준비하는 작은 계획이 성공하면 갚겠노라 말하고는 내 일을 도와달라고 부탁했습니다. 무지한 사람들이어서 끌어들이기란 쉬운 일이었습니다.

이렇게 빚쟁이 문제를 해결한 나는 아내의 도움을 받아 비밀리에 남은 재산을 처분하고, 어떻게 갚을지 고민은 잠시 접어두고 온갖 구실을 만들어 여기저기 돈을 조금씩 빌렸더니 적지 않은 금액을 모을 수 있었습니다. 이 돈으로 10제곱미터짜리 최고급 무명천 수십 장, 노끈, 천연고무 방수제, 버드나무 가지로 주문하여 만든 커다란 곤돌라용 바구니 이외에 기구 제작에 필요한 여러 물품과 어마어마한 크기의 풍선을 만들 부품을 하나씩 마련했습니다. 아내에게 최대한 빨리 풍선을 만들도록 지시하고 제작 방법을 자세히 알려준 다음, 나는 노끈으로 넉넉한 크기의 그물을 만들었습니다. 그 그물에 고리를 달고 여분의 끈을 연결하고는 고도계, 나침판, 망원경, 중요한 부분 몇 군데를 손본 기압계, 잘 알려지지 않은 천문학 기구 두 개를 샀습니다. 어느 날 밤 기회를 엿보아 로테르담 동쪽 외딴 곳으로 물건들을 날랐죠.

190리터들이 드럼통 다섯 개와 더 큰 크기의 나무통 하나, 모양을 제대로 갖춘 지름 8센티미터, 길이 3미터짜리 금속관 여섯 개, 금속과 반금속 재질의 부품 다량, 일반적인 신맛이 나는 포도주 열두 병을 옮겼습니다. 나 말고는 그 어느 누구도 포도주로 가스를 만든 적이 없을 것입니다. 적어도 이런 용도로 쓰려고 만든 적은 결코 없겠죠. 누구에게도 들키지 않고 일을 진행할 수 있었지만 나에게 중요한 사실을 알려준 프랑스인 낸츠에게 내 계획을 알려주었습니다. 굳이 무엇에 쓰려는지 물어보지도 않고, 낸츠는 동물 가죽으로 만든 풍선에서 가스가 새는 일은 거의 없다고 설명해주었습니다. 동물 가죽이 굉장히 비싼데다 생고무를 바른 무명천이 동물 가죽만큼 좋은지 확신할 수 없었기 때문에 모든 상황을 설명하며 낸츠에게 자문을 얻었죠. 낸츠 또한 내가 준비한 풍선과 특이한 가스를 사용해 정말 하늘을 날 수 있는지 궁금했을 테니 이 유일한 발명품이 주는 기쁨을 낸츠에게서 빼앗고 싶지 않았습니다.

풍선을 부풀리는 동안 필요한 작은 드럼통 다섯 개를 놓기 위해 남몰래 깊이 60센티미터 정도의 구덩이를 팠습니다. 다섯 구덩이가 지름 8미터짜리 큰 원을 만들었는데 그 가운데 큰 나무통을 놓을 구덩이를 1미터 깊이로 하나 더 팠습니다. 다섯 구덩이에는 화약 23킬로그램이 든 드럼통을 하나씩 놓고 가운데 구덩이에는 화약 68킬로그램이 든 나무통을 놓아두었습니다. 여섯 개의 통을 도화선으로 연결한 다음 화약 심지를 122센티미터로 만들어 한쪽 끝을 드럼통 안에 이은 뒤 구덩이를 덮고 나머지 끝을 3센티미터 정도 땅 위로 나오게 했습니다. 그 위에 술통을 얹어 화약 심지는 술통 뒤로 간신히 보였습니다. 나머지 구덩이도 모두 메우고 미리 정해둔 곳에 술통을 올려놓았습니다.

위에서 말한 부품 이외에 공기를 압축하는 장치가 필요해서 그림 씨가 쓰던 기계를 창고로 옮겼습니다. 용도에 맞게 맞추려니 정말 개조할 곳이 한두 군데가 아니었습니다. 무한한 노력과 참을성이 필요했지만 부지런히 일한 끝에 모든 준비를 마쳤습니다. 기구는 곧 완성되었습니다. 기구에는 113만 리터 이상의 가스가 실릴 예정입니다. 내 계산이 정확하다면 내 짐은 물론 80킬로그램짜리 모래주머니까지 가뿐히 들어 올릴 수 있는 양이죠. 풍선에 방수제를 세 겹으로 바르고 보니 무명천이 저렴한 가격치고는 아주 튼튼하고 훌륭해 제 역할을 잘해낼 수 있을 것 같았습니다.

모든 준비가 끝나고 아내에게 내가 책 가판대를 다녀온 첫날부터 있었던 모든 일을 아무에게도 말하지 말라고 부탁했습니다. 상황이 허락하는 한 빨리 돌아오겠노라 약속하며 얼마 남지 않은 돈을 쥐여주고 작별 인사를 나누었습니다. 아내에 대해서는 전혀 걱정하지 않았습니다. 아내는 능력 있는 여자고 나 없이도 세상을 잘 살아갈 수 있는 사람이기 때문입니다. 솔직히 아내는 항상 나를 그저 살이나 찌우는 게으른 아이처럼 여겼고, 공중에 뜬 성을 짓는 일이 나에게 제격이라 생각할 겁니다. 사실 내가 없어져서 살짝 기뻐할지도 모릅니다. 아내에게 작별 인사를 한 그날 밤, 나를 괴롭히던 빚쟁이 셋과 함께 풍선, 곤돌라, 장비를 들고 광장을 지나 다른 물품들이 준비된 장소로 이동했습니다. 누구에게도 방해받지 않고 무사히 도착하여 바로 일을 시작했죠.

그때가 4월 첫날이었습니다. 별빛도 비추지 않는 새카만 밤에 이따금 빗방울이 떨어져 짐을 나르기가 불편했습니다. 그러나 가장 큰 걱정은 방수제를 발랐는데도 습기의 영향으로 풍선이 점점 무거워진다는 사실이었습니다. 화약도 젖을까 걱정되었습니다. 나는 빚쟁이 셋을 재촉하여 드럼통 주위에 긴 얼음을 부수고 포도주를 열심히 젓게 했습니다. 빚쟁이들은 이 기계와 부품을 가지고 무엇을 하려는지 성가시게 물어댔고, 내가 시킨 고된 일에 불만을 터뜨렸습니다. 흠뻑 젖어가며 이 짓을 하면 도대체 얻는 것이 무엇이냐고 구시렁댔습니다. 나는 이들의 태도에 점점 불안해져 온 힘을 다해 일에 몰두했습니다. 이 바보들은 분명 내가 악마와 계약을 맺었다고 생각했기 때문입니다. 내 행동은 지금 하는 일을 그대로 놔두는 편이 가장 현명하다는 뜻이었습니다.

나는 빚쟁이들이 모두 떠날까 봐 걱정되었습니다. 지금 하는 일이 모두 끝나자마자 빚을 전부 갚겠노라고 약속하며 빚쟁이들을 달랬습니다. 내 말을 듣고 셋은 각자 자기만의 행복한 상상 속에 빠졌겠죠. 어떻게든 내가 이 일로 어마어마한 돈을 벌 것이고 빚진 금액은 물론 자기들의 노고를 생각해서 돈을 더 얹어주리라 기대했을 것입니다. 그 바보들은 내 영혼이나 육체가 어떻게 되든 눈곱만큼도 관심이 없었어요.

장장 4시간 반이 지나서야 풍선이 충분히 부풀었습니다. 풍선에 곤돌라를 연결하고 개인 물품, 공기 압축 기계, 비교적 영양분이 적은 말린 고기류 등의 식량을 곤돌라에 실었습니다. 비둘기 한 쌍과 고양이 한 마리도 실었습니다. 동이 트기 시작했고 이제 출발할 때가 되었습니다. 마치 우연인 듯 불이 붙은 담배를 땅에 떨어뜨리고는 담배를 주우려고 몸을 숙이면서 드럼통 뒤에 살짝 빼놓은 화약 심지 끝에 남몰래 불을 붙였지요. 빚쟁이 셋 중 어느 누구도 내 행동을 눈치채지 못했습니다. 나는 곤돌라에 올라타자마자 땅바닥에 연결된 끈을 잘랐습니다. 80 킬로그램짜리 무거운 모래주머니를 실은 곤돌라가 가볍게 떠오르기 시작했습니다. 아니 이보다 더 무거워도 충분히 올라갈 것 같았습니다.

그런데 기구가 45미터쯤 올라가자 무시무시하고 엄청난 폭발음과 함께 불꽃, 연기, 유황, 팔다리, 자갈, 불타는 나뭇가지, 불꽃 튀는 금속 등 가슴을 덜컹하게 하는 것들이 마구 뒤엉켜 휘

몰아치기 시작했습니다. 나는 곤돌라 바닥에 넘어져 무서워 벌벌 떨었습니다. 그제야 내가 화약을 지나치게 많이 준비했다는 사실을 깨달았습니다. 진짜 폭발은 아직 일어나지 않았죠. 이 점을 깨닫자마자 피가 거꾸로 솟는 것 같더니 곧 평생 잊을 수 없는 폭발이 나를 덮쳤습니다. 마치 충격파가 밤을 뚫고 올라가 하늘을 산산조각 부숴버릴 것 같았습니다.

후에 곰곰이 생각해보니 폭발의 충격이 그토록 크게 느껴졌던 까닭은 내가 폭발력이 가장 강력한 중심부 바로 위에 있었기 때문이었죠. 화약이 터진 순간에는 오직 살아야겠다는 생각밖에 들지 않았습니다. 폭발 직후 기구의 풍선이 주저앉더니 이내 급격히 팽창하여 엄청나게 빠른 속도로 회전하다가 술에 취한 듯 크게 요동쳤습니다. 흔들리는 힘에 못 이겨 나는 곤돌라 밖으로 튕겨 나갔는데 천만다행으로 곤돌라 바닥 모서리에 낀 1미터짜리 끈에 왼쪽 발이 얽혀, 아찔한 높이에서 얼굴을 아래로 향한 채 머리를 처박고 대롱대롱 매달렸습니다. 내가 얼마나 무시무시한 공포에 사로잡혔을지 상상할 수 있을까요! 공포로 숨이 막히고, 뼛속까지 스미는 전율이 온몸을 감싸고, 눈이 튀어나올 것 같고, 구역질이 엄습했죠. 결국, 기절하고 말았습니다.

그런 상태로 시간이 얼마나 지났는지 모르겠습니다. 다시 정신이 희미하게 들었을 때 날이 밝아오는 모습을 보았으니 그렇게 많은 시간이 지난 것 같지 않았습니다. 기구는 숨이 막히도록 높은 곳에서 망망한 바다 위를 흘러갔고 드넓은 수평선 어디를 보아도 육지의 흔적은 보이지 않았습니다. 온몸의 감각이 서서히 돌아왔죠. 신기하게도 예상했던 고통스러운 느낌이 아니었습니다. 찬찬히 풍경을 둘러보며 점점 평온해지는 것을 보니 정말 미치기 시작했는지도 모릅니다. 팔을 하나씩 들어 손을 보았는데 어쩌다가 혈관이 부풀고 손톱이 새카맣게 변했을까 궁금했습니다. 이제 머리를 조심스럽게 만져보았습니다. 머리가 풍선보다 더 큰 것 같아 계속 흔들어댔더니 그제야 제대로 된 머리 감각이 조금 느껴졌습니다. 바지 주머니 안에는 분명히 수첩과 이쑤시개 상자가 있어야 하는데 이것들이 전혀 느껴지지 않았죠. 어떻게 사라졌나 떠올려 보아도 도무지 알 수 없었고 그저 애석했습니다. 그때 느껴진 왼쪽 발목 관절의 통증 덕분에 지금껏 흐리멍덩한 의식이 맑아져 내가 기구에 거꾸로 매달려 있다는 사실을 깨달았습니다.

참 이상하죠! 전혀 놀라지도, 공포에 질리지도 않았으니까요. 무언가를 느꼈다면 이 곤경 속에서 빠져나올 묘책을 떠올리고 흐뭇해하는 기분이랄까요. 무사할 수 없으리라는 생각은 추호도 하지 않았습니다. 몇 분 동안 깊은 생각에 잠겼습니다. 마치 편안한 안락의자에 앉아 복잡하고 중요한 일을 고민하는 사람처럼 자세를 취하고, 고민하는 표정을 짓고, 입술을 지그시 깨물고, 검지를 코에 갖다 대고는 생각에 빠졌죠.

이윽고 생각이 정리되자 손을 등으로 가져가 아주 조심스럽게 허리띠에 맨 버클을 풀었습니다. 버클에는 약간 녹슨 톱니가 세 개 붙어 있는데 이 부분의 중심축을 힘껏 돌렸죠. 안간힘을 쓴 끝에 톱니를 버클 몸체와 직각으로 돌려놓았는데 다행히 그 상태로도 톱니는 버클에 튼튼하게 연결되어 있었습니다. 버클을 입에 물고 이번엔 목도리의 매듭을 풀기 시작했습니다. 매듭을 푸는 과정이 쉽지 않아 여러 번 쉬어야 했지만 노력한 끝에 목도리를 푸는 데 성공했습니다. 목도리 한쪽 끝에 버클을 묶고 다른 쪽 끝에 풀리지 않도록 손목을 꽉 잡아맸습니다. 그런 다음 근육이 터질 듯 온 힘을 써서 몸을 위로 끌어올려 곤돌라를 향해 버클을 던졌습니다. 다행히 첫 시도에 버클이 버드나무 바구니 위쪽 테두리에 걸렸습니다.

이제 내 몸은 대략 45도 각도로 곤돌라를 마주 보게 되었습니다. 그렇다고 내가 정확히 곤돌라 옆면과 45도 방향으로 서게 되었다는 뜻은 아닙니다. 아직도 수평선과 거의 평행하게 누운 상태였습니다. 간신히 몸의 위치를 바꾸었지만 여전히 곤돌라와는 멀고 언제 떨어질지 모르는 위험 속에 있었습니다. 상황을 바꿔 생각해보면, 얼굴이 풍선 반대 방향이 아닌 풍선 쪽을 향하고 곤돌라에서 떨어졌거나, 내가 매달린 끈이 곤돌라 바닥의 모서리 틈이 아닌 위쪽 테두리에 늘어져 있었다면, 둘 중 어느 상황이든 나는 지금처럼 버클을 이용하여 곤돌라를 붙잡을 생각도 못했을뿐더러, 한스 팔의 놀라운 모험은 여기서 끝이라고 자포자기했을 것이므로 현재 상황만으로도 정말 감사할 따름이었지요.

그렇다 해도 아직 얼떨떨해서 무엇을 할 생각도 못 하고 그저 바보처럼 즐거워하며 15분이나 우스꽝스럽게 매달려 있었습니다. 그러다 이 기분이 빠르게 사라지고 공포와 불안, 무력감과 쓸쓸함, 오싹함이 찾아왔습니다. 사실 거꾸로 매달렸을 때 피가 머리와 목으로 오랫동안 쏠려 광기와 정신 착란 속에 빠진 듯 기분이 좋았었는데, 이제 피가 제자리를 찾아가자 내가 얼마나 위험한 상황에 놓였는지 점점 선명해지면서 침착함과 용기를 잃었습니다. 다행히 절망은 오래가지 않았습니다. 기운을 차리고서 발악하고 버둥거리며 몸을 위로 끌어올려 마침내 곤돌라 테두리를 붙잡았고, 기를 쓰고 테두리를 넘어가서는 곤돌라 안으로 곤두박질쳐 그 안에서 온몸을 부들부들 떨었습니다.

곤돌라 안에 무사히 들어온 나는 일단 한숨을 돌릴 수 있었죠. 곤돌라를 둘러보니 다행히 물건이 모두 무사했습니다. 개인 물품과 모래주머니, 식량까지 그대로 남아 있었습니다. 이러한 돌발 상황에 대비하여 물건들을 단단히 묶어놓았거든요. 시계를 보니 6시였습니다. 기구는 여전히 빠르게 올라갔고 현재 높이가 6킬로미터 상공임을 기압계가 알려주었습니다. 바로 아래 바다에는 도미노 장난감처럼 작게 보이는 직사각형의 까만 물체가 떠다녔죠. 망원경을 가져와 자세히 보니 영국 군함이 바다를 거침없이 가르며 서남서 방향으로 항해하는 길이었습니다. 이 배 이외에 보이는 것이라곤 바다와 하늘과 길게 솟은 태양밖에 없었지요.

이제 흥미진진한 모험담을 들려드릴 때가 되었군요. 총장님과 부총장님은 내가 로테르담에서 겪은 고통스러운 일 때문에 자살하기로 마음먹었다고 생각하시겠지요? 그러나 우연히 불행을 겪어 견디기 어려웠을 뿐 삶 자체에 깊은 회의감을 느낀 것은 아닙니다. 삶에 지쳤지만 살고자 했고, 로테르담 가판대에서 본 책은 이런 나에게 상상을 실현할 방법을 제공해주었습니다. 책을 읽고 나서 마음을 굳혔죠. 세상을 떠나기에 나는 아직 살아 있고, 미지의 세계를 포기하기에 나는 여전히 존재하므로 무엇이 뒤따르든 내가 할 수 있는 한, 달에 가겠노라고 결심했습니다. 나를 정말 미친 사람으로 오해하지 않도록, 나를 이끌어준 통찰에 대해 상세히 기록하려 합니다. 비록 불확실하고 위험으로 가득 차 있지만 내가 이룩한 일들이 결코 인간의 한계를 넘어서는 불가능이 아니라는 점을 알리고자 합니다.

달에 가려면 먼저 지구와 달 사이의 거리를 알아보아야겠죠. 지구 중심과 달 중심 사이의 평균 거리는 지구 반지름의 59.9643배인 381,414킬로미터입니다. 이 수치는 평균 거리입니다. 달이 지구를 중심으로 타원 궤도를 그리며 돌기 때문에 지구와 멀어질 때도 있고 가까워질 때도 있습니다. 달의 공전 궤도 이심률은 0.05484이므로 달이 지구 중심에 가장 가까운 지점인 근지점에 있을 때 달에 간다면 실제 이동 거리는 위에서 언급한 수치보다 줄어들겠죠.

달 표면과 지구 표면 사이의 거리를 계산하려면 여기서 지구 반지름 6437킬로미터와 달 반지름 1738킬로미터를 뺍니다. 그럼 실제 항해 거리는 평균 373,239킬로미터가 됩니다. 이쯤 되니 달 여행이 아주 불가능하지만도 않다는 생각이 들었습니다. 육상에서도 시간당 48킬로미터로 여행이 가능하고 이보다 훨씬 빠른 속도로도 이동할 수 있다고 합니다. 시간당 48킬로미터의 속도라면 322일 후 달 표면에 닿을 수 있습니다. 여러 정황을 미루어볼 때 기구 속도는 시간당 48킬로미터가 훨씬 넘습니다. 이처럼 나에게 깊은 감명을 준 통찰들을 하나씩 설명할 것입니다.

이제 훨씬 더 중요한 문제를 생각해야 합니다. 기압계에 따르면 전체 대기 중 약 30분의 1이 300미터 내에 존재하고, 3분의 1이 3000미터 내에, 대기의 절반이 코토팍시 산(에콰도르 안데스 산맥에 있는 세계에서 가장 큰 활화산 – 옮긴이) 높이인 5500미터 이내에 있습니다. 지구 지름과 맞먹는 130킬로미터 고도에는 공기가 거의 없어 생물이 살 수 없는데다 오늘날의 과학 수준으로는 그 높이에 대기가 있는지 없는지조차 확인할 수 없습니다. 그런데 이것은 실험실에서 얻은 공기의 특성이자 오로지 지표면 근처에 있는 공기만을 팽창·수축시켜 얻은 기계적 법칙이지요.

생물이 기본적으로 그렇게 높은 고도에 적응하지 못하며 억지로 적응시킬 수도 없다는 것 역시 비판 없이 받아들여집니다. 모든 것은 추측일 뿐입니다. 현재까지 인간이 올라간 가장 높은 고도는 게이뤼삭과 비오의 비행 탐험대가 도달한 7600미터입니다. 이 높이는 문제의 130킬로미터와 비교해봐도 중간도 못 미치지요. 그러므로 기존의 통념과 다른 가능성은 얼마든지 열려 있습니다.

앞서 말한, 높이에 따른 공기의 분포도에서 알 수 있듯이 공기 양은 높이에 따라 일정량 감소하는 것이 아니라 일정 비율로 감소합니다. 그러니 아무리 올라가더라도 공기가 아주 없는 구역이 존재하지는 않을 것입니다. 공기는 분명히 존재합니다. 극도로 희박하겠지만 말입니다.

대기의 경계선이 존재하고 그 너머에 공기가 전혀 없다는 주장은 아직 입증되지 않았습니다. 비록 그 주장에 제대로 반박한 사례가 없더라도 여전히 나는 그 주장과 다른 이론을 연구할 가치가 있다고 느꼈습니다. 엥케 혜성(1786년에 발견된 혜성으로, 가장 주기가 짧음 – 옮긴이)이 태양 가까이 접근하는 시기를 조사해보면 행성들의 인력에도 공전주기가 서서히 짧아지고 있음을 알 수 있습니다.

다시 말하면 혜성 타원 궤도의 긴지름이 서서히 일정하게 짧아지고 있습니다. 혜성 궤도에 공기와 비슷한 매질이 옅게 퍼져 있고 혜성이 여행하면서 매질의 저항을 받는다고 가정하면 공전주기의 변화를 정확히 설명할 수 있게 되죠. 매질의 저항 때문에 혜성 속도가 느려지고 원심력이 떨어지면 반대로 구심력이 커집니다. 덕분에 태양의 인력이 더 크게 작용하게 되죠. 그래서 엥케 혜성은 공전할 때마다 태양으로 끌려오고 공전주기는 짧아집니다. 이보다 더 완벽한 설명이 어디 있겠습니까!

한 가지 더 생각해볼 것이 있습니다. 혜성의 실제 지름은 태양 근처를 지날 때 급속히 줄어들고 출발지인 원일점(태양에서 가장 먼 지점 – 옮긴이)을 지날 때 원래대로 커집니다. M. 발츠가 말한 것처럼 우주에 퍼진 매질이 태양 가까이 갈수록 밀집되는 성질이 있어서 혜성이 태양 근처를 지날 때 매질이 압축되어 혜성의 지름 역시 줄어든다고 보는 게 타당하지 않겠습니까? 빛이 볼록 렌즈처럼 보이는 황도광[1] 현상도 주목할 만합

---

1) 황도광은 고대 라틴어 트라베스Trabes를 지칭하는 듯하다. – 플리니우스 사전 2권 26쪽 – 원주

니다. 유성의 빛이 아님은 분명한, 열대 지방에서 뚜렷이 관찰되는 이 광채는 지평선에서 위로 비스듬히 이어지며 보통 태양의 적도 방향을 따릅니다. 이것은 태양에서 출발해 금성 궤도를 넘어 지구까지 이어지는 희박한 대기가 존재한다는 사실을 분명히 보여줍니다.

나는 이제 내 추리를 발전시킬 수 있었습니다. 이 현상이 혜성 궤도나 태양에 인접한 행성에만 국한된 것은 아닐 것입니다. 매질은 태양계 전체에 퍼져 있고 행성이나 이와 유사한 환경에서 우리가 대기라 부르는 것으로 압축된다고 결론 내렸습니다. 이렇게 생각이 들자 더는 망설일 필요가 없더군요. 여행 중에 공기가 부족하더라도 지구 대기와 본질은 같은 성분인 매질을 그림 씨의 기계로 압축하면 호흡에 필요한 공기를 충분히 얻을 수 있으리라 생각했죠. 이렇게 해서 달 여행의 가장 큰 걸림돌을 해결했습니다. 기계를 개조하는 데 얼마나 정성을 쏟았는지 모릅니다. 여행이 길어지지만 않는다면 기계는 제 몫을 톡톡히 해낼 것입니다. 기계 덕분에 여행 내내 압축한 공기를 얻을 수 있겠죠.

기구가 지구의 지표면에서 처음 오를 때는 비교적 무난한 속도로 올라갑니다. 이후 상승 속도는 기구 안의 가스가 공기보다 얼마나 가벼운가에 달려 있죠. 처음에는 속도가 빨라질 것 같지 않아도 높이 오를수록 순식간에 공기 밀도가 낮은 대기층에 도달하게 되죠. 정말 높을수록 속도가 빨라질지 의문이 들 수도 있습니다. 기구 비행 보고서를 보면 높이 올라갈수록 속도가 떨어졌다고 하더군요. 평범한 방수제를 바르고 엉성하게 풍선을 제작해서 가스가 빠져나갔다면 속도가 떨어졌을 수 있습니다. 가스가 빠져서 떠오르는 힘이 약해졌을 테니까요. 풍선이 터질 정도로 가스가 새는 일이 없고 매질이 대기와 같은 성분이라면, 매질의 밀도가 낮아질 때 가스의 밀도도 같이 낮아질 테니 가스는 공기든 매질이든 질소와 산소로 구성된 기체보다 언제나 가볍게 유지될 것입니다.

떠오르는 동안 중력도 거리의 제곱에 비례해 꾸준히 줄어들 테니 상승 속도는 엄청나게 빨라지겠죠. 그러면 지구 인력을 벗어나 달의 인력이 닿는 곳까지 충분히 도달할 것입니다. 그래서 식량도 40일 치면 넉넉하리라 생각했죠.

그래도 여전히 걱정스러운 문제가 있었습니다. 신체는 고도가 높을수록 호흡 곤란 이외에도 코피가 나거나 거북함, 두통 같은 고통스러운 증상을 겪게 됩니다.[2] 높은 곳에서 나타나는 자연적인 현상이죠. 그런데 이 증상이 한없이 심해진다면? 죽을 때까지 계속된다면? 나는 그렇지 않으리라 결론 내렸습니다. 이러한 증상은 기압이 낮아져 혈관이 확장되었기 때문에 나타납니다. 호흡 곤란의 경우처럼 말입니다. 신체의 생리적 체계가 붕괴된 것이 아니라 대기 밀도에 원인이 있습니다. 기압이 낮으면 대기 밀도가 낮고 대기 속 산소 농도도 낮아 혈액 속

---

2) 한스 팔의 초판 발행 이후 나는 다음과 같은 사실을 알게 되었다. 즉, 나소의 유명한 기구 전문가 그린 씨와 지금은 사망한 기구 조종사 한 명은 고도가 높을수록 신체 고통이 가중된다는 훔볼트의 이러한 주장을 부인하고, 여기서 가볍게 다룬 이론과 일치하게 신체 고통이 감소한다고 주장한다. – 원주

에 산소 공급이 원활하지 못합니다. 산소 공급만 제대로 되면 진공 상태라도 살지 못할 이유는 없습니다. 우리가 호흡이라 일컫는 것은 심장의 수축과 이완이며 이는 순전히 근육의 힘으로 작동합니다. 호흡 덕분에 심장이 뛰는 것이 아니라 심장이 하는 근육 활동 덕분에 호흡하는 것이죠. 그러니 기압에 익숙해지기만 하면 고통스러운 증상은 서서히 줄어들 것입니다. 나는 배짱 좋게 내 몸이 버텨주리라 믿었습니다.

흥미로우셨는지요? 전부는 아니지만 내가 달 여행을 결심하게 된 통찰을 상세히 말씀드렸습니다. 이제 여러분께 인류 역사상 시도된 적 없었던 이 대담한 구상의 결과를 알려드리겠습니다. 고도 6킬로미터에 이르러 곤돌라 안에 있는 작은 물건들을 하나씩 버렸습니다. 상승 속도가 몹시 빨라서 모래주머니까지 버릴 필요는 없었습니다. 정말 다행이었죠. 모래주머니는 최대한 많이 싣고 가야 하거든요. 그 이유는 나중에 설명하겠습니다. 아직은 고통스러운 신체 증상이 나타나지 않았고 숨쉬기도 편했습니다. 두통도 없었죠. 고양이는 내가 벗어 놓은 외투 위에 얌전히 엎드려 비둘기를 무심히 바라보았습니다. 날아갈까 봐 발을 묶은 비둘기는 곤돌라 바닥에 흩어진 쌀알을 부지런히 쪼아댔죠.

6시 20분경, 기압계가 고도 8킬로미터를 가리켰습니다. 발아래 풍경은 드넓게 펼쳐져 끝을 알 수 없었습니다. 거기서 볼 수 있는 면적이 얼마인지 구면 기하학을 사용하면 쉽게 계산할 수 있습니다. 구 전체 면적에 대한 부분 면적은 구 전체 지름에 대한 부분 버스트 사인의 값과 같습니다. 내 경우 버스트 사인,

즉 내가 있는 위치의 바로 아랫부분의 면적은 표면을 바라보는 지점과 표면 사이의 거리인 현재 고도와 같습니다. 고도가 8킬로미터고 지구 전체 지름이 1만 2870킬로미터이므로 내가 바라볼 수 있는 면적은 지구 표면적의 116분의 1입니다. 바다는 거울처럼 잔잔해 보였지만 망원경으로 보니 거칠게 파도가 일었습니다. 동쪽으로 가던 배는 한참을 흘러갔는지 이제 보이지 않았습니다. 이따금 머리에, 특히 귀에 심한 통증을 느꼈지만 아직 호흡은 편했습니다. 고양이와 비둘기도 전혀 힘들어하지 않았습니다.

6시 40분경, 기구가 기다란 구름 행렬에 들어서자 공기 압축 기계에 습기가 차고 내 몸은 흠뻑 젖어 걱정이 이만저만이 아니었습니다. 이보다 높은 곳에는 구름이 없을 테니 구름을 만나는 일은 이번이 처음이자 마지막일 것입니다. 나는 모래주머니 75킬로그램을 남겨두고 2.5킬로그램 주머니 두 개를 던졌습니다. 그러자 기구는 순식간 구름 위로 날아올랐고 속도도 훨씬 빨라졌습니다. 구름을 벗어나고 얼마 지나지 않아 눈이 멀 정도로 강렬하고 선명한 번갯불이 불타는 숯덩어리처럼 하늘 이 끝에서 저 끝까지 번득였습니다. 분명히 그때는 환한 대낮이었습니다. 그 장엄함은 어둠 속에서 번뜩이는 그 어떤 번개와도 비교할 수 없었습니다. 지옥의 불빛이 그렇게 무시무시할까요! 입을 쩍 벌린 번개의 심연을 본 순간 머리카락이 쭈뼛 서더군요. 마치 내가 크고 낯선 공간에, 벌건 구덩이 안에, 섬뜩하고 끝이 없는 불의 협곡 속에 서 있는 것 같았습니다. 정말 간발의 차이로 번개를 피했던 것입니다. 구름 속에 더 오래 머물렀다면, 모래주머니를 버려 신속히 상승하지 않았더라면, 파멸을 피할 수 없었을 것입니다. 이 사건은 기구 여행을 하면서 부딪힐 수 있는 가장 위험한 순간이었습니다. 이제 고도가 아주 높아졌으니 이러한 위험을 만날 일은 없어졌습니다.

상승 속도가 급격히 빨라져 7시가 되었을 때 기구의 높이는 15킬로미터에 이르렀습니다. 숨쉬기가 힘들고 두통이 심했습니다. 아까부터 볼이 축축하다 싶었는데 알고 보니 귀에서 피가 흘러나왔더군요. 눈도 굉장히 불편했습니다. 당장 눈알이 튀어나올 것 같아 손으로 눈을 눌렀죠. 곤돌라 안의 모든 물건은 물론 기구 자체도 뒤틀려 보였습니다. 증상이 예상보다 훨씬 심해서 두려워졌습니다. 이 위급한 순간에 경솔하게도 2.5킬로그램 모래주머니 세 개를 연거푸 던져버렸지 뭡니까. 속도를 얻은 기구는 눈 깜짝할 사이에 대기가 극히 희박한 곳까지 단숨에 올라갔습니다. 서서히 적응할 기회를 잃어버린 결과는 치명적이었습니다. 나는 5분이 넘도록 발작을 일으켰고, 발작이 잠깐 멈춘 사이에도 가쁜 숨을 몰아쉬어야 했으며, 코와 귀에서 엄청난 양의 피를 쏟았고 심지어 눈에서조차 피가 흘렀습니다. 비둘기는 고통스럽게 몸부림치며 빠져나가려고 애썼고, 고양이는 애처롭게 울면서 독약이라도 먹은 듯 이리저리 비틀거렸습니다.

모래주머니를 버린 것이 얼마나 무모한 짓인지 너무 늦게 깨달았지요. 불안이 극에 달했습니다. 조만간 죽겠구나 싶었습니다. 고통이 극심하여 살아보겠다는 노력조차 할 수 없었습니다. 힘은 조금도 남아 있지 않았고 머리가 쪼개지는 듯한 통증은 점점 커져만 갔습니다. 내 몸이 얼마 버티지 못할 것을 알았지요. 나도 모르게 하강 밸브 끈을 잡았습니다. 그때 내가 빚쟁이들에게 저질렀던 일과 되돌아갔을 때 내가 어떤 처벌을 받을지를 떠올리니 내려갈 생각을 관둘 수밖에 없었지요. 나는 바닥에 누워 정신을 집중하려고 애썼습니다. 몸에서 피를 빼는 것이 도움되겠다 싶었습니다. 마땅한 칼이 없어서 연필을 깎는 칼로 오른쪽 팔의 정맥을 그었습니다. 피가 나오자마자 통증이 현저히 감소했고, 세숫대야 절반 정도의 피가 빠지자 가장 고통스러운 증상이 사라졌습니다. 그래도 지금 바로 일어서면 안 될 것 같아 팔을 꽉 묶은 채로 15분 정도 누워 있었습니다. 다시 일어났을 때 몸이 훨씬 편안했고 아까 느꼈던 극심한 통증은 나타나지 않았습니다. 숨쉬기가 조금 편해지기는 했지만 조만간 공기 압축 기계를 써야 할 것 같았습니다.

그제야 고양이를 살펴보았죠. 내 외투 속에 아늑하게 자리 잡은 고양이는 놀랍게도 내가 고통스럽게 몸부림치는 동안 새끼 고양이 세 마리를 낳았더군요. 정말 상상도 못 했는데 이렇게 여행 동료가 늘었습니다. 나에게는 좋은 기회였습니다. 덕분에 내 예측이 맞는지 아닌지 확인할 기회를 얻었으니까요. 생물이 높은 고도에서 통증을 느끼는 이유는 지표면의 기압에만 익숙하기 때문이라 추측했죠. 여기서 태어난 새끼 고양이가 어미와 똑같은 강도로 신체적 고통을 느낀다면 내가 틀렸겠지만, 내 이론을 강하게 확신하며 고양이를 지켜보기로 했습니다.

오전 8시, 고도는 27킬로미터에 다다랐습니다. 모래주머니를 버리지 않았는데도 속도감이 느껴지고 속도가 점점 빨라지는 것도 확연히 알 수 있었습니다. 머리와 귀에 통증이 다시 찾아오고 코에서 이따금 피가 흘렀지만 예상보다 심하지 않았습니다. 숨쉬기가 점점 힘들어지면서 숨을 들이쉴 때마다 가슴 통증이 느껴졌지요. 이제 공기 압축 기계를 사용하려고 기계를 준비했습니다.

아래로 보이는 지구는 눈부시게 아름다웠습니다. 서쪽으로, 북쪽으로, 남쪽으로 보이는 곳 사방에 잔잔한 바다가 끝없이 펼쳐져 이제 막 둥그스름해진 모양에 순간순간 푸른빛이 깊어졌죠. 동쪽 저 끝으로 영국과 프랑스 및 스페인의 대서양 해안이 아프리카 대륙 북부와 함께 뻗어 있었습니다. 건축물은 흔적은 보이지 않았죠. 콧대를 자랑하던 도도한 인간이 세운 도시들은 지구에서 완전히 사라졌습니다. 지브롤터 암벽이 점차 흐릿한 점으로 줄어들고, 반짝거리는 섬을 천국인 듯 여기저기 뿌려놓은 지중해는 별을 달고 동쪽 끝까지 뻗어 거대한 물을 수평선 나락으로 성급하게 떨어뜨려서 웅장한 폭포의 메아리라도 들릴 듯했습니다. 머리 위로 펼쳐진 하늘은 칠흑처럼 까맣고 별들이 아름답게 빛났습니다.

이쯤 되니 비둘기가 너무 괴로워해서 놓아주기로 했습니다. 예쁜 회색 무늬가 있는 비둘기 한 마리를 풀어 버드나무 바구니 테두리에 올려놓았습니다. 비둘기는 불안하게 주위를 둘러보며 날개를 퍼덕거리고 크게 구구거리면서 좀처럼 곤돌라에서 떨어질 줄 몰랐습니다. 그래서 비둘기를 직접 들어 5미터가량 던져주었습니다. 비둘기가 날아갈 줄 알았는데 오히려 날카롭게 끽끽거리며 되돌아오려고 버둥거렸습니다. 간신히 곤돌라 테두리에 도착한 비둘기는 힘들었는지 머리를 가슴에 처박고 곤돌라 안으로 떨어져 죽었습니다. 두 번째 비둘기는 그렇게 불운하지 않았습니다. 이번에는 있는 힘껏 아래로 던졌더니 다행히도 비둘기가 날갯짓하며 빠르게 날아 내려가 순식간에 시야에서 사라졌습니다. 그 비둘기는 무사히 집에 도착했겠지요.

고양이는 기운을 회복했는지 죽은 비둘기로 푸짐하게 식사를 하고 기분 좋게 잠들었습니다. 새끼 고양이 세 마리는 불편함 그 비슷한 것도 찾아볼 수 없이 아주 잘 놀았습니다.

8시 15분, 이제 숨을 쉴 때마다 아주 고통스러워 당장 공기 압축 기계를 사용하기로 했습니다. 기계에 대해 설명해야 할 것 같습니다. 먼저 나와 고양이를 방어막으로 둘러 희박한 대기에서 보호한 다음, 공기 압축기를 이용해 주위 공기를 압축하여 방어막 안으로 넣을 것입니다.

이를 위해 공기가 새지 않고 튼튼하면서도 유연한 고무 천막을 준비했습니다. 천막은 매우 커서 곤돌라를 모두 덮을 수 있었습니다. 나는 천막을 곤돌라 바닥 전체에 깔고 끈 바깥쪽을 따라 곤돌라 옆면을 싼 다음 그물이 연결된 위쪽 쇠고리까지 끌어올렸습니다. 천막을 위로 끌어올려 사방을 완전히 둘러싸면 천막 끝자락을 쇠고리와 그물 사이에 넣어 입구를 묶어야 합니다. 그러면 먼저 쇠고리에서 그물을 풀어야 하는데 그물이 쇠고리와 분리되는 동안 곤돌라를 어떻게 받칠까요?

이 문제를 해결하려고 그물을 쇠고리에 묶지 않고 쇠고리와 연결한 올가미 묶음에 묶어두었습니다. 여러 고리로 이루어진 올가미는 필요하면 몇 개만 풀면 되고 쇠고리에 묶인 나머지 올가미가 곤돌라를 붙잡아줄 테니까요. 올가미 하나를 쇠고리에서 풀고, 그 자리에 천막 위쪽 일부를 끼워 넣고, 풀어놓은 올가미를 천막에 붙은 단추에 연결합니다. 쇠고리에는 이미 천막이 끼여 올가미를 다시 붙일 수 없으니까요. 단추 사이 간격은 올가미 사이 간격과 맞게 제작했습니다. 그렇게 차례차례 올가미를 풀어 마침내 모든 올가미를 각자 자리에 맞는 단추에 연결했습니다. 이리하여 천막 위쪽을 모조리 쇠고리와 그물 사이에 집어넣을 수 있었습니다.

이제 곤돌라와 곤돌라 안에 있는 모든 물건이 오직 단추의 힘으로 지탱되니 쇠고리가 곤돌라 안으로 떨어질 것 같다고 생각할지 모르겠습니다. 얼핏 생각하면 터무니없어 보이겠지요. 전혀 걱정할 것 없습니다. 단추는 아주 튼튼한데다 서로 오밀조밀 붙어 있어 단추 하나에 걸리는 무게는 아주 가볍습니다. 곤돌라 무게가 지금보다 세 배는 무거워야 걱정할 수준이 된답니다. 나는 고무 천막으로 쌓인 쇠고리를 다시 올리고 기둥 세 개로 떠받쳤습니다. 이렇게 그물 아랫부분을 고정하고 천막을 부풀릴 준비도 마쳤습니다. 이제 천막 입구만 묶어주면 됩니다. 천막 끝자락을 모아 부목을 이용해 단단히 휘감치고 안으로 묶었습니다.

곤돌라를 씌운 부분 옆면에 두껍고도 선명한 유리창을 세 개 달아 수평 방향을 훤히 볼 수 있게 만들었습니다. 천막 바닥에는 곤돌라 바닥에 난 작은 구멍에 맞게 네 번째 유리창을 만들어두었지요. 이 창을 통해 바로 아래는 볼 수 있지만 위쪽은 천막의 특이한 구조 탓에 주름이 잡혀 유리창을 만들 수 없었기에 바로 위에 나타나는 물체는 볼 수 없었습니다. 어차피 위쪽에 유리창을 만들었더라도 풍선에 가려 위가 보이지 않으니 별 소용이 없기도 했죠.

옆면 유리창 30센티미터 아래에는 지름이 20센티미터 되는 동그란 구멍을 뚫고 황동으로 테를 둘렀습니다. 황동 테 안쪽 가장자리에는 나사못이 들어갈 구멍을 뚫었죠. 공기 압축기와 연결된 커다란 관을 이 황동 테에 연결하여 나사로 조였습니다. 물론 공기 압축 기계는 천막 안에 놓여 있습니다. 기계는 진공을 이용해 주변의 희박한 공기를 관으로 끌어들인 다음 압축하여 천막 안으로 내보냅니다. 이 과정을 여러 번 반복하면 천막 안은 호흡하기 적당한 공기로 가득 차게 되죠. 문제는 이렇게 밀폐된 장소에서는 공기가 금방 탁해지므로 바닥에 작은 밸브를 설치해 공기가 빠져나가도록 했습니다. 밖으로 빠져나간 압축 공기는 옅은 대기 속에서 금방 아래로 가라앉게 됩니다. 천막 안이 완전히 진공 상태가 되면 안 되므로 이러한 정화 작업은 서서히 이루어집니다. 압축기를 한두 번 펌프질하여 공기가 나가면 밸브를 잠그니 밸브가 열리는 시간은 몇 초 되지 않습니다. 실험을 위해 어미 고양이와 새끼 고양이를 작은 바구니 안에 넣고 곤돌라 밖에 매달아 두었습니다. 밸브를 통해 언제든 먹이를 줄 수 있도록 바구니를 밸브 가장 가까운 곳에 단추로 연결했습니다. 물론 고양이 바구니는 천막 입구를 봉하기 전에 내놓았는데 갈고리가 붙은 장대를 이용하여 곤돌라 아래까지 내리느라 아주 아슬아슬했습니다.

완전히 준비를 마치고 천막 안을 공기로 가득 채우니 시계가 8시 50분을 가리켰습니다. 준비하는 동안 숨쉬기가 끔찍하게 괴로워서 게으름인지 무식한 용기인지 이렇게 중요한 일을 마지막까지 미루어놓은 어리석음을 후회했습니다. 어쨌든 작업을 마치고 나니 내 발명품 덕을 톡톡히 보았습니다. 다시 자유롭게 숨을 쉬자 지금까지 나를 힘들게 했던 고통이 온데간데없이 사라졌습니다. 느껴지는 것이라곤 약간의 두통과 손목, 발목, 목이 부은 느낌이 전부였습니다. 내 예상대로 낮은 대기압 때문에 생긴 신체 증상은 사라졌습니다. 두 시간 내내 견딘 지독한 통증은 호흡 곤란으로 생긴 결과였습니다.

천막 입구를 닫기 직전 8시 40분경에 이미 기압계의 수은은 바닥을 가리켰습니다. 이것은 고도 40킬로미터가 넘었다는 뜻이고 따라서 나는 지구 전체 면적의 120분의 3을 볼 수 있었습니다. 기구가 북북서 방향으로 흘러간다는 점을 알 때만 해도 동쪽에 육지를 보았는데 9시경에는 육지를 놓치고 말았습니다. 바로 아래에는 둥근 모양의 바다가 이리저리 흐르는 구름 사이로 선명하게 보였습니다. 가장 가벼운 수증기조차 해발 16킬로미터를 넘지 못한다는 사실을 여기에서 알게 되었습니다.

9시 30분, 실험해보려고 깃털 한 움큼을 밸브 구멍으로 버렸습니다. 예상대로 깃털은 공중에 떠 있지 못했습니다. 오히려 총알처럼 빠르게 수직 아래로 떨어져 몇 초 사이에 사라졌습니다. 처음에는 무엇 때문에 이렇게 신기한 현상이 나타나는지 알지 못했습니다. 기구 상승 속도가 갑자기 빨라진 것은 아니었습니다. 그러다 곧 깨달았죠. 대기가 너무 희박하여 깃털조차 받칠 수 없었던 것입니다. 나는 깃털의 빠른 속도를 보고 무척 놀랐습니다.

오전 10시, 내 혼을 쏙 빼놓을 긴급한 일은 없었습니다. 모든 것이 순조로웠고, 확인할 방법이 없어도 기구의 상승 속도가 시시각각 빨라짐을 알 수 있었습니다. 통증이나 불편함도 없었고 로테르담에서 출발한 이후 그 어느 때보다 느긋했습니다. 바쁜 일이라곤 공기 압축 기계를 점검하고 천막 안 공기를 정화시키는 게 전부였습니다. 나는 40분 간격으로 공기를 정화하기로 했습니다. 이렇게 자주 정화하는 것은 꼭 필요해서라기보다 건강을 유지하기 위함이었습니다. 느긋해지니 달에 대한 기대에 부풀지 않을 수가 없더군요.

내 상상력은 환상적이고 야성미 넘치는 달 속에 푹 빠져버렸습니다. 이번만은 고삐가 제대로 풀린 상상력이 거침없이 부풀어서 금방이라도 변할 듯한 몽롱한 땅을 배회하며 순간순간 감탄을 쏟아냈습니다. 회백색 잎으로 덮인 오래된 숲을 지나 가파른 벼랑을 넘어 끝이 없는 심연 속으로 우렁차게 떨어지는 폭포를 만납니다. 그러다 갑자기 한낮의 고요한 고독 속에 사로잡힙니다. 바람도 침범하지 않는 넓은 양귀비 밭에는 백합을 닮은 가냘픈 꽃이 지천으로 흐드러지고 모든 것이 영원히 멈춰버립니다. 다시 여행을 시작합니다. 이번에는 물안개가 뭉게뭉게 피어오르는 어둑한 호숫가에 다다릅니다. 이 슬픈 호수를 딛고 동쪽의 높은 숲이 꿈의 황무지처럼 일어섭니다. 호수에 드리운 나무 그림자는 물 위에 뜨지 못하고 물결과 뒤섞여 가라앉습니다. 다른 그림자가 나무 기둥에서 끊임없이 나와 형제의 뒤를 뒤따릅니다. 나는 혼자 중얼거렸습니다.

"그래서 호수가 점점 짙어지고 자꾸만 슬퍼지는구나."

상상력만이 우리 머리의 주인은 아니지요. 매정하고 소름 끼치는 공포 역시 걸핏하면 마음속으로 고개를 들이밀고 끔찍한 일이 벌어질지 모른다는 위협으로 영혼 깊은 곳까지 뒤흔듭니다. 아직 나는 그러한 두려움에 사로잡힐 생각이 없습니다. 여행에 뒤따르는 위험이 무엇인지 냉철한 이성으로 파악하고 있었기 때문입니다.

오후 5시, 나는 밸브로 천막 안에 찬 공기를 배출하면서 어미 고양이와 새끼 고양이를 살펴보았습니다. 어미 고양이가 상당히 괴로워했는데 호흡 곤란이 주원인임을 대번에 알 수 있었습니다. 새끼 고양이는 아주 놀라운 모습을 보여주었습니다. 나는 새끼 고양이 역시 신체적 고통을 느끼겠지만 어미보다 덜할 것이고, 그것만으로도 생물이 낮은 기압에 적응할 수 있다는 내 주장이 충분히 입증된다고 여겼습니다. 그런데 새끼 고양이들은 건강도 아주 좋고 규칙적이고 편안히 숨을 쉬면서 그 어떤 불편한 기색도 보이지 않아 나를 당황하게 했습니다. 나는 이렇게 결론 내릴 수밖에 없었습니다. 극도로 희박한 대기가 생명을 유지하기에 불충분하다는 점이 당연시되지만 매질 속에서 태어난 사람은 매질로 호흡하는 데 어떤 불편도 느끼지 못하고, 오히려 지구 표면에서는 마치 내가 여기서 고통을 느낀 것처럼 압축된 공기 때문에 괴로워할 것입니다.

이때 애석한 사고가 일어나 고양이 가족을 잃어 실험을 계속할 수 없게 되었습니다. 고양이에게 물을 주려고 물컵을 들고 밸브 구멍에 손을 넣었는데 고양이 바구니를 매단 고리에 소매가 걸려서 고리가 떨어져버렸습니다. 차라리 공기 속으로 사라졌다면 바구니가 내 시야에서 그렇게 갑작스럽게 달아나지 않았을 겁니다. 고리가 끊어지고 바구니가 완전히 사라지는 데는 불과 10분의 1초도 걸리지 않았지요. 기적처럼 지구까지 무사히 도착했으면 하고 바랐지만 어미 고양이도, 새끼 고양이도 살아서 자신의 불행한 이야기를 전해주지 못하리란 것을 너무나 잘 알았습니다.

오후 6시, 동쪽 땅에 시커먼 그림자가 빠른 속도로 몰려오더니 6시 55분경에는 태양이 더는 기구를 밝히지 않았고 얼마 지나지 않아 보이는 곳 전부 밤의 어둠으로 뒤덮였습니다. 밤이 찾아올 줄 누가 몰랐겠느냐만 이 장면이 어찌나 인상 깊었던지요. 아침이 되면 비록 지금 내 위치가 동쪽에서 훨씬 멀어져 있어도 로테르담에 있을 때보다 떠오르는 태양을 더 오랫동안 볼 수 있겠죠. 매일 높이 오를수록 태양 빛을 점점 더 오래 즐길 수 있겠죠. 나는 언제 아침이 되든 상관없이 0시부터 24시를 하루로 삼아 내 여정을 일기에 기록하기로 했습니다.

밤 10시, 졸음이 몰려와 잠을 청하기로 했습니다. 잠을 자려니 지금까지 생각지도 못했던 어려움이 닥쳤습니다. 잠을 자면 천막 안의 공기는 어떻게 정화시키죠? 아무리 길게 잡아도 환기한 지 한 시간이 지나면 공기가 탁해져 숨쉬기 어렵고, 1시간 15분이 지나면 끔찍한 재앙이 닥칠 수 있습니다. 정말 심각해졌습니다. 지금까지 갖은 위험을 다 헤쳐왔는데 겨우 이런 문제로 꿈을 포기하고 내려가기로 생각할 만큼 심각해졌다면 아마 믿지 못하실 테지요. 고민의 순간은 아주 잠깐이었을 뿐 다시 곰곰이 생각에 잠겼습니다.

습관의 가장 충실한 노예인 인간은 일상을 하나의 습관으로 만들고는 일상의 틀을 아주 중요하게 여기죠. 잠을 안 잘 수는 없겠지만 자다가 한 시간마다 깨어나도 크게 불편하지 않으리 라 판단했습니다. 공기를 완전히 정화하는 데 5분이면 충분한 데 문제는 어떻게 제시간에 깨느냐 하는 것이었습니다. 이 문 제가 정말 나를 곤란하게 만들었습니다. 시험 준비생이 공부 하다 졸지 않으려고 한 손에 쇠구슬을 들고 의자 옆 바닥에 양 동이를 놓고서는, 깜빡 졸다 구슬이 떨어지면 쨍그랑거리는 소리에 깜짝 놀라 다시 깨어났다는 이야기를 들은 적이 있습 니다. 안타깝게도 내 상황은 그런 방법을 쓸 처지가 못 되었습 니다. 계속 깨어 있을 게 아니라 자다가 주기적으로 깨야 하기 때문이지요. 드디어 기가 막힌 방법이 머릿속에 번뜩였습니다. 망원경이나 증기 기관차, 인쇄술을 발견한 순간이 이러할까 요!

풍선은 차분히 상승하므로 곤돌라 역시 안정적이어서 어떤 흔 들림도 느낄 수 없었습니다. 내 계획을 실행하기에 아주 유리 한 상황이었죠. 곤돌라 안에는 19리터짜리 물통이 단단히 묶여 있습니다. 먼저 끈 두 개를 준비하여 이쪽 끝에서 저쪽 끝까지 버드나무 바구니 테두리를 가로지르게 연결한 다음, 끈 사이를 30센티미터 정도 벌려 선반처럼 평행하게 해두고 그 위에 물 통 하나를 수평으로 고정시켰습니다. 이 끈의 20센티미터 아 래, 바닥에서 122센티미터 위 지점에 얇은 널빤지로 선반을 하나 더 만들었죠. 널빤지 윗면, 물통 바로 아랫부분에는 작은 물 주전자를 올려놓았습니다. 물통 끝에는 나무 마개 크기에 맞게 구멍을 하나 뚫었습니다. 나무 마개가 구멍을 제대로 막도록 몇 번 넣었다 뺐다 하면서 마개 크기를 조정했습니다.

물통 구멍으로 물이 새어 나와 바로 아래 주전자에 떨어질 테고 60분 뒤에 주전자가 가득 찰 것입니다. 이제 주전자에 물이 차면 언제든 쉽게 알 수 있겠죠. 나머지 상황은 뻔하니까요. 내가 머리를 주전자 주둥이 방향에 둔 채 바닥에 누우면 됩니다. 한 시간 후 주전자에 물이 차면 주둥이로 흘러나와 122센티미터 높이에서 내 얼굴로 쏟아질 테니 내가 세상 모르게 깊이 잠들어도 금방 깰 수 있습니다.

작업을 모두 마치자 밤 11시가 되었습니다. 내 발명품의 효과를 굳게 믿고 잠들었습니다. 물론 내 발명품은 나를 실망시키지 않았습니다. 믿음직한 시계 덕분에 정확히 60분마다 잠에서 깨어 주전자의 물을 다시 물통에 붓고 공기를 정화한 다음 잠자리에 들었습니다. 60분마다 잠을 깨는 것이 생각보다 다소 성가시더군요. 아침 7시에 잠을 깼을 때는 이미 태양이 하늘 높이 떠 있었습니다.

4월 3일, 기구는 한없이 높이 올라갔고 지구는 완연히 둥근 모습을 보여주었습니다. 바다 한가운데 섬들이 포도 한 송이처럼 점점이 놓여 있고, 북쪽 저 멀리 수평선 끝에는 흰빛의 가느다랗고 아주 눈부신 줄무늬가 모습을 드러냈습니다. 바다 위에 줄지은 빙하였지요. 기구가 북극을 지났으면 하고 바랐기 때문에 몹시 흥분하여 어쩌면 북극 바로 위를 지나칠지도 모른다는 기대감에 부풀었습니다. 너무 높이 있는 바람에 자세히 관찰할 수 없는 것이 안타까웠습니다. 그래도 많은 것을 알 수 있겠지요. 그날은 빙하 외에 특별한 광경은 없었습니다. 공기 압축 기계는 잘 작동하고 기구는 흔들림 없이 꾸준히 올라갔습니다. 날이 몹시 추워 코트를 껴입었습니다. 지구에 어둠이 찾아왔습니다. 내가 있는 곳까지 어둠이 쫓아오려면 몇 시간이 더 걸리지만 다시 잠자리에 들었습니다. 물시계가 자신의 임무를 충실히 수행하며 나를 깨울 때를 제외하고는 아침까지 곤히 잠들었습니다.

4월 4일, 상쾌한 기분으로 일어나 아래를 보니 바다가 희한하게 변해 깜짝 놀랐습니다. 지금까지 띤 짙고 푸른색을 잃고 밝은 회색빛으로 변해 지나치게 눈부셨거든요. 이제 섬은 보이지 않았습니다. 수평선 너머 남동쪽으로 내려갔는지, 내가 너무 높이 올라가서 볼 수 없는지 알 수 없더군요. 아마 너무 높은 탓이겠지요. 북쪽 빙하의 모습은 점점 선명해졌습니다. 다행히 추위는 견딜 수 없을 정도로 심하지 않았습니다. 특별히 중요한 사건 없이 책을 읽으며 하루를 보냈습니다.

4월 5일, 지구가 아직 어둠에 잠겼을 때 해가 떠오르는 장관을 지켜보았습니다. 빛이 퍼지는 동안 북쪽 빙하를 보니 이제는 뚜렷해진 윤곽과 바다보다 짙은 빛깔을 볼 수 있었습니다. 기구는 아주 빠르게 빙하로 다가갔습니다. 동쪽에 보이는 육지와 서쪽에 보이는 육지가 어떤 대륙인지 대략 짐작해보았는데 확신할 수 없더군요. 온화한 날씨 속에 하루가 무탈하게 지나가고 일찍 잠들었습니다.

4월 6일, 줄지은 빙하 옆면이 제법 크게 보이고 너른 빙원이 북쪽 수평선까지 드넓게 펼쳐져 감탄하지 않을 수 없었습니다. 기구가 현재 방향을 계속 유지한다면 곧 얼어붙은 바다에 도착할 수 있을 테니 북극을 볼 날도 얼마 남지 않았습니다. 낮 동안 빙하에 조금씩 가까워졌습니다. 밤이 되어 북극권 인근 평평한 지역에 이르니 지구 모습이 회전 타원체인 덕분에 갑자기 시야가 확 넓어졌습니다. 아쉽게도 내 위치까지 어둠이 들이닥쳐 잠을 청했지만 밤사이 놀라운 광경을 놓칠까 걱정이 되기도 했습니다.

4월 7일, 설레는 마음으로 아주 일찍 일어났더니 역시나 틀림없는 북극이 발아래에 모습을 드러냈습니다. 아! 얼마나 안타까웠는지요! 너무 높이 올라 아무것도 정확히 알아볼 수 없었습니다. 4월 2일 오전 6시에서 기압계가 멈춘 오전 8시 40분 사이에 기압계에 표시된 높이로 추측해보면, 4월 7일 오전 4시에 기구는 1만 1674킬로미터 상공에 도달했을 것입니다. 상상이 안 될 정도로 어마어마한 높이기에 믿기 어려우시겠지만 내 계산은 아주 정확합니다. 어쨌거나 거기에서 완전히 둥근 지구를 볼 수 있었습니다. 원 그래프가 투영된 듯한 북반구 전체가 내 발아래 놓여 있었지요. 거대한 적도의 동그라미가 지구 가장자리를 형성했죠. 총장님과 부총장님께서는 북극권 지역은 거의 다 탐사했고, 내가 있던 자리가 북극에서 굉장히 높이 떨어져 있어 자세히 관찰하기 어려우니 아무리 내가 북극 중심 바로 위에서 있는 그대로의 북극을 볼 수 있었더라도 특별히 새로운 발견은 없으리라 생각하실지 모르겠습니다. 그렇지만 얼마나 신비롭고 흥분되는 광경인지 말씀드리지 않을 수 없군요.

인류 탐험의 한계라 불리는 곳, 적도 북쪽부터 끊임없이 이어지는 거대한 얼음 대륙이 광활히 펼쳐졌습니다. 얼음 행진의 시작부터 반반했던 얼음 표면이 수평선처럼 이어져 북극 중심까지 가서는 갑자기 싹둑 자른 듯 날카로운 옆면을 드러냈습니다. 얼음 대륙의 옆면은 직경 약 65초 각도로 기구를 마주 대하고 때로는 새카맣게, 때로는 거무스름하게, 그러나 북반구 어느 곳보다 짙은 빛깔로 번쩍거렸습니다. 내가 알아볼 수 있는 모습은 여기까지였습니다. 12시경 북극은 점점 작아지더니 오후 7시에는 내 시야에서 완전히 사라졌습니다. 기구는 빙하 서쪽 끝을 지나쳐 빠르게 적도 방향으로 흘렀습니다.

4월 8일, 지구 지름이 눈에 띄게 줄고 외관과 색깔도 달라졌습니다. 눈길이 닿는 곳마다 옅은 미색을 띠었고 일부 지역은 눈이 아플 정도로 밝았습니다. 지구 표면의 압축된 대기 때문에 지구를 제대로 볼 수 없었을뿐더러 구름이 시야를 방해해 구름 사이로 얼핏 지구를 볼 수 있을 뿐이었습니다. 48시간 전부터 직접 지구를 보기 어려워졌습니다. 높이 오르면 오를수록 공기 중에 낀 안개와 구름이 서로 겹쳐 지구를 관찰하기가 더욱 어려웠습니다. 그래도 기구가 북아메리카 대륙의 호수들 위를 맴돌며 정남쪽으로 흘러 북회귀선 방향으로 가고 있음을 알게 되었습니다. 이를 알고 뛸 듯이 기뻤지요. 아주 좋은 징조였거든요. 사실 지금까지 거쳐온 경로를 보면 불안하기 짝이 없었습니다. 달의 궤도가 황도로 5도 8분 48초 기울었으니 그 방향으로 계속 가면 달에 도착할 가능성이 전혀 없었거든요.

4월 9일, 이날 지구 지름은 크게 줄고 지구 표면은 매시간 점점 노랗게 물들었습니다. 기구는 꾸준히 남쪽으로 이동하여 밤 9시 멕시코 만 북쪽 끝에 도착했습니다.

4월 10일, 오전 5시 갑자기 우지끈하는 소리가 무섭도록 크게 들려 잠에서 깼습니다. 무슨 소리인지 도무지 알 수 없었습니다. 아주 잠깐 들렸지만 여태껏 한 번도 들어보지 못한 소리였거든요. 혹시 기구가 터지는 소리인가 싶어 어찌나 불안했던지요. 기계를 모조리 점검해봐도 고장 난 곳은 없었습니다. 그 괴상한 소리가 어디서 났는지 종일 고민했지만 도저히 알 길이 없어 불안하게 잠자리에 들었습니다.

4월 11일, 지구 지름은 깜짝 놀랄 만큼 작아진 반면 며칠만 지나면 보름달이 되는 달의 지름은 처음으로 눈에 띌 만큼 커졌습니다. 이제 공기를 압축하기 위해 많은 시간 공을 들여야 했습니다.

4월 12일, 기구에 특이한 변화가 생겼습니다. 물론 예상했던 변화지만 아주 기뻤습니다. 기구가 남위 20도에 이르자 갑자기 동쪽으로 방향을 크게 틀더니 종일 달의 공전 궤도면을 따라 나아갔습니다. 그래서 곤돌라가 몇 시간 내내 크게 흔들렸지요.

4월 13일, 다시 우지끈하는 소리가 크게 들렸습니다. 나를 당황하게 한 그 소리의 정체가 무엇인지 오랫동안 고심했지만 이번에도 짐작할 수 없었습니다. 지구는 아주 작아지고 기구와 대략 25도 각도를 이루었습니다. 달은 머리 위에 있어 전혀 보이지 않았습니다. 약간 동쪽으로 치우쳤지만 기구는 여전히 달의 공전 궤도면에 위치한 채 나아갔습니다.

4월 14일, 지구는 놀랄 정도로 줄어들었습니다. 감동적이게도 기구는 달의 공전 궤도 긴지름을 타고 곧장 근지점을 향해 나아갔습니다. 지구에서 달까지 가장 가까운 지름길을 따라가고 있다는 뜻입니다. 여전히 달은 바로 머리 위에 있어 보이지 않았습니다. 이제 공기를 압축하기 위해 정말 오랜 시간 힘들여 작업해야 했습니다.

4월 15일, 지구는 이제 대륙과 바다의 경계도 분명하지 않았습니다. 12시쯤 나를 오싹하게 하는 소리가 세 번째로 들렸습니다. 이번에는 훨씬 오래, 훨씬 강하게 들렸습니다. 무언가가 끔찍하게 파괴되나 보다 생각하며 무서워 벌벌 떠는데, 맹렬히 떨리는 곤돌라 옆으로 불타는 거대한 덩어리가 천둥 같은 소리를 내며 다가왔습니다. 충격과 공포가 어느 정도 가라앉자 그 덩어리는 지금 빠르게 다가가는 행성에서 분출된 거대한 화산 파편이고, 같은 부류가 가끔 지구에서도 발견되며, 더 나은 이름인 '운석'으로 불린다는 것을 알았습니다.

4월 16일, 나는 천막 옆 유리창을 번갈아 쳐다보며 풍선 너머 위쪽을 뒤덮는 달 표면 일부를 간신히 보고는 어린아이처럼 좋아했습니다. 조만간 이 위험천만한 여행의 끝을 보리라 생각하니 굉장히 들떴지요. 이제 공기 압축을 위한 노동이 최고조에 달하여 한숨 돌릴 여유조차 없었습니다. 잠도 거의 잘 수 없었지요. 기진맥진하여 온몸이 바들바들 떨렸습니다. 이렇게 극심한 고통을 이보다 더 오래 버틴다는 것은 불가능했습니다. 한층 짧아진 밤사이 운석은 더욱 자주 지나가고 불안도 더해졌습니다.

4월 17일, 이날 아침 내 여행에서 잊을 수 없는 사건이 일어났습니다. 4월 13일, 지구와 기구는 25도 각으로 마주했고, 14일에는 이 각이 크게 줄었습니다. 15일에 더욱 줄어 16일 밤 잠들기 전에는 불과 7도 15분이 되었습니다. 그런데 17일 아침 잠깐 자고 일어난 사이 갑자기 지구와 기구의 각이 39도로 늘어났으니 내가 얼마나 놀랐겠습니까! 망치로 머리를 얻어맞은 듯했습니다! 말로 표현하지 못할 무시무시한 공포와 경악이 완전히 나를 사로잡았습니다. 무릎이 떨리고 이가 서로 맞부딪히고 머리카락이 곤두섰습니다.

"기구가 터졌구나!"

혼란스러운 마음속에 처음 떠오른 생각은 그러했습니다.

"기구가 정말 터졌구나! 난 무서운 속도로 떨어지는 거야! 지금 높이에서도 10분이면 지구 표면에 닿아 산산조각이 날 거야!"

한참을 지나 마음을 추스르고 정신을 가다듬었습니다. 잠깐 멈추었다 곰곰이 생각해보니 의문이 들었습니다. 기구가 터지다니 말도 안 되는 생각이었죠. 그렇게 빨리 떨어질 리도 없습니다. 게다가 아래로 내려가는 속도가 내 상상만큼 빠른 속도가 아니었습니다. 그제야 마음을 가라앉히고 다시 정상적인 판단을 하게 되었습니다. 충격이 컸던 탓에 아래 땅이 지구와 완전히 다르다는 점을 보지 못했습니다. 사실 지구는 머리 위 풍선에 가려 보이지 않고, 달이 그 찬란한 장관과 함께 내 발아래 있었던 것입니다.

왜 달이라 깨닫지 못하고 놀라서 어쩔 줄 몰라 했는지 충분히 이해하실 테지요. 갑자기 기구 위치가 바뀌었으니 놀랄 수밖에 없겠지요. 물론 지구 인력에서 달의 인력으로 바뀌는 지점, 정확히 표현하면 지구 중력을 벗어나 달의 중력이 더 강해지는 곳에 도달하면 기구의 위치가 바뀌리라 충분히 예상할 수 있습니다. 그런데 잠에서 깬 지 얼마 되지 않아 멍한 상태였기 때문에 적어도 그 순간만큼은 기구의 위치가 변했으리라 생각하지 못했던 것입니다. 기구가 회전하는 순간 깨어 있었다면 기계가 덜거덕거리는 모습이나 내 몸의 위치 변화를 감지하여 무슨 일이 벌어지는지 알았을 것입니다.

내가 어디 있는지 정확히 깨닫고 내 영혼을 모조리 빨아들인 공포에서 벗어나자 내 관심은 모조리 달로 향했습니다. 아직 가깝지 않은 거리에 있지만 원 그래프처럼 동그란 달은 톱니처럼 울퉁불퉁한 표면을 드러내며 그 신비로운 자태를 뽐냈습니다. 바다나 대양, 호수, 강은 물론 물 비슷한 것도 찾아볼 수 없는 기이한 지형이 충격적이었습니다. 자연적인 융기보다 인공 구조물과 비슷한 원뿔 모양을 한 화산이 여기저기 솟아 달 표면 대부분을 덮었고, 그 사이에 있는 충적토로 이루어진 넓은 평야가 눈에 띄었습니다. 가장 높은 화산도 6킬로미터를 넘지 않았습니다. 내가 묘사한 글보다 캄피 플레그레이(이탈리아 나폴리에 있는 초화산으로, 현재까지 활동 중임 – 옮긴이)의 화산 지역 지도를 보면 더 쉽게 이해할 수 있을 것입니다. 화산이 우리가 운석이라 알고 있는 돌덩어리를 계속 뿜어대 기구를 위협하는 바람에 간담이 서늘해졌습니다.

4월 18일, 달은 온 시야를 덮을 정도로 커졌고 하강 속도가 무척 빨라져 잔뜩 겁을 먹었습니다. 내가 처음 달 여행을 계획할 때 달에 가까이 갈수록 압축된 대기가 존재한다고 가정하고 모든 계획을 세웠습니다. 그 반대를 증명하는 수많은 이론이 있음에도, 대기 존재설에 대한 불신이 팽배했음에도 나는 내 주장을 밀고 나갔습니다. 달에 대기가 존재한다는 근거는 엥케 혜성과 황도광뿐 아니라 릴리엔탈(독일 항공의 개척자로 사람이 탈 수 있는 글라이더를 처음으로 개발함 – 옮긴이)과 슈뢰터의 관찰에서도 찾을 수 있습니다.

이틀 반 동안 일몰 직후부터 완전히 어두워지기 전까지 달을 관찰했습니다. 달이 완전히 선명해지기 전 초승달의 양쪽 끝이 태양 빛을 반사해 빛나는데 빛이 초승달 끝에서 가늘고 희미하게 연장되는 부분이 관찰되었습니다. 나는 태양 빛이 달의 대기에 의해 굴절되어 달의 반원 너머까지 연장된다고 확신했습니다. 그리고 달 대기의 높이가 413미터고 태양 빛을 굴절시킬 수 있는 가장 높은 높이는 1638미터임을 계산해냈습니다. 달이 지구와 32도 각도에 있을 때 달의 대기는 어두운 반구 안으로 빛을 굴절시켜, 지구에서 굴절된 빛보다 더 빛나는 황혼을 만들 수 있습니다. 〈철학 회보〉 후편 82권에 보면, 목성의 세 번째 위성이 목성 빛을 가려 생긴 그림자가 1, 2초 만에 사라지고, 네 번째 위성이 목성 가장자리에서 보이지 않게 되었다는 내용이 나오는데 이 문구 역시 내 의견을 뒷받침합니다.[3]

---

3) 하벨리우스가 쓴 책을 보면 하늘이 매우 맑아 6등성과 7등성 별까지 선명하게 보일 때 같은 높이의 달을, 지표면과 같은 각도에서 같은 망원경을 가지고 여

카시니는 달이 토성과 목성 및 다른 별들에 가까이 다가갈 때 이 천체들이 타원으로 변하는 모습을 관찰했습니다. 다른 위성이 같은 천체를 가릴 때에는 그러한 변화가 관찰되지 않았습니다. 이 역시 달 주위에 밀집된 기체가 있어 태양 빛을 반사하는 것이라고 보아야 하지 않겠습니까!

달의 대기 존재설을 반대하든 지지하든, 내 하강의 안전은 전적으로 거기에 달려 있습니다. 내가 틀렸다면 내 여행의 마지막은 쏜살같이 내려가 바위투성이 달 표면에 꽂혀 산산이 가루로 부서지는 것이겠지요. 그러니 겁이 날 수밖에요. 공기를 압축하는 일이 좀 수월해진다면 달까지 가는 거리가 그리 멀지만은 않을 텐데 공기의 상태는 좀처럼 달라질 기미가 보이지 않았습니다.

4월 19일 아침 9시, 달 표면에 상당히 가까워져 크게 좋아했는데 나를 정말 힘들게 했던 압축기 펌프가 대기의 변화 조짐까지 보여주어 더욱 기뻤습니다. 오전 10시 공기는 아주 많이 압축되어 있었습니다. 11시에는 공기 압축을 위한 펌프질을 하지 않아도 되었고, 12시가 되자 살짝 망설였지만 과감히 공기 구멍을 열었습니다. 아무 이상이 없음을 확인하고는 천막을 걷어냈지요. 갑자기 위험 속으로 뛰어든 결과 또 한번 발작과

러 번 관찰할 때 달과 달의 어두운 부분이 언제나 동일한 선명도로 보이지 않음을 발견했다. 관측 환경에서 추론해보면, 이 현상은 지구의 대기나 망원경, 달 자체 또는 관찰자의 눈에서 비롯된 현상이 아니다. 달에 무언가(예를 들면 대기와 같은 물질)가 존재하기 때문에 나타나는 현상이 틀림없다. – 원주

심한 두통을 겪었지요. 그러나 발작이 내 목숨을 위험에 빠뜨릴 정도는 아닌데다 나는 빠르게 압축된 대기층으로 내려가는 중이므로 최대한 버텨보기로 했습니다.

하강 속도가 무시무시하게 빨랐습니다. 달 크기에 비례해 공기 덩어리가 있으리라는 예측은 틀리지 않았지만 달의 공기 밀도가 기구의 무게를 충분히 버티리라는 예측은 완전히 빗나갔습니다. 양쪽 행성에서 느끼는 중력은 대기 압축 비율에 영향을 받습니다. 그런데 이렇게 빠른 속도로 떨어진다면 그 이론이 틀린 것일까요? 이 현상을 해명할 유일한 설명은 내가 예전에 언급한 지질학적 방해의 가능성입니다. 어쨌든 지금 달을 향해 빠르게 떨어지는 중입니다.

1초도 지체하지 않고 모래주머니를 밖으로 던졌습니다. 다음에는 물통을, 그 다음에는 공기 압축 기계와 천막을 던지고 마지막으로 곤돌라 안에 있는 물건을 모조리 던졌습니다. 그래도 소용이 없었지요. 기구는 여전히 무섭도록 빠르게 하강하여 표면까지 800미터도 남지 않았습니다. 최후의 수단으로 외투, 모자, 신발을 벗어 던지고 상당한 무게를 차지하는 곤돌라까지 풍선과 끊은 채 그물에 매달렸습니다. 그제야 풍경을 둘러볼 여유를 얻은 내 눈에는 차곡차곡 들어선 작은 집들이 보였고, 입이 찢어졌나 싶을 정도로 벌어진 작고 못생긴 사람들이 구름처럼 몰려서 허리에 손을 대고 풍선과 나를 비스듬히 올려보며 단 한 마디도 하지 못한 채 딱히 나를 어떻게 도울지 모르고 우두커니 서 있는 환상적인 도시가 보였습니다.

나는 구경꾼들에게서 무심히 고개를 돌려 이제는 아주 멀리 떨어진, 어쩌면 영원히 작별인 지구를, 흐릿한 구리 방패처럼 하늘 위에 붙박인 지구를 바라보았습니다. 적도와 열대 지방에 띠를 두른 채 황금빛 초승달처럼 가장자리가 눈부시게 빛나며 기울어진 지구를, 육지나 바다의 흔적은 찾아볼 수 없고 흐릿한 안개의 소용돌이에 파묻힌 지구를 바라보았습니다.

누구도 겪어보지 못한 위험과 거기서 탈출하는 이야기가 총장님과 부총장님께 긴장감 넘치는 재미를 선사했는지요? 로테르담에서 출발 후 19일, 지구에 사는 인간이 계획하고 시작하고 완성한 여행이, 그 무엇보다 놀랍고 중요한 여행이 이렇게 안전하게 끝났습니다. 아직 들려드릴 모험담이 아주 많답니다. 달에서 5년 동안 생활하면서 그 독특함을 온몸으로 경험했을 테니 내가 남모르게 우리 천문학자의 대학에 전해줄 아주 중요하고 놀라운 정보를 많이 갖고 있으리라 총장님과 부총장님은 생각하실 테지요.

사실 그렇습니다. 전해드릴 이야기가 무궁무진합니다. 달의 기후에 대해 간단하게 말씀드려볼까요? 달에는 2주 동안 이글이글 불타는 태양 빛과 다음 2주 동안 북극보다 더 혹독한 추위가 번갈아 나타나고, 진공 속에서 증류되듯 태양 가까운 곳에서 가장 먼 곳까지 끊임없이 수증기가 이동합니다. 물이 흐르면서 토양이 계속 변화하는 지역과 달에 거주하는 사람들에 관해, 그 사람들의 생활 방식, 관습, 정치 제도, 신체 구조에 관해서도 알려드릴 내용이 엄청납니다. 달 사람들의 못생긴 얼굴에는, 한정된 대기 속에 쓸모없는 부속물이 된 까닭에 귀가 없습니다. 귀가 없으니 언어 능력이 있어도 사용할 줄 모르고 의사소통을 하기 위해 특이한 방법을 씁니다. 달에 거주하는 사람들은 마치 행성과 위성의 관계처럼, 한 사람의 삶과 운명이 다른 사람의 삶과 운명에 긴밀히 연결되어 있습니다.

총장님과 부총장님은 무엇보다 이 내용을 가장 환영할 것 같습니다. 신의 자비인지 달의 공전주기와 자전주기가 기적적으로 일치하여 여태 인간의 망원경으로 고개를 돌린 적 없는 지역, 앞으로도 인간이 관찰하기 불가능한 어둡고 오싹하고 신비로운 지역, 달의 뒷면에 관해서 말입니다.

이 모든 것들을 상세히 알려드릴 수 있습니다. 간청이 하나 있습니다. 나는 고향으로, 가족에게로 간절히 돌아가고 싶습니다. 물리학과 철학에 빛을 던져줄 많은 사실을 알려드리는 보답으로 로테르담에서 내가 출발할 때 빚쟁이 셋에게 저지른 죄를 총장님과 부총장님의 고귀한 권위로 용서해주십사 합니다. 그리하여 이 편지를 띄웁니다. 제대로 교육받은 달 거주인 하나에게 편지를 지구에 전해달라고 부탁했습니다. 편지를 기꺼이 환영하리라 믿습니다. 용서해주신다면 심부름꾼에게 면죄의 뜻을 전해주십시오.

총장님과 부총장님의 충직한 조력자가 되기를 희망하며, 한스 팔 올림

기상천외한 편지를 끝까지 읽고 두둥둥 교수는 너무 놀라 입에 물던 담뱃대를 떨어뜨리고, 수페르부스 폰 운데르두크 시장은 연신 안경을 벗어 문지르고 주머니에 넣은 다음 자신의 직책과 품위도 잊은 채 충격과 경외가 뒤섞인 사람마냥 뒤꿈치로

세 번 돌았다고 한다. 한스 팔의 면죄는 두말할 필요도 없이 확실했다. 두둥둥 교수는 흔쾌히 면죄를 약속했고, 폰 운데르두크 시장은 집에 가면서 신중히 고민하다가 아무 말 없이 두둥둥 교수의 팔을 잡으며 용서하기로 했다. 그러나 시장의 집 앞에 도착했을 때 두둥둥 교수가 시장에게 말했다. 로테르담 시민이 자신을 뚫어져라 쳐다보는 모습을 보고 편지 심부름꾼이 크게 겁먹고 사라져버렸는데 아득히 먼 달로 여행 간 남자 말고는 누구에게도 쓸모없는 면죄를 우리가 한들 무슨 의미가 있느냐고. 시장도 그 말에 동의하여 이 문제는 그렇게 아무 의미 없이 끝났다.

소문과 추측은 끝나지 않았다. 편지 하나로 생긴 갖가지 유언비어가 무성하게 퍼졌다. 스스로 현명하다 자부하는 사람들은 모든 사건이 새빨간 거짓말이라 헐뜯으며 자신들의 어리석음을 드러냈다. 흔히 이런 부류의 사람들은 자신의 짧은 이해력으로 모든 문제를 설명하기 위해 거짓말이라는 용어를 자주 사용한다. 이 사람들이 무엇을 근거로 그렇게 비난하는지 이해할 수 없다.

이 사람들이 하는 말을 들어보자.

첫째, 로테르담에서 농담 따먹기 좋아하는 어떤 사람들은 어떤 시장과 어떤 천문학자에게 어떤 특별한 반감을 품고 있다.

무슨 말인지 당최 이해가 가지 않는다.

둘째, 가벼운 죄를 지어 양쪽 귀가 바짝 잘린 못생기고 이상한 난쟁이 하나가 이웃 도시 브루게에서 며칠째 행방불명이라고 한다.

그래서 뭐가 어쨌단 말인가?

셋째, 작은 풍선에 덕지덕지 붙은 신문은 네덜란드 신문이었다. 그러므로 기구가 달에서 만들어졌을 리 없다. 신문이 심하게 더러웠는데, 인쇄공 글루크는 《성경》에 맹세코 그 신문들이 로테르담에서 인쇄된 것이라 증언했다.

인쇄공이 틀렸다. 확실히 틀렸다.

넷째, 2~3일 전 한스 팔과 게으른 빚쟁이로 보이는 술 취한 불량배 셋이 인근 술집에 나타나 두둑한 돈을 자랑하며 바다로 항해를 떠난다고 사라졌다.

믿지 마라. 한마디도 믿지 마라.

마지막, 대부분이 받아들이는 의견이며 당연히 받아들여야 하는 의견은 이러하다. 로테르담 천문과학대학은 물론 다른 모든 지역의 대학과 천문학자들은 꼭 필요한 일을 수행한 것 이외에 더 현명하거나 더 뛰어나거나 더 훌륭하게 대처하지 않았다.

천일야화의 천두 번째 이야기

Edgar
A. Poe

천일야화의 천두 번째 이야기[1]

진실은 허구보다 더 기이하다.

— 속담

최근 동양에 대해 연구하던 중 우연히 《텔미나우 이즈잇소오어낫Tellmenow Isitsoornot》이란 작품을 참고하게 되었다. 이 작품은 시므온이 쓴 《조하르》처럼 유럽에서조차 거의 알려지지 않았고 미국인에 의해 인용된 적도 전혀 없었다. 굳이 인용한 사람을 들자면 《미국 문학에 대한 호기심》의 저자 정도일 것이다. 먼저 언급했던 그 뛰어난 작품을 몇 장 넘기다가 나는 문학계가 이상하게도 여태껏 고관의 딸인 셰에라자드의 운명을 《천일야화》에서 묘사된 운명으로 잘못 알아왔다는 것과 《천일야화》 속 결말이 비난받아 마땅한 이유는 내용이 어느 정도까

---

1) 《천일야화》의 실제 이야기 수는 천한 개가 아니나 이 책에서는 포가 붙인 제목 (셰에라자드의 천두 번째 이야기The Thousand and Second Tale of Scheherazade) 의 의미를 살리고자 했다 - 옮긴이

지는 맞지만, 진짜 결말은 그보다 훨씬 더 뒤였기 때문이란 것을 알고 적잖이 놀랐다.

이 흥미로운 주제에 대해 자세히 알고 싶어 하는 호기심 많은 독자에게《텔미나우 이즈잇소오어낫》을 직접 읽도록 권해야 하겠지만 그 전에 내가 이 책에서 읽은 내용을 요약해서 들려주는 것도 나쁘지 않을 것 같다.

《천일야화》는 왕비를 질투할 충분한 이유가 있는 어떤 왕이 왕비를 죽이는 것으로 모자라 자기 영토에서 가장 아름다운 처녀를 매일 밤 아내로 맞이한 뒤, 다음 날 아침이면 그 아내를 사형 집행인에게 데려가기로 자신의 수염과 선지자에게 맹세한다는 내용으로 널리 알려졌다.

왕은 수년간 이 맹세를 정확히 지켰고 종교적 독실함과 규율 덕분에 경건하고 분별력 있는 인물로 큰 신뢰를 받았다. 그러던 어느 날 오후, 분명 기도 시간이었다. 수상이 왕을 알현하여 자신의 딸에게 좋은 생각이 있는 것 같다고 아뢰었다.

딸의 이름은 셰에라자드였고, 셰에라자드가 생각해낸 좋은 생각이란 미인을 앗아가는 세금에서 나라를 구하든가, 성공하지 못한다면 모든 여인이 받아들인 관례에 따라 자기도 죽겠다는 것이었다.

따라서 제물을 더 가치 있게 만들어주는 윤년이 아닌데도, 셰에라자드는 왕에게 가서 결혼해줄 것을 청해달라고 아버지에게 부탁했다. 왕은 이 청혼을 기꺼이 승낙했다. 수상이 두려워 결정을 차일피일 미루긴 했지만 결국엔 허락할 심산이었다. 청혼을 승낙하고 나서 왕은 수상이든 누구든 상관없이 자신은 서약이나 권한을 포기할 생각이 눈곱만치도 없다는 것을 명심하라고 모든 대신 앞에서 확실히 못 박았다. 그렇게 해서 아름다운 셰에라자드는 아버지의 만류에도 고집을 꺾지 않고 왕과 결혼했다. 왕의 신부가 되었으니 셰에라자드는 좋든 싫든 까맣고 아름다운 눈을 크게 뜨고 돌아가는 사태를 잘 살펴야 했다.

하지만 마키아벨리 저서를 읽었을 것이 분명한 이 신중한 처녀는 머릿속에 아주 절묘한 계획을 세워놓은 듯 보였다. 결혼식 날 밤, 무슨 그럴듯한 구실을 댔는지 몰라도 셰에라자드는 용케 여동생을 불러와 국왕 부부가 쓰는 침상 가까이에 있는 소파에서 잘 수 있도록 조치했다. 침대에 누워 이야기를 나눌 수 있을 만큼 가까운 거리였다. 그리고 새벽 수탉이 울기 바로 전에 셰에라자드는 훌륭한 군주인 남편을 조심스럽게 잠에서 깨웠다. 왕은 다음 날이면 아내의 목을 비틀어 죽여버리겠다고 마음먹었으므로 셰에라자드의 끈질긴 고집을 참아주었다. 성실하고 건강한 왕은 잠을 깊게 잤지만, 셰에라자드가 조용한 목소리로 동생에게 들려주고 있었던(내 생각에 쥐와 검은 고양이에 관한) 매우 재미난 이야기로 겨우 왕을 잠에서 깨울 수 있었다. 동이 텄는데도 이야기가 다 끝나지 않았고 셰에라자드는 순리에 따라 침대에서 일어나 목 졸려 죽으러 갈 시간이 되었으므로 이야기를 제때에 마칠 수 없었다. 목을 졸라 죽이는 것이나 목매달아 죽이는 것이나 크게 다르지는 않았지만 목을 졸라 죽이는 것이 약간 더 고상해 보인다는 이유였다.

애석하게도 왕은 신실한 종교 원칙을 넘어설 정도로 이야기의 결말이 무척 궁금했다. 그래서 검은 고양이(내 기억엔 검은 고양이였다)와 쥐가 끝에 가서 어떻게 되었는지 그날 밤에 마저 듣기 위해 이번 한 번만 서약의 실행을 다음 날 아침까지 미루기로 했다.

밤이 되자 셰에라자드 왕비는 검은 고양이와 쥐(쥐는 파란색이었다) 이야기를 끝냈을 뿐 아니라, 내 기억이 틀리지 않는다면 자기도 모르게 남색 태엽을 감아주면 거칠게 달리는 초록색 날개가 달린 분홍색 말에 관한 복잡한 이야기로 넘어갔다. 왕은 고양이 이야기보다 이 이야기에 훨씬 더 흥미를 느꼈다. 왕비는 사형 시간에 맞추어 이야기를 끝내려고 열심히 노력했지만 결말에 이르기 전에 동이 트고 말았다. 그러니 전날과 마찬가지로 24시간 동안 사형을 연기하는 수밖에 다른 도리가 없었다. 다음 날 밤에도 비슷한 상황이 벌어졌고 그다음 날, 또 그다음 날도 같았다. 그래서 어쩔 수 없이 천 일하고도 하룻밤 동안 서약을 지킬 기회를 모두 잃어버린 왕은 이 기한을 끝내는 것을 잊었거나 스스로 규칙을 따르지 않기로 했거나 혹은 (가장 그럴듯하게) 고해 사제의 수장으로서 보란 듯이 서약을 어기는 것처럼 보였다. 어쨌든 이브의 직계 후예인 셰에라자드 왕비는 모두 알다시피 이브가 에덴동산 나무 아래서 주운 이야기 바구니 일곱 개를 모두 물려받은 것 같았다. 마침내 셰에라자드 왕비가 이겼고 미인을 바치는 일은 폐지되었다.

이쯤에서 우리가 기록으로 아는 이야기는 지나치게 적절하고 즐겁게 끝난다. 저런! 많고 많은 즐거운 일이 그렇듯 이 결말은 즐겁긴 해도 진실은 아니다. 내가 이 오류를 고칠 수 있었던 것은 전부 《이즈잇소오어낫》 덕분이다. '가장 좋은 것은 좋은 것의 적이다'라는 프랑스 속담이 있다. 앞서 셰에라자드 왕비가 이야기 바구니 일곱 개를 물려받았다는 말을 하면서 나는 왕비가 갈수록 더 재미난 이야기를 내놓다 보니 바구니가 일흔일곱 개로 불어났다는 말을 덧붙였어야 했다.

천두 번째 밤에 왕비가 말했다. 이것은 《이즈잇소오어낫》에 적힌 말을 그대로 옮긴 것이다.

"애야, 애야, 이제 목 졸려 죽임을 당할 난관도 흐지부지 잊었고 나라에 미인을 바쳐야 하는 혐오스러운 제도도 사라졌으니, 이런 말 하긴 미안하지만 신사답지 못하게 코를 고는 폐하와 너에게 선원 신드바드 이야기의 전체 결말에 대해 알려주는 것을 더 미루면 안 되겠다는 생각이 들어. 신드바드는 내가 했던 이야기 말고도 수없이 많고 더욱 흥미로운 모험을 겪었지. 하지만 사실 어떤 밤엔 얘기하다가 졸려서 도중에 끝내버리기도 했어. 이 통탄할 죄를 알라께서 용서해주시기만 바랄 뿐이야. 그래도 아직 내 부주의한 행동을 만회할 기회가 있으니 폐하의 저 지독한 코골이가 멈추도록 한두 번 꼬집어 잠에서 깨운 다음 곧바로 네게, 그리고 원하신다면 폐하께도 이 놀라운 이야기의 뒷이야기를 들려줄게."

내가 《이즈잇소오어낫》에서 읽은 바에 따르면 셰에라자드 왕비의 동생은 이 말을 듣고 별로 기쁜 내색을 보이지 않았다. 하지만 몇 번 꼬집히고 나서야 코골이를 멈추고 깨어난 왕은 "흠!", "저런!" 하는 소리를 냈다. 왕이 이런 말(분명히 아랍어였을 것이다)을 하는 것으로 보아 이야기에 잔뜩 귀 기울이느라 이제 코를 골지는 않으리라고 생각한 왕비는 상황이 본인 마음에 들도록 정리가 되자 즉시 신드바드 이야기를 다시 시작했다.

"마침내 노년에 이르러(셰에라자드 왕비가 들려주는 이 이야기의 화자는 신드바드 본인이다), 마침내 노년에 이르러 집에서 수년간 조용한 삶을 즐긴 후 저는 또 한번 외국을 돌아다니고 싶다는 열망을 가지게 되었습니다. 그러던 어느 날 저는 가족들에게 제 계획을 알리지 않은 채 귀중하면서도 부피가 작은 물품들을 몇 짐 싼 뒤 그것들을 옮겨줄 짐꾼을 고용해 함께 바닷가로 내려가, 이 왕국 바깥에 있는 아직 탐험해보지 못한 지역으로 나를 실어가 줄 아무 배라도 도착하기만을 기다렸지요.

짐을 모래사장에 두고 우리는 나무 그늘에 앉아 배가 보이기를 바라며 대양을 쳐다보았지만 몇 시간째 아무것도 보이지 않았습니다. 이윽고 윙윙거리는 것과 비슷한 독특한 소리가 들리는 것 같았어요. 짐꾼도 한참 들어보더니 자기도 들린다고 했습니다. 이제 소리가 점점 크게 들렸습니다. 따라서 그 소리를 내는 물체가 우리 쪽으로 다가오는 것이 확실했습니다. 마침내 우리는 수평선 끝에서 빠르게 커지는 까만 점을 발견했고 그것이 바다 표면 위로 거대한 몸 일부분만 보이며 헤엄쳐 오는 괴물이란 것을 알았습니다. 괴물은 가슴 주변에 거대한 물보라를 일으키면서 뒤로는 멀리 펼쳐내는 긴 불줄기로 자신이 헤치고 나가는 바다를 환히 비추며 상상할 수 없이 빠른 속도로 우리를 향해 다가오더군요.

가까이 다가오자 괴물의 모습이 또렷이 보였죠. 길이는 높이 솟은 나무 세 그루를 합한 정도였고, 너비는 칼리프(아라비아어로 '상속자'란 뜻이며, 정치와 종교적 권력을 모두 갖고 있는 이슬람 세계의 지배자를 일컫는 칭호 – 옮긴이)들 중 가장 기품 있고 자비로운 왕인 폐하의 왕궁 접견실만 했습니다. 몸은 보통 물고기와 달리 바위처럼 딱딱했고 가늘고 새빨간 줄로 테두리를 두른 것을 제외하면 물 밖으로 떠오른 부분은 모조리 칠흑처럼 검은색이었어요. 괴물이 수면 바로 아래 떠서 너울을 일으키며 오르락내리락할 때 살짝씩 볼 수 있었던 복부는 전체가 은빛 비늘로 덮여 있었고 색은 자욱한 안개 사이로 보이는 달빛 같았답니다. 등은 평평하고 흰색에 가까웠으며 몸 전체 길이의 절반 정도 되는 가시 여섯 개가 등 위로 돋아나 있었습니다.

그 끔찍한 괴물은 딱히 알아볼 수 있는 입은 없었지만 마치 이 부족함을 메우기라도 하려는 듯 적어도 여든 개에 달하는 눈이 초록색 잠자리처럼 튀어나와 있었고 몸 주변에 위아래 두 줄로 정렬되어 있었지요. 이와 평행하게 나 있는 새빨간 줄은 눈썹 구실을 하는 것 같았습니다. 이 무시무시한 눈 중 두세 개는 다른 것들에 비해 훨씬 더 컸고 순금처럼 보였습니다.

제가 앞에 말했듯 이 괴물이 엄청난 속도로 우리에게 다가오고 있었지만 물고기처럼 지느러미도 없고, 오리처럼 물갈퀴가 달린 발도 없고, 배가 바람을 타고 나아가듯 조개껍데기처럼 생긴 날개도 없고, 뱀장어처럼 몸을 뒤틀며 전진하는 것도 아니었으므로 마법에 걸려 움직이는 것이 틀림없었습니다. 머리와 꼬리는 모양이 정확히 일치했어요. 단, 꼬리 부근에 콧구멍 역할을 하는 작은 구멍 두 개가 있어서 그 구멍으로 날카롭고 불쾌한 소음을 내며 맹렬하게 깊은숨을 내뿜었답니다.

이 소름 끼치는 괴물을 보고 우리가 느낀 공포는 엄청났지만, 더 가까이 보다가 괴물의 등에서 크기와 모양, 전체적인 생김새까지 인간을 닮은 수많은 동물을 발견하자 공포는 놀라움을 넘어 극에 달했지요. 그들은 인간과 달리 옷을 입지 않았고, 본래부터 있던 것이 분명한 흉측하고 불편해 보이는 천과 흡사한 덮개로 싸여 있었어요. 피부에 너무 바짝 붙은 덮개 때문에 그 불쌍하고 비참한 생명체들은 우스꽝스러울 정도로 불편해 보였고 심한 고통을 느낄 것이 분명했습니다. 머리끝에는 사각형처럼 생긴 상자를 얹고 있더군요. 처음 보았을 때는 터번 역할을 한다고 추측했지만 곧바로 그 상자가 지나치게 무겁고 단단하다는 것을 알게 되었죠. 따라서 저는 상자의 엄청난 무게로 보아 머리를 어깨 위에 꼿꼿하고 안전하게 고정하기 위해 고안된 장치일 것이라고 결론지었어요. 목 주변에는 노예의 표시가 확실한 검은 목걸이를 차고 있더군요. 개에게 채우는 것과 같았지만 좀 더 넓고 매우 딱딱해서 몸 전체를 동시에 틀지 않고서는 이 불쌍한 자들이 어느 방향으로든 머리를 움직이기란 불가능했을 겁니다. 이렇게 해서 그들은 신기하게 생긴, 나쁘게 얘기하면 보기 싫게 생긴 넓적한 들창코만 끊임없이 바라봐야 하는 신세가 되고 말았죠.

괴물이 우리가 서 있는 해안에 거의 가까워지자 갑자기 괴물의 눈 하나가 멀리 튀어 나갔고 거기에서 천둥소리라고밖에 표현할 수 없는 소음이 났고 짙은 구름 같은 연기와 엄청난 불빛이 뿜어져 나왔어요. 연기가 가시고 나자 그 사람을 닮은 이상한 동물 중 하나가 거대한 괴물 머리 가까이에 서서 손에 트럼펫을 들고 있는 모습이 보였습니다. 트럼펫을 입으로 가져가더니 크고 거칠며 불쾌한 음조로 우리를 향해 말을 걸었죠. 코로 분 것을 몰랐다면 언어로 착각했을 겁니다.

말을 걸어온 것이 분명했지만 저는 무슨 말인지 도무지 알아들을 수 없어서 어떻게 대답해야 할지 난감했습니다. 고민 끝에 짐꾼을 돌아보니 그는 두려워서 거의 기절할 것처럼 보이더군요. 나는 짐꾼에게 저것이 어떤 종류의 괴물인지, 무엇을 원하는지, 괴물 등에 바글거리는 저 생명체들은 대체 무엇인지 아느냐고 물었습니다. 공포에 떨면서도 짐꾼은 이 질문에 최선을 다해 대답해주더군요. 그는 이 바다 괴물에 관한 이야기를 예전에 한번 들어본 적이 있었고, 그 이야기를 떠올려 보면, 괴물은 유황으로 된 내장과 불로 된 피가 흐르는 잔인한 악마로 악령들이 인류에게 고통을 안겨주려고 만들어낸 것이라고 했습니다. 괴물 등에 있는 것들은 종종 개와 고양이에 들끓곤 하는 해충 같은 존재로 단지 좀 더 크고 사나울 뿐이었어요. 사악하긴 하지만 이 해충들도 나름의 쓸모가 있었죠. 깨물고 찌르면서 괴물을 괴롭혀 고함치게 하고 악행을 저지르는 데 필요한 만큼 화를 돋워 괴물로 하여금 못된 악령들의 복수심에 불타고 악의에 찬 계획을 완수하게 하는 것이 바로 그 생명체들의 역할이었습니다.

이 이야기를 듣자마자 저는 도망치기로 마음먹었고 한 번도 뒤돌아보지 않은 채 전속력으로 내달려 언덕으로 올라갔습니다. 반면에 짐꾼은 저와 거의 반대 방향으로 역시나 빠른 속도로 달려갔습니다. 그렇다면 결국 제 짐들도 짐꾼이 가지고 도망쳤으니 틀림없이 그가 잘 보관하고 있겠죠. 하지만 그 짐꾼을 다시 본 적이 없으니 이 부분에 대해서는 확신할 수는 없군요.

저는 작은 배로 해안에 도착한 인간을 닮은 해충 떼에게 추격당한 끝에 곧 사로잡혀 손발이 묶인 채 괴물에게 끌려갔고 괴물은 즉시 바다 한가운데로 다시 헤엄쳐 나갔습니다.

이제 저는 편안한 집을 떠나 이런 모험 속에 삶을 위태롭게 만든 어리석음을 뼈저리게 후회했지요. 하지만 후회해봐야 소용없었으므로 최대한 몸과 마음을 추스르고 무리를 통솔하는 권한이 있는 듯 보이는 트럼펫을 든 동물의 환심을 사려고 노력했습니다. 이런 노력이 성공을 거두어 며칠 만에 그 동물은 제게 여러 방법으로 호의를 표했고, 드디어 언어라고 부르기에는 한참 모자라는 것의 기초를 가르쳐주기까지 했답니다. 급기야 저는 그 동물과 거침없이 대화를 나눌 수 있었고 세상을 보고 싶은 제 강렬한 소망을 이해시키기에 이르렀죠.

어느 날 오후, 인간을 닮은 동물이 말했습니다. '와시시 스쿼시시 스쿽, 신드바드, 헤이 디들 디들, 그런턴트 그럼블, 히스, 피스, 위스.' 대단히 죄송하지만 폐하께서 꼬끼오 히이잉(사람을 닮은 동물들을 그렇게 불렀어요. 아마도 그들이 사용하는 언어가 말이 내는 울음소리와 수탉 소리를 섞어놓은 듯했기 때문일 겁니다) 이 쓰는 통용어를 이해하지 못한다는 것을 깜빡 잊었군요. 괜찮다면 제가 통역을 하겠습니다. '워시시 스쿼시시…' 등등이 무슨 뜻인가 하면 '친애하는 신드바드, 정말이지 자네가 꽤 훌륭한 친구라는 것을 알게 되어 기쁘네. 우리는 이제 세계 일주라는 것을 떠날 참이야. 자네도 세상을 돌아보고 싶다고 하니 내가 자네는 특별히 봐줘서 공짜로 괴물의 등을 타고 갈 수 있게 해주겠네'였습니다."

《이즈잇소오어낫》에 따르면 셰에라자드 왕비가 거기까지 얘기하자 왕이 왼쪽에서 오른쪽으로 돌아누우며 이렇게 말했다고 한다.

"왕비, 당신이 이 신드바드의 모험 후반부를 지금껏 들려주지 않고 있었다니 놀랍군. 짐이 얼마나 재미있고 신기해하는지 그대는 아는가?"

왕이 이렇게 자기 마음을 내비치자 아름다운 셰에라자드 왕비는 계속해서 다음 이야기로 넘어갔다.

"신드바드는 칼리프에게 자신의 이야기를 들려주는 것 같은 말투로 말을 계속했답니다. 저는 그 사람을 닮은 동물에게 친절을 베풀어준 데 대해 감사를 표했고 대양을 엄청난 속도로 수영해 나아가는 괴물 위에서 아주 편안히 지낼 수 있었습니다. 비록 세상의 눈으로 보면 괴물의 등 표면이 절대로 평평하지 않고 석류처럼 둥글어서 이를테면 우리는 언제나 언덕을 오르락내리락하며 지낸 셈이었지요."

"그것참 특이했겠군."

왕이 끼어들며 말했다.

"그렇긴 해도 정말이랍니다."

"의심이 가긴 하지만 어서 얘기를 계속해보시오."

"예, 신드바드가 칼리프에게 계속 이야기했답니다.

제가 말씀드렸듯 괴물이 수영하는 동안 우리는 괴물의 둥근 등을 오르내리다가 마침내 어떤 섬에 도착했습니다. 그 섬은 둘레가 500킬로미터쯤이나 됐지만 애벌레처럼 생긴 조그만 물체가 바다 한가운데에 군집을 이룬 것이었어요."[2]

"흠!"

왕이 소리 냈다.

"이 섬을 떠난 후 신드바드가 말했습니다(셰에라자드 왕비는 남편이 이처럼 예의 없이 불시에 내뱉는 소리를 알아차리지 못한 것이 분명했다). 이 섬을 떠난 후 우리는 또 다른 섬으로 갔어요. 그곳의 숲은 딱딱한 돌로 이루어져 있었습니다. 나무가 너무 단단해서 담금질이 잘된 도끼로 베어보았으나 도끼날이 잘게 부러져나가고 말았지요."[3]

---

2) 산호석 - 원주

3) 텍사스에서 가장 놀라운 자연의 불가사의 중 하나가 파시뇨 강 본류 근처에 있는 돌로 된 숲이다. 그 숲은 모두 돌로 변해 꼿꼿하게 서 있는 수백 그루의 나무로 이루어져 있다. 아직 자라는 중인 몇몇 나무들도 부분적으로 돌로 변해가는 중이다. 이 모습은 자연 철학자들에게 놀라운 사실이며, 자연 철학자들은 이에 따라 현재 화석 이론을 수정해야 한다. – 케네디

이 이야기는 처음에는 인정받지 못하다가 암석들로 이어진 블랙힐스Black Hills에서 발원하는 샤이엔 강 본류 근처에서 완전히 돌로 변한 숲이 발견되면서 입증되었다. 지질학적으로 보나 경치로 보나 카이로 근처의 돌로 변한 숲이 보여주는 장관보다 더 뛰어난 곳은 지구 상에서 찾아보기 어려울 것이다. 여행자는 그 도시의 관문 바로 너머에 있는 칼리프들의 무덤을 지나 남쪽으로 사막 횡단로와 거의 직각에 가깝게 나아가 수에즈에 이른다. 바로 어제 파도에 씻긴 것처럼 신선한 모래와 자갈, 바다 조개로 뒤덮인 낮고 황량한 계곡을 15킬로미터쯤 간 후 여행자가 가는 길과 어느 정도 평행으로 뻗은 모래 언덕으로 된 낮은 구릉 지대를 건넌다. 이제 그 앞에 펼쳐진 광경은 상상할 수 없을 만큼 독특하고 적막하다. 모두 돌로 변해 말발굽이 닿을 때마다 무쇠 소리가 울려 퍼지는 나무의 파편 덩어리가 주변에 수 킬로미터 이어져 쇠락하고 피폐한 숲을 이룬다. 나무는 어두운 갈색을 띠지만 형태는 완벽히 유지하고 있고 길

"흠!"

왕이 다시 소리를 냈다. 셰에라자드 왕비는 신경 쓰지 않고 신드바드의 말을 빌려 이야기를 이어갔다.

"이 섬을 지나 우리는 어느 나라에 있는 동굴에 도달했습니다. 그 동굴은 땅속으로 50킬로미터 정도 깊이까지 나 있었고 그 안에는 다마스쿠스와 바그다드에서 볼 수 있는 것보다 훨씬 더 넓고 웅장한 궁전들이 아주 많이 지어져 있었어요. 이 궁전들의 지붕에는 다이아몬드 같은 보석들이 헤아릴 수 없이 많이 달려 있었고 보석 크기는 사람보다 더 컸지요. 탑과 피라미드, 사원들이 있는 도로들 사이로 흑단처럼 검은 강이 흘렀고 그 속엔 눈이 없는 물고기들이 가득했습니다."[4]

"흠!"

왕이 소리 냈다.

"그다음 헤엄쳐간 곳에서 우리는 우뚝 솟은 산을 하나 보았

이가 30센티미터에서 4.5미터에 이르고 15~90센티미터 두께를 자랑하는 조각들이 눈으로 볼 수 있는 곳까지 서로 촘촘히 흩뿌려져 이집트산 당나귀조차 그 사이를 헤치고 나아갈 수 없을 정도다. 이곳이 스코틀랜드나 아일랜드였다면 당연히 지나는 길에 말라붙은 습지가 나타날 것이고 그 위로 드러난 나무들은 태양 아래 썩어가고 있었을 것이다. 많은 경우에 뿌리와 가지의 기초 부분이 거의 완벽하고, 몇몇 경우에는 나무껍질 아래 난 벌레 구멍들을 쉽게 알아볼 수 있다. 물관의 가장 연약한 부분과 나무 중간의 섬세한 부분들 모두 고스란히 남아 있어 성능 좋은 확대경으로 관찰할 수 있다. 나무 전체는 유리에 흠을 낼 수 있을 정도로 완전히 규화硅華가 되어 광이 매우 잘 난다. – 아시아의 잡지 – 원주

4) 미국 켄터키 주에 있는 거대한 동굴 – 원주

습니다. 산 옆으로 쇠를 녹인 물이 급류를 이루어 흘러내렸고 그 물줄기 중 몇몇은 폭 20킬로미터에 길이가 거의 100킬로미터 가까이나 되었지요.[5] 정상에 있는 심연에서는 엄청난 양의 재가 넓게 퍼져 나와 하늘에서 해를 완전히 가렸기 때문에 매우 어두운 한밤중보다도 더욱 어두웠습니다. 우리는 섬에서 250여 킬로미터나 떨어져 있었는데도 눈에 바짝 댄 새하얀 물건조차 볼 수 없었습니다."[6]

"흠!"

"이 해안을 떠난 뒤 괴물은 항해를 계속하다가 어느 나라에 도착했는데 그곳에 있는 모든 사물이 거꾸로 된 것 같더군요. 수면에서 30미터 아래 밑바닥에 크고 근사한 나무들이 완전히 자라 무성하게 숲을 이룬 큰 호수를 보았거든요."[7]

---

5) 1783년 아이슬란드에서 발견됨 – 원주
6) 1766년 아이슬란드 헤클라 산에서 화산이 폭발하는 동안 이런 종류의 구름이 그 정도로 암흑을 만들어 산에서 250킬로미터 이상 떨어진 글라움바에서도 길을 갈 때 더듬으며 나아갈 수밖에 없었다. 1794년 베수비오 화산 폭발 때는 산에서 20킬로미터 정도 떨어진 카세르타에서 횃불을 밝혀야지만 걸어 다닐 수 있었다. 1812년 5월 1일 세인트빈센트 섬 화산에서 나온 화산재와 모래가 섞인 구름이 바베이도스 전역을 뒤덮었다. 그 두께가 상당해서 대낮에 야외에서도 가까이 있는 나무나 다른 물체 또는 눈에서 15센티미터 거리에 놓인 흰색 손수건조차 알아볼 수 없었다. – 필라델피아에서 발행한 《머리》 215쪽 – 원주
7) 1790년 카라카스에서 지진이 일어나는 동안 화강암 토양의 일부분이 가라앉아 지름 730미터, 깊이 25~30미터에 달하는 호수가 생겼다. 호수는 가라앉은 아리파오 숲 일부였고 나무들은 물 밑에서 수개월 동안 그대로 녹색을 자랑하였다. –《머리》 221쪽 – 원주

"저런!"

"그 호수를 떠나 500킬로미터 정도 더 가자 대기의 밀도가 높아져서 공기 중에 깃털이 떠다니듯 철이나 쇠도 떠다닐 수 있을 것 같았답니다."[8]

"엉터리야."

왕이 끼어들며 말했다.

"계속 같은 방향으로 나아가 우리는 이제 전 세계에서 가장 아름다운 지역에 당도했습니다. 수천 킬로미터 길이의 장엄한 강이 그 지역을 관통해 굽이치고 있었지요. 이 강은 말도 못 할 정도로 깊었지만 투명함에서는 호박보다 더 맑았습니다. 강 너비는 5~10킬로미터였고 강 양옆에 있는 350미터 높이까지 곧게 올라간 강둑 위에는 사철 꽃이 피는 나무와 향기로운 꽃들로 뒤덮여 온 지역이 멋진 정원을 이루었습니다. 하지만 이 호화로운 나라의 이름은 공포의 왕국이었고 그곳을 들어가는 자는 반드시 죽게 되었습니다."[9]

"흥!"

"우리는 급히 이 왕국을 떠났고 며칠을 더 가서 또 다른 왕국에 닿았습니다. 그곳에서는 머리에 큰 낫처럼 생긴 뿔이 달린 흉측한 동물이 수없이 많아 놀랐지요. 이 소름 끼치는 짐승들은 땅속에 깔때기 모양의 넓은 동굴을 판 뒤 굴 양옆을 따라

---

8) 이제까지 만들어진 강철 중에 가장 단단한 것도 취관吹管의 작용으로 매우 고운 가루가 되면 공기 중에 쉽게 떠다닐 것이다. – 원주
9) 나이지리아 나이저 지방 – 시모나의 〈식민 잡지〉 참조 – 원주

돌을 죽 늘어놓습니다. 그런데 돌들을 포개어놓아 다른 동물이 밟으면 즉시 그 짐승의 동굴 속으로 떨어지게 되죠. 그곳에서 짐승은 기다렸다는 듯이 떨어진 동물의 피를 빨아 먹고 난 다음 그 죽음의 동굴에서 아주 멀리 떨어진 곳으로 시체를 매몰차게 내던져 버린답니다."[10]

"체!"

"계속 가다가 채소가 땅이 아닌 공중에서 자라는 곳을 보게 되었습니다.[11] 다른 채소의 몸체에서 자라나는 것도 있었고[12] 살아 있는 동물의 몸에서 자라난 것도 있었으며,[13] 강렬한 불로

---

10) 머멜레온 라이언 앤트. '괴물'이라는 말은 작고 이상한 것과 큰 것에 똑같이 적용된다. '거대한'이라는 형용사는 상대적인 개념에 지나지 않는다. 머멜레온의 동굴은 보통 빨간 개미구멍과 비교하면 거대하다. 규조토 알갱이 하나도 '바위'다. – 원주

11) 각종 난은 단지 뿌리를 나무나 다른 물체에 붙인 채 자란다. 나무나 다른 물체로부터 영양분을 얻는 것이 아니라 공기로 생활한다. – 원주

12) 기생식물. 예를 들면 신기한 라플레시아(거대한 꽃으로, 다른 식물의 뿌리나 줄기에 기생하며 심한 악취를 풍기는 식물 – 옮긴이) – 원주

13) 스카우 교수는 살아 있는 동물에 기생하며 자라는 일종의 식물이 있다고 주장한다. 해조류가 이 종류에 속한다.
미국 매사추세츠 세일럼 출신 J. B. 윌리엄스는 국립 연구소에 뉴질랜드에서 자생하는 곤충 하나를 소개하며 다음과 같이 묘사했다. "호테는 애벌레 혹은 벌레가 확실하며 로타 나무의 뿌리를 갉아 먹는 모습이 발견되었고 벌레 머리에서 식물이 자라고 있었다. 이 매우 이상하고 특이한 곤충은 로타 나무와 페리리 나무 위로 기어 올라가 나무 꼭대기로 들어간 다음 나무줄기에 구멍을 뚫고 파먹으며 뿌리까지 내려와 죽거나 휴면 상태로 머문다. 이때 벌레 머리에서 식물이 자라난다. 벌레의 몸체는 완벽하고 온전히 유지되며 살아 있을 때보다 더 단단해진다. 원주민들은 이 벌레로 물감을 만들어 문신을 한

뒤덮여 빛나고 있는 것과[14) 여기저기 내키는 대로 옮겨 다니는
것도 있었습니다.[15] 더욱 신기한 것은 꽃들이 살아서 숨을 쉬고
가지를 마음대로 움직이는 것이었지요. 그 꽃들은 다른 생명체
를 노예로 부리며 지정된 임무를 해낼 때까지 무시무시한 외딴
감방에 가둬두는 인류의 혐오스러운 열정을 똑같이 지니고 있
었어요."[16)

"체!"

"그 땅을 떠나 우리는 곧 또 다른 곳에 다다랐습니다. 그곳에

다."-원주

14) 광산과 자연적으로 생겨난 동굴에서 강한 인광을 발산하는 일종의 버섯들을
발견하게 된다.-원주

15) 난초, 체꽃, 나사말(자라풀과에 속한 여러해살이풀-옮긴이)-원주

16) 관 모양이지만 위쪽에서 혀처럼 생긴 줄기로 끝나는 꽃 아리스톨로키아 클
레마티티스의 꽃부리는 밑부분이 공처럼 부풀어 있다. 관 모양을 한 부분은
안에 아래로 향해 난 털로 장식되어 있다. 공 모양 부분에 암술이 있고 암술
은 생식선과 암술머리로만 이루어져 있으며 그 주변을 수술이 둘러싸고 있
다. 하지만 꽃은 수정될 때까지 항상 곧게 서 있으므로 생식선보다 짧은 수술
은 꽃가루를 암술머리 위로 보낼 수 없다. 그래서 특별히 도움을 받지 않으면
꽃가루가 꽃의 밑바닥으로 흩어져 내려갈 수밖에 없다. 이럴 때 자연이 제공
해주는 도움은 '티푸타 페니코르니스'라는 작은 곤충이다. 이 곤충은 꿀을 찾
아 꽃부리 관으로 들어간 다음 바닥으로 내려가서 꽃가루가 온몸에 묻을 때
까지 뒤지고 다닌다. 하지만 쥐덫에 설치된 줄처럼 한 지점에 모여 있는 털이
아래 방향으로 나 있어서 다시 밀고 나갈 수가 없고 갇혀 있기 갑갑해진 이 곤
충은 모든 구석에 대고 앞뒤로 문지른다. 그런 식으로 계속 암술머리를 건너
다니며 수정하기에 충분한 양의 꽃가루를 떨어뜨려준다. 그 결과 수정이 되
어 꽃이 곧 시들기 시작하면 털이 관 옆으로 바짝 붙어 곤충이 쉽게 벗어날 수
있는 통로가 열린다. -P. 키스 목사의 저서《생리학적 식물학의 체계》-원주

서는 벌과 새들이 아주 똑똑하고 박식한 수학자여서 제국의 지식인들에게 매일 기하학을 가르친답니다. 그곳의 왕이 매우 어려운 문제 두 개를 풀면 보상금을 주겠다고 하자 문제는 그 자리에서 바로 풀렸습니다. 한 문제는 벌이, 다른 문제는 새가 맞혔지요. 하지만 왕은 벌과 새가 푼 답을 비밀에 부쳤으므로 인간 수학자들이 벌과 새가 그 자리에서 맞혔던 것과 똑같은 해답에 이른 것은 수년에 걸쳐 심오한 연구와 노력을 하고 대단한 책들을 수없이 펴내고 나서야 가능했지요."[17]

"저런!"

"이 제국이 시야에서 완전히 사라지기도 전에 우리는 또 다른 나라 근처에 있게 되었습니다. 그 나라 해안에서 새떼가 날아와 우리 머리 위를 지나갔어요. 새떼 크기가 너비 1.5킬로미터에 길이 400킬로미터로 거대해서, 분당 1.5킬로미터로 날고 있었는데도 우리 위로 전체 무리가 지나가는 데 네 시간이나

---

[17] 벌들은 원래부터 일정한 모양과 개수, 기울기로 벌집을 지어왔고(심오한 수학 원리에 관한 문제에서처럼) 지금도 여전히 같은 모양, 개수, 각도를 유지하는 것으로 입증되었다. 이 사실은 벌들이 구조적으로 가장 안정된 집을 지을 수 있다는 것을 보여준다. 지난 세기 후반에 수학자들 사이에 다음과 같은 문제가 제기되었다. '회전의 중심 역할을 하는 회전축에서 풍차 날개까지의 거리를 다양하게 바꿔보아 가장 적절한 구조를 결정하라.' 다시 말해 풍차 가지의 무수한 거리와 지점 중 최적의 위치를 찾아내는 것이므로 상당히 난해한 문제다. 이름 높은 수학자들이 문제에 답하려고 수없이 시도했으나 실패했다. 결국 명백한 해답을 찾아냈을 때 사람들은 최초의 새가 하늘을 가른 이래로 정확한 답은 늘 새의 날개에 있었다는 사실을 깨달았다. – 원주

걸렸답니다. 그 무리 속에는 무수히 많은 새가 있었지요."[18]

"세상에!"

"우연히도 우리를 성가시게 했던 이 새들이 지나가자마자 우리는 또 다른 종류의 새를 보고 경악하고 말았습니다. 이 새는 내가 이전에 여행할 때 만났던 로크(전설상의 거대한 새 ─ 옮긴이)보다 훨씬 더 컸습니다. 심지어 칼리프 중 가장 자비로운 군주이신 폐하의 궁전에서 가장 큰 둥근 지붕보다도 훨씬 더 컸으니까요. 이 어마어마한 새는 머리가 어디 있는지 알아볼 수 없었지만 엄청나게 뚱뚱하고 둥글며, 푹신해 보이고 부드러운데다 다양한 색의 줄무늬가 있는 반짝반짝 빛나는 배가 전체를 이루고 있었지요. 그 괴물 같은 새는 발톱으로 집 한 채를 집어 하늘 높이 있는 둥지로 실어 나르는 중이었습니다. 집 지붕이 벗겨져서 안에 있는 사람들이 똑똑히 보였어요. 그들은 자신들을 기다리는 끔찍한 운명에 겁을 내며 절망에 빠져 있을 게 분명했지요. 우리는 새에게 겁을 주어 먹잇감을 떨어뜨리게 하려고 있는 힘껏 소리를 질렀지만 그 녀석은 귀찮다는 듯 힝 또는 훅 하는 소리만 내고는 묵직한 주머니를 우리 머리 위로 떨어뜨렸습니다. 나중에 보니 그 주머니엔 모래가 가득 차 있었습

---

18) 그는 프랭크퍼트(미국 켄터키 주 주도 ─ 옮긴이)와 인디언 영토 사이를 지나는 비둘기 떼를 관찰했다. 너비가 적어도 1.5킬로미터는 되었다. 분당 1.5킬로미터의 속도로 400여 킬로미터에 달하는 비둘기 떼가 모두 지나가는 데 네 시간이 걸렸다. 비둘기 세 마리가 차지하는 면적이 0.8제곱미터라 치면 비둘기 전체 수는 22억 3027만 2000마리가 된다. ─ F. 홀 중위의 저서《캐나다와 미국 기행》─ 원주

니다!"

"말도 안 돼!"

"이 모험 바로 뒤에 우리는 엄청나게 크고 견고한 대륙과 마주쳤습니다. 헌데 그 어마어마한 대륙이 뿔이 400개나 달린 하늘색 소의 등에 완전히 얹혀 있더란 말이지요."[19]

왕이 말했다.

"그 이야기는 믿네. 예전에 그와 비슷한 이야기를 책에서 읽은 적이 있거든."

"우리는 소 다리 사이로 헤엄쳐서 즉시 이 대륙 밑을 지나 몇 시간 뒤 아주 멋진 나라에 도착했습니다. 사람을 닮은 동물이 그러는데 그 나라가 자신의 종족이 서식해온 조국이라더군요. 제 생각으로는 이 점 때문에 사람을 닮은 동물의 기분이 한결 좋아 보였고, 사실 저는 얕잡아보는 심정으로 그를 대했던 것에 부끄러워지더군요. 왜냐하면 그 사람을 닮은 동물의 민족은 대부분 아주 강력한 마법사들로 구성되어 있었기 때문입니다. 머리에는 벌레가 살고 있어서[20] 그 벌레들이 부지런히 뒤틀고 꿈틀거려 뇌를 자극해서 놀라운 상상력을 이끌어내는 것이 분명했어요!"

"집어치워!"

---

19) 뿔이 400개 달린 파란색 소가 지구를 받치고 있다. - 살레가 번역한 《코란》 중 - 원주

20) 장내 기생 동물 또는 회충이 인간의 근육과 뇌 속에서 꾸준히 관찰되었다. - 와이엇의 저서 《생리학》 143쪽 참조 - 원주

"마법사들 가운데 여러 종의 특이한 동물을 길들인 자들이 있었지요. 거대한 말을 예로 들어볼까요? 그 말은 뼈가 철이고 피는 펄펄 끓는 물이랍니다. 여물로 옥수수 대신 딱딱한 검은 돌을 먹는데도 기운이 세고 속도가 빨라서 그 도시의 가장 웅장한 사원보다 더 무거운 짐을 새들보다 더 빠른 속도로 끌었을 정도였어요."[21]

"헛소리!"

"이자들이 데리고 있는 깃털 없는 암탉도 보았습니다. 낙타보다 더 크더군요. 암탉은 살과 뼈 대신 철과 벽돌로 되어 있고 피는 말의 피처럼(사실 암탉과 말이 같은 핏줄인 듯합니다) 펄펄 끓는 물이었죠. 먹이도 역시 말처럼 나무나 검은 돌만 먹었어요. 이 암탉은 알도 빈번하게 낳아서 그날도 보니 병아리가 백 마리나 되었습니다. 알을 낳은 뒤 몇 주 동안은 어미가 알을 품고요."[22]

"원 세상에!"

"위대한 마법사 중 한 명은 놋쇠와 나무, 가죽으로 사람을 만들고 위대한 칼리프이신 하룬 알라시드를 뺀 온 인류를 상대로 체스 게임을 이길 만큼 뛰어난 통찰력을 심어주었답니다.[23] 또 다른 마법사는 같은 재료로 자신보다 지혜로운 생명체를 만들

---

21) 대 서부 철도는 런던과 엑서터 사이를 시속 114킬로미터로 주파했다. 무게 90톤이 나가는 기차가 패딩턴에서 디드코트까지 85킬로미터를 51분 만에 질주했다. – 원주
22) 에칼러베이언(1839년경 W. 버크넬이 발명한 달걀 품는 기계 – 옮긴이) – 원주
23) 멜첼이 발명한 자동 체스 게임기 – 원주

어냈습니다. 추리력이 워낙 뛰어나 5만 명의 사람들이 함께 노력해도 1년이 걸릴 방대한 계산 문제를 1초 만에 뚝딱 풀 정도였지요.[24] 훨씬 더 훌륭한 마법사 하나는 사람도 아니고 짐승도 아닌 강력한 것을 직접 만들어냈습니다. 그 발명품의 뇌는 칠흑같이 까만 물질과 섞인 납으로 만들어졌고 손가락은 믿어지지 않을 만큼 빠르고 재주가 많아 코란 2만 부를 한 시간 만에 힘들이지 않고 써 내려갈 정도였답니다. 그 작업이 아주 정교해서 모든 복사본이 가느다란 머리카락 너비의 오차도 없이 똑같게 말이죠. 게다가 힘도 무척 세서 강력한 제국을 단숨에 세우거나 넘어뜨릴 수 있었지만 그 힘을 나쁜 일과 좋은 일에 가리지 않고 사용했습니다."

"우습군!"

"이 마법사들로 이루어진 민족 중에는 샐러맨더(타오르는 불 속에서 산다는 상상의 동물 – 옮긴이)의 피가 흐르는 자도 있어서 마룻바닥 위에서 저녁 식사가 완전히 구워질 때까지 빨갛게 달궈진 오븐 속에 들어앉아 담배를 피웠지요.[25] 어떤 이는 과정을 일일이 지켜보지 않고서도 평범한 금속을 금으로 바꿔놓는 재주를 지녔답니다.[26] 또 어떤 이는 살짝 만지는 것만으로도 철사를 눈에 안 보일 정도로 가늘게 할 수 있었어요.[27] 지각

---

24) C. 배비지가 발명한 계산기 – 원주
25) 샤베르, 그 이후로 백 명이 그렇게 했다. – 원주
26) 전기판 – 원주
27) 울러스턴은 망원경 렌즈 분야에 쓸 목적으로 백금을 이용해 두께가 2.5센티 미터의 1만 8000분의 1인 아주 가는 선을 만들었다. 현미경을 사용해야만

능력이 매우 뛰어난 자도 있어서 탄성체가 1초에 9억 번의 비율로 앞뒤로 튀는 동안 움직인 횟수를 일일이 셀 수 있었습니다."[28]

"터무니없는 소리!"

"이제까지 아무도 본 적이 없는 액체를 사용해서 친구의 시체를 마음대로 팔을 휘두르거나 발로 차거나 싸우거나 혹은 일어나 춤까지 출 수 있게 만들 수 있는 마법사도 있었어요.[29] 어떤 마법사는 자신의 목소리가 아주 커지도록 마법을 걸어 세상 이 끝에서 저 끝까지 들릴 수 있게 큰 소리를 냈답니다.[30] 팔이 아주 길어 다마스쿠스에 앉은 채로 바그다드에서 또는 거리와 상관없이 어디에서든 편지를 쓸 수 있는 자도 있었습니다.[31] 어떤 이는 하늘에서 번개가 자신에게로 떨어지도록 불러내 장난감으로 삼았지요. 두 개의 큰 소리를 취해 고요함을 만들어 내는 이도 있었고요. 두 개의 밝은 빛을 이용해서 캄캄한 어둠을 만드는 자도 있었답니다.[32] 또 어떤 이는 빨갛게 달궈진 용

볼 수 있다. - 원주

28) 뉴턴은 자외선 아래에서 망막이 1초에 9억 번을 진동한다는 사실을 입증해 냈다. - 원주

29) 볼타의 전지 - 원주

30) 전신 출력 장치 - 원주

31) 전신電信은 지구 상이면 어디로든 즉시 정보를 전달한다. - 원주

32) 자연 철학에서 흔히 하는 실험. 두 개의 발광 지점에서 붉은 광선을 어두운 방안으로 쏘아 흰 표면에 닿도록 한 후 2.5센티미터의 0.0000258 차이로 파장을 달리하면 빛의 강도는 두 배가 된다. 파장의 차이가 정수와 분수를 곱해서 나온 값이어도 마찬가지다. 2의 1/4, 3의 1/4 등의 배수는 광선 하나에 해

광로에서 아이스크림을 만들기도 했습니다.[33] 다른 마법사는 태양에게 자신의 초상화를 그리도록 지시할 수 있었어요.[34] 이 태양을 달과 행성들과 함께 가져와서 처음에는 신중하고 정확하게 무게를 재고 깊이를 파악한 후 구성 물질의 견고한 정도를 알아낸 마법사도 있지요. 게다가 민족 전체가 실제로 매우 놀라운 마법 능력을 지니고 있어서, 신생아나 개와 고양이까지도 존재한 적이 없거나 이들 민족이 생겨나기 2000만 년 전에 생겨나려다 곧바로 소멸해버렸던 물체를 아무 어려움 없이 볼 수 있었습니다."[35]

당하는 강도를 내지만 2의 1/2, 3의 1/2 등의 배수는 완전히 어둡게 만든다. 자외선에서 파장의 차이가 2.5센티미터의 0.000157인 경우 비슷한 효과가 일어난다. 다른 모든 광선에서도 결과는 같다. 파장의 차이는 보라색에서 빨간색까지 균일하게 증가한다. 소리에 관한 비슷한 실험에서도 비슷한 결과가 나온다. – 원주

33) 알코올램프 위에 백금 도가니를 올려놓고 빨갛게 달군 뒤 황산을 붓는다. 황산은 상온에서 휘발성이 강하지만 뜨거운 도가니 속에서는 완전히 굳어 한 방울도 증발하지 않는다. 공기 중에 황산이 들어 있어도 도가니 옆면에는 닿지 않는다. 이제 물 몇 방울을 넣어주면 황산이 즉시 도가니의 달궈진 옆면과 접촉하고 황산 증기 속에 있던 산은 증발해 날아간다. 증발이 급속히 일어나 물의 열이 함께 사라지면서 바닥에 얼음 덩어리가 떨어진다. 얼음이 다시 녹기 전에 그 순간을 이용하면 빨갛게 달궈진 용기에서 얼음 덩어리를 만들어낼 수 있다. – 원주

34) 은판 사진법 – 원주

35) 빛이 1초에 26만 8760킬로미터를 이동한다고 해도, 거리가 확인된 유일한 별인 백조자리61까지의 거리는 믿을 수 없을 정도로 멀어서 빛이 지구에 닿으려면 10년 이상 걸릴 것이다. 이보다 더 멀리 있는 별들에서는 빛이 지구에 닿기까지 어림잡아 20년 또는 1000년까지도 걸릴 수 있다. 따라서 별이

"어처구니없군!"

"이 비할 데 없이 위대하고 지혜로운 마법사들의 아내와 딸들은(남편 쪽에서 자꾸 신사답지 못하게 끼어들어 방해해도 아랑곳없이 셰에라자드 왕비는 이야기를 계속했다), 이 위대한 마법사들의 아내와 딸들은 나무랄 데 없이 세련되고 우아했으며 매력적이고 아름다웠습니다. 한 가지 불행한 운명에 시달리는 것만 빼면 모든 점에서 완벽했어요. 남편과 아버지가 지닌 놀라운 능력조차도 그 불행한 운명에서 그들을 구해낼 수 없었답니다. 운명은 이런저런 형태로 찾아옵니다. 제가 말씀드릴 이 운명은 망상이라는 생각의 형태로 다가왔지요."

"어떤 형태라고?"

"망상이요."

왕비가 대답했다.

"해악을 끼치려고 호시탐탐 기회를 엿보던 악령 중 하나가 이 세련된 여인들의 머릿속에 망상을 집어넣어 아름다운 용모를 표현하는 것이 전부 등의 잘록한 허리 아래쪽에 튀어나온 부분에 있다고 여기도록 했어요. 완벽한 아름다움은 이 혹의 크기에 비례한다고 생각하게 된 겁니다. 여자들은 오랫동안 이렇게 생각해왔고, 이 나라에서는 쿠션이 저렴했으므로 여자

20년 또는 1000년 전에 소멸했다면 우리가 오늘 보는 빛은 과거 20년이나 1000년 전 별의 표면에서 출발했다는 것을 의미한다. 우리가 매일 보는 수많은 별이 실제로는 소멸했다는 사실은 충분히 가능하고 아주 그럴듯해 보인다. ─ 원주

와 단봉낙타를 구별할 수 있던 시절은 오래전에 지나가 버린 셈이…."

왕이 왕비의 말을 끊고 끼어들었다.

"그만! 참을 수도 없고 더는 참지도 않겠노라. 당신의 거짓말 때문에 머리가 지끈거리오. 날도 밝아오기 시작하는군. 우리가 혼인한 지 얼마나 되었지? 다시 양심의 가책이 느껴지고 있소. 그 단봉낙타 어쩌고 하는 것 말인데, 짐을 바보로 아시오? 보아하니 당신도 일어나 처형을 당하는 게 낫겠어."

《이즈잇소오어낫》에서 읽은 바에 따르면 이 말을 듣고 셰에라자드 왕비는 놀라고 슬퍼했지만 왕이 성실하고 정직하며 자기가 뱉은 말은 거두는 법이 없다는 것을 잘 알기에 당당히 자신의 운명을 따랐다. 하지만 목에 줄을 감는 동안 왕비는 아직도 하지 않은 이야기가 많이 남아 있는데도 남편이 앞뒤 가리지 않고 토라졌으니 수많은 진기한 모험 이야기를 듣지 못하게 된 것은 왕이 마땅히 받아야 할 벌이라고 생각하며 큰 위안을 얻었다.

요정의 섬

Edgar
A. Poe

요정의 섬

영혼이 없는 곳은 어디에도 없다.

— 세르비우스

"음악."

마르몽텔(프랑스의 작가 겸 극작가 – 옮긴이)은 〈도덕 이야기〉라고 번역한 〈콩트 모로Contes Moraux〉에서 마치 조롱이라도 하는 투로 말한다.

"음악은 홀로 즐길 수 있는 유일한 재능이다. 다른 재능은 모두 관객이 있어야 한다."

여기서 마르몽텔은 음악을 들을 때 느끼는 즐거움과 연주하는 능력을 지닌 즐거움을 혼동하였다. 내가 하는 멋진 연주를 감상하는 관객이 단 한 명도 없는 곳에서 온전히 소질을 누리는데 다소 영향을 받을 수 있다면 음악도 다른 재능과 크게 다를 바 없다. 또 한편으로 혼자일 때 완성된 즐거움을 누리는 효과가 있다는 점에서 다른 재능과 공통점이 될 수 있다. 예컨대 이야기꾼이 관객을 재미있게 해주려다가 뜻대로 되지 않거나 대중의 애국심을 표현하느라 자신을 희생해야 하는 경우와 비교하면 아무도 듣지 않는 곳에서 연주하면서 본인의 음악적 수준을 드높이는 세심한 평가가 가능할 테니까 말이다.

서정시와 시가 영혼에 미치는 영향을 사랑하는 사람도 주저 없이 내 의견에 공감할 수 있을 것이다. 그러나 언젠가는 죽을 수밖에 없는 운명들이 사는 신의 테두리 안에는 무엇보다 커다란 기쁨 하나가 아직 남아 있다. 그 기쁨은 완전한 고독 속에서 음악을 감상할 때의 벅찬 감동보다 더한 유일무이한 정서다. 자연경관을 바라볼 때 느끼는 바로 그 행복이다. 사실 신의 영광에 올곧게 선 사람이라면 그 영광을 오롯이 홀로 바라보아야 한다. 내게는 적어도 땅 위에서 자라는 초록빛 생명체와 소리 없는 생명체를 제외한 인간 군상과 다른 형상은 자연경관에 오점을 남기는 얼룩 같은 존재에 불과하며 위대한 대자연의 영혼과 전쟁을 치르는 것처럼 보인다.

짙은 계곡과 잿빛 암벽, 고요히 흐르는 강물의 미소, 불편한 선잠에서 깨어난 수목의 넋두리와 이 모든 것을 내려다보는 거대한 산의 당당함을 나는 사랑한다. 본연의 모습 그대로도 사랑하지만 살아 있고, 인지하는 광대한 천체의 일원으로써 함께하는 엄청난 자연경관도 사랑한다. 완전한 구의 형태를 한 천구는 더할 나위 없이 온전하며, 안에 든 모든 것을 속속들이 감싸 안고 있다. 천구의 길은 연합하고 있는 모든 별 사이로 제각각 나 있고 온순한 달을 하녀로 두었으며, 이 모든 것을 계획하는 군주는 태양이다. 태양의 삶은 영원불멸하며 신의 의지가 곧 태양의 의지며 지식의 즐거움도, 끝도 없다. 태양이 인간을 인식하는 방식은 인간이 한정된 지력을 가진 미물을 인식하는 것과 같다. 따라서 생명체로서 우리는 미물이 우리를 인지하는 방식으로 무생물과 그 밖의 물질을 이해해야 한다.

무지한 사제들의 위선 가득한 말에도 인간이 발명한 망원경과 수학적 연구 결과는, 광대무변한 우주와 우주를 가득 채운 천체가 전지전능한 신이 숙고해서 얻은 결과물이라는 것을 도처에서 확인시켜주었다. 별이 도는 순환 궤도는 어마어마하게 많은 천체와 서로 충돌 없이 움직일 수 있도록 더없이 치밀하게 조성되어 있다. 이 천체들은 주어진 공간 안에서 엄청난 양의 물질들을 정확하게 수용할 수 있도록 조직되어 있다. 다른 방식으로 구성된 같은 크기의 공간이 수용할 수 있는 양보다 훨씬 더 조밀하게 개체 수를 수용할 수 있는 공간 구성이다.

우주는 그 자체로 끝이 없으며 채우고 있는 물질 또한 무한하므로 이 거대한 덩어리의 존재에 신의 섭리를 배제한 논쟁은 무의미하다. 신의 주관에 주요한 원리까지 우리의 판단력을 확장해보면 물질에 생명을 부여하는 것이 하나의 원리라는 것을 분명하게 알 수 있다. 신의 원리를 우리가 일상적으로 추적 가능한 미미한 지역에 한정하고 신성한 지역에는 미치지 않는다고 짐작하는 것은 논리적이지 않다. 측정할 수 없이 멀리 떨어져 있는 신을 중심축으로 그 주위를 회전하는 끝도 없는 궤도 안에서 다시 궤도를 찾는 방식으로 생명체 안에 생명체, 더 큰 물질 안에 있는 더 작은 물질, 그리고 신의 영혼 안에 든 모든 것을 유추해서 생각해볼 수 있지 않겠는가? 하찮은 인간의 자존심으로 그들이 경작하며 경멸해 마지않는 광대한 '계곡의 흙

한 덩이'보다 인간이 우주상에 훨씬 더 이전에 존재했으며 더 오래 존재할 거라 믿으며, 심오한 신의 섭리로 바라보지 않음으로써 흙 한 덩이가 가진 영혼을 부정한다.

이런 공상들은 강이나 바닷가에서 혹은 산과 숲을 바라보며 수시로 떠오른 생각들로, 일상 세계에서는 '환상'이란 단어로 불리었을 것이다. 나는 대자연의 풍광 속에서 곧잘 헤매고 다녔고 멀리 찾아다녔으며 종종 혼자였다. 깊고 어스름한 수많은 계곡에 온통 정신을 빼앗기거나 하늘을 담아 밝게 빛나는 호수를 응시하면서 가졌던 관심은 오롯이 혼자 다니고 혼자 바라보았기에 생각은 더욱 깊어졌다. '고독은 아름다운 것임이 분명하지만 고독이 아름답다고 당신에게 말해주는 누군가가 필요하다.' 짐머만의 유명한 작품을 인용해서 쓴 경솔한 프랑스인이 누구였던가? 경구적인 표현이야 논쟁거리가 될 리 없지만 애당초 '필요하다'라는 말은 '존재하지 않는다'는 뜻이지 않은가?

그곳은 꽤 멀리 떨어진 곳이었다. 사방이 웅장한 산으로 온통 둘러싸인 산림 속을 유유자적하게 거닐 때였다. 울적한 강이 애처로이 흐르고 우울한 호수도 품 안에 잠들어 있던 그곳에서 뜻밖에 작은 강과 섬을 만났다. 순식간에 한여름 같은 울창한 수목으로 둘러싸였다. 이름 모를 향기로운 관목 아래 누워 눈앞에 펼쳐진 장관을 바라보다 깜빡 잠이 들었던 것 같다. 나는 그저 눈을 들어 마치 대자연이 차려입은 환영 같은 모습을 바라볼 수밖에 없었다.

태양이 막 지는 서녘을 제외한 사방이 온통 담녹색 수풀 벽으로 둘러쳐졌다. 황급히 방향을 튼 작은 강은 갑자기 시야에서 사라져버리나 싶더니 마치 감옥에 갇혀 출구를 못 찾아 허둥대듯 동쪽으로 난 짙은 초록빛 잎사귀들 사이로 빨려 들어갔다. 길게 드러누워 하늘을 응시하다 언뜻 시야에 들어온 건너편에는 노을 진 하늘 연못에서 골짜기 안으로 붉게 물든 풍성한 금빛 폭포가 연신 조용히 쏟아져 내렸다.

꿈결 같은 시야가 닿은 그리 멀지 않은 곳에 녹음이 우거진 작고 동그란 섬이 강 한가운데 봉긋 솟아올라 있었다.

강둑과 그림자의 경계는 모호하여 제각각 늘어졌고 거울처럼 매끄러운 강물도 그 맑고 투명한 영지가 경사진 에메랄드빛 초원 어디쯤에서 시작되는지 알 수 없었다.

내가 누워 있는 곳에서는 작은 섬의 동쪽과 서쪽 끝이 모두 한눈에 들어왔는데, 이상하게도 양쪽 외관이 서로 몹시 달라 보였다. 서쪽 끝은 놀랍도록 아름다운 정원이 펼쳐진 눈부신 궁전이었다. 아낌없이 남은 햇살을 퍼붓는 석양빛 아래서 붉게 빛나며 꽃과 더불어 즐겁게 웃는 듯했다. 여기저기 수선화가 흐드러진 나직한 푸른 들은 달콤한 향기를 흩뿌렸다. 수직으로 쭉 뻗은 날씬하고 기품 있는 나무들이 풍성한 잎사귀에 휩싸여 이국적인 자태를 뽐내며 유쾌하게 흔들리고 나무껍질은 다채로운 빛깔에 반들반들 윤기가 흘렀다. 그곳에 사는 모두에게 삶을 향한 깊은 성찰과 기쁨이 있는 듯했다. 천상에서 불어오는 바람 한 점 없었지만 마치 날개를 얻은 튤립 같은 착각을 불러일으키는 무수한 나비가 이리저리 날며 섬 안의 모든 생명을 부드럽게 어루만져주었다.

맞은편 섬의 동녘 끝자락은 어느새 어두운 그림자가 내려앉았다. 사방에 잿빛 어둠이 드리웠지만 여전히 아름답고 평화로웠다. 애절한 기색을 띤 진한 색깔의 나무들은 이른 죽음 혹은 언젠가 죽을 운명을 이야기하며 우울하고 엄숙한 유령 같은 모습으로 둥글게 모여 서 있었다. 잎사귀를 축 늘어뜨린 목초는 진한 사이프러스 빛깔이었다. 목초지 사이로 보이는 작은 두덩들이 좁지만 길지 않게 늘어서 있어 묘지인 듯싶었지만, 사실 여기저기 운향과 로즈메리가 기어오르는 키 작은 흙무덤이었다. 물 위에 무겁게 드리운 나무 그림자는 강물 깊은 곳까지 어둠을 채워 넣으며 물속에 자신을 묻은 듯 보였다. 태양이 점점 아래로 내려앉을수록 내 공상 속에서 나무둥치는 그림자를 하나씩 탄생시켰고 볼멘 모습으로 떨어져 나온 그림자는 짙은 강물로 빨려 들어갔다. 그러는 동안 다른 그림자가 순간순간 나무둥치 끝에서 튀어나와 빠져나간 자리를 차지하고 들어섰다.

머릿속을 온통 사로잡은 환상에 말할 수 없이 흥분되어 나는 몽환 속으로 더 깊숙이 빠져들었다. 조용히 혼잣말을 했다.

"만약 이제껏 섬이 마법에 걸린 거라면, 이런 거지. 여기는 종족이 멸망할 때 살아남은 몇 안 되는 착한 요정들의 집인 거야. 그렇다면 저 풀빛 봉분은 죽은 요정들의 무덤이었던가? 그 요정들도 인간들처럼 달콤한 삶을 죽음에 내주는 걸까? 요정들은 죽어가며 마치 그림자 하나하나를 떼어 바치는 나무들이 그러하듯 신을 향해 자신을 조금씩 바쳐 남김없이 본질을 내어주다가 비통하게 사라지는 것일까? 강물이 희생적인 나무의 그림자를 빨아들여 더욱더 검어지듯 죽음 또한 요정의 생명을 송두리째 삼켜버리는 것인가?"

　지그시 눈을 감고서 그렇게 몽환에 빠져 있는 동안 태양은 서둘러 휴식으로 찾아들고 소용돌이치는 물살은 섬 주위를 빠르게 맴돌았다. 물살은 수면 곳곳에 커다란 플라타너스 잎사귀 같은 하얀 파편을 어지럽게 새겨놓았다. 그때 내 환상이 만들어놓았던 바로 그 요정 하나가 섬의 서녘 끝 밝은 왕국에서 어둠 속으로 천천히 슬그머니 빠져나오고 있다는 생각이 들었다. 요정은 금방이라도 부서질 것만 같은 작은 카누 안에 곧게 서서 형체도 없는 노를 저었다. 여전히 뉘엿거리는 노을빛 아래 드러난 요정의 표정은 분명 즐거워 보였건만 어둠을 지나는 동안 기쁨은 비애로 일그러져버렸다. 요정이 탄 배는 천천히 강물을 미끄러져 내려갔다가 마침내 작은 강을 돌아 빛의 왕국으로 다시 들어갔다. 나는 계속 몽상에 빠져 생각했다.

　"요정은 지금 짧은 생애에서 한 주기를 지난 거야. 요정은 겨울을 떠나녔고 여름을 지나간 거야. 이제 죽음 앞으로 1년이 더 다가온 거지. 왜냐하면 나는 어두운 강물이 요정의 몸에서 떨어져 나온 그림자를 꿀꺽 삼키고 더욱 짙어진 모습을 놓치지 않고 볼 수 있었거든."

　다시 요정을 실은 배가 나타났다. 요정의 태도는 아까보다 훨씬 조심스러웠고 조금 더 불안해 보였으며 전혀 즐거워 보이지 않았다. 빛의 왕국에서 나와 이제는 시시각각 깊어지는 어둠 속을 떠다녔고 다시 한 번 요정의 몸에서 그림자가 떨어져 흑단 빛 강에 닿자마자 짙은 어둠 속으로 빨려 들어갔다. 요정이 탄 배가 작은 섬을 돌고 또 도는 동안 태양은 더 빠르게 기울며 요정의 얼굴에 드러난 애잔함을 비춰주었다. 어둠을 지날 때마다 요정은 점점 창백해졌고 여위었으며 형체를 잃어갔고 몸에서 떨어져 나온 그림자는 어두워진 강물을 더욱 짙게 물들였다. 태양이 완전히 자취를 감추자 이제 유령 같은 모습만 남은 요정은 배와 함께 흑단 빛 물의 영지로 쓸쓸히 사라져버렸다. 요정이 다시 모습을 드러냈는지는 나도 더 알 수가 없다. 칠흑 같은 어둠이 온 세상을 완전히 덮어버렸고 이제 마법과도 같은 요정의 모습을 더는 볼 수 없었기 때문이다.

페스트 왕

페스트 왕

신들은 왕들을 견뎌내고 받아들일 것이다.

신들이 혐오하는 것은 서민일지니.

— 벅허스트, 《페렉스와 포렉스의 비극》

10월 어느 날 밤 12시경, 때는 에드워드 3세의 기사도 통치기간이었다. 슬로이스 항과 템스 강 사이를 다니는 무역용 스쿠너 '여유만만'호는 템스 강에 정박해 있었다. 여유만만호의 선원 둘은 자신들이 런던 세인트앤드루스에 있는 선술집 바에 앉아 있는 것을 깨닫고 깜짝 놀랐다. 이 선술집은 간판으로 〈즐거운 선원〉의 초상화를 걸어두었다.

선술집은 지붕 경사가 낮았고 조악하게 꾸며져 있었으며 담배 연기로 그을려져 있었지만, 다른 모든 면에서 당시 그런 장소가 풍기는 일반적인 분위기에 부합했다. 그럼에도 선술집 안 여기저기에 흩어져 있는 기괴한 무리의 의견에 의하면, 그곳은 선술집의 제 기능은 충분히 했다.

선술집 안 무리 가운데 우리의 두 선원은 가장 눈에 띄지는 않았을지언정 가장 흥미로웠다고는 할 수 있다.

둘 중 나이가 더 많아 보이는 사람은 '레그'라는 독특한 호칭으로 불렸는데, 둘 중 키도 더 컸다. 키는 198센티미터 정도여서 습관적으로 어깨를 구부리는 것은 키가 너무나도 커서 어쩔 수 없는 일인 듯했다. 큰 키는 다른 면에서 부족한 부분들을 충분히 설명해주었다. 레그는 몹시 말랐다. 동료들은 레그가 술에 취했을 때는 돛대 꼭대기의 작은 깃발을 대신했고, 맨정신일 때는 지브 붐(범선의 앞부분에 달린 기움 돛대의 길이를 연장할 때 사용하는 또 하나의 돛대 – 옮긴이) 역할을 했다고 주장한다. 하지만 이를 비롯하여 여타 비슷한 류의 농담들도 그저 크게 웃어 넘겨버리는 그 선원에게는 분명 어떠한 영향도 없었다. 높은 광대뼈, 큰 매부리코, 쑥 들어간 턱, 움푹 들어간 아래턱, 툭 튀어나온 하얀 눈을 지닌 선원의 표정은 대체로 주변 일에 완고하고 무관심한 듯 보였는데 흉내 내거나 묘사할 수 없을 정도로 적잖이 엄숙하고 심각했다.

젊은 선원은 겉모습 전체가 함께 있는 동료와는 정반대였다. 키는 120센티미터를 채 넘지 않았다. 뭉툭한 밭장다리가 볼품없는 땅딸막한 몸을 지탱하였고, 비정상적으로 짧고 두꺼운 팔과 그 끝에 붙어 있는 결코 평범하지 않은 주먹은 바다거북의 지느러미처럼 양쪽 어깨에 매달려 흔들거렸다. 이렇다 할 색도 띠지 않은 작은 눈은 얼굴 한참 뒤에 붙어 반짝거렸다. 코는 동그랗고 살찐 자줏빛 얼굴을 뒤덮고 있는 얼굴 살에 파묻혀 있었다. 두꺼운 윗입술은 더 두꺼운 아랫입술 위에 얹혀서 자아도취적인 기색을 풍겼는데 이따금 이 선원이 버릇처럼 입술을 핥을 때면 그런 분위기가 한층 짙어졌다. 젊은 선원은 자신의 키 큰 동료를 반쯤은 경이롭고 반쯤은 이상하게 생각하는 것이 분명했다. 때때로 붉게 지는 태양이 벤네비스 산(영국에서 가장 높은 산-옮긴이)의 험준한 바위를 바라보는 것처럼 동료의 얼굴을 올려다보는 걸 보면 알 수 있다.

초저녁 동안 주변에 있는 동네 여러 선술집을 돌아다니며 겪었던 이 두 사람의 여정은 다양하고 파란만장했다. 돈은 충분했지만 그렇다고 언제까지나 남아 있는 것은 아니었다. 지금 이 술집에 도착했을 때쯤 두 친구의 주머니는 텅 비어 있었다.

이 이야기가 시작되는 정확한 시점에 레그와 동료 휴 타폴린은 술집 한가운데 놓인 커다란 오크 테이블에 양쪽 팔꿈치를 올려놓고 한 손으로 뺨을 괴고 앉아 있었다. 두 사람은 큰 병에 담긴 서비스용 '독한 술' 뒤에 걸린 '외상 금지'라는 불길한 단어를 빤히 응시하는 중이었다. 이 말은 분하고 놀랍게도 두 바닷사람이 존재를 부정하고 싶은 바로 그 광물을 사용하여 출입구 위에 걸려 있었다. 당시 일반 대중들 사이에서는 글 쓰는 기술만큼이나 글자를 읽는 능력이 신비하게 여겨졌는데, 엄밀히 말해서 그런 능력이 두 바닷사람에게 있을 리가 만무했다. 비뚤어진 글자 형태에 글자 전체가 가라앉는 듯한 모양새를 하고 있었기에 두 선원이 생각하건대, 오랫동안 파도가 궂으리라는 것을 예언하는 것 같았다. 두 사람은 즉시, 레그의 비유적인 말을 빌리면, '배에서 물을 빼내고, 돛을 끌어올려 접고, 순풍에 돛을 달고 달리기로' 결심했다.

그래서 남아 있는 맥주를 처리하고, 짧은 윗옷에 달린 소매를

걷어 올리고, 마침내 길거리로 달아났다. 타폴린이 문으로 착각하고 벽난로 속으로 두 번 굴러 들어갔지만, 두 친구는 다행히도 선술집에서 탈출할 수 있었다. 12시 반쯤 우리의 주인공들은 장난에 물이 올라 세인트앤드루스의 계단 방향으로 죽을힘을 다해 달렸고, 선술집 여주인이 두 사람을 맹렬히 뒤쫓았다.

이 파란만장한 이야기가 펼쳐진 시기에는 그 전후로 수년간, 때때로 영국 전역과 특히 대도시에서 "전염병이다!"라는 무시무시한 울부짖음이 울려 퍼졌다. 도시 인구는 상당히 줄어들었고, 전염병이라는 악마가 탄생했다고 추정되는 템스 강 인근 어둡고 좁고 더러운 골목길 안의 무시무시한 지역에는 두려움, 공포, 미신만이 활보했다.

왕의 권한으로 이 구역들은 출입이 금지되었으며 그 음울한 고독을 방해하는 모든 이는 사형에 처했다. 허나 왕명도, 거리 입구에 세워진 거대한 장벽도, 역겨운 죽음을 맞을지도 모른다는 가능성도, 어떠한 위험을 무릅쓰더라도 모험을 그만두지 않으려는 몹쓸 인간들을 제압하지 못했다. 누구도 살지 않는 텅 빈 주택에서 다리미, 놋쇠, 납 제품 등 어찌 됐든 돈벌이가 될 만한 모든 것들이 밤마다 약탈당하는 것도 막지 못했다.

무엇보다 매년 겨울 장벽이 열릴 때면 와인과 다른 주류를 갖춘 부유한 가게들은 자물쇠, 빗장, 비밀 저장고로는 재산을 안전히 보호할 수 없다는 사실을 깨달았다. 허나 주류를 모두 치우는 데 드는 위험과 어려움을 고려했을 때, 그 동네에서 물건을 구매하던 다수의 상인은 출입 금지 기간 동안 충분치 않더라도 지금 있는 보호책을 믿기로 했다.

하지만 이러한 일들을 사람이 한 짓이라고 생각하는 사람은 거의 없었다. 이런 장난질을 저지르는 것은 페스트의 유령, 전염병의 마귀, 고열의 악마라고들 믿곤 했다. 마침내 출입 금지된 건물들 전체가 장막에 싸인 것처럼 공포로 뒤덮였다는 너무나도 소름 끼치는 이야기들은 매시간 회자되었는데, 약탈자조차 스스로가 만들어낸 공포에 겁먹고 도망칠 정도였다. 따라서 금지된 구역 전체에 어둠, 적막, 역병, 죽음만이 감돌았다.

골목길을 앞다투어 달리던 레그와 타폴린의 앞길을 갑자기 막은 것은 바로 앞서 언급했던, 페스트 출입 금지 구역을 알리는 거대한 장벽이었다. 추적자가 발뒤꿈치까지 쫓아왔기 때문에 돌아간다는 것은 말도 안 되는 일이었고 지체할 시간도 없었다. 철저히 바닷사람으로 살아온 두 사람에게는 아무렇게나 만들어진 널빤지 장벽을 기어오르는 것은 일도 아니었다. 달리기와 술기운 때문에 이중으로 흥분하여 제정신이 아니었던 두 사람은 망설이지 않고 장벽 안으로 뛰어들어갔고, 소리를 지르며 술에 취한 채 계속해서 나아가던 우리의 주인공들은 곧 역겹고 복잡하며 으슥한 장소에서 길을 잃었다.

두 선원이 도덕관념을 망각할 정도로 취하지만 않았더라면, 비틀거리는 발걸음은 분명 자신들이 처한 무시무시한 상황 때문에 마비되어버렸을 것이다. 공기는 차갑고 안개가 자욱했다. 바닥에서 떨어져 나온 포장용 돌은 발목 근처까지 길게 자라난 무성한 잡초 사이에서 난잡하게 굴러다녔다. 무너진 집들이 거리를 가로막고 있었다. 거리 곳곳에서 고약한 유독성 악취가 진동했다. 한밤중에도 전염병을 머금은 수증기 같은 대기에서 섬뜩한 빛이 발한 덕분에 도로와 골목에 늘어져 있거나 창 없는 집 안에서 썩어가는 수많은 밤손님의 시체들을 알아볼 수 있었다. 레그와 타폴린은 도둑질을 하려는 순간, 전염병의 손아귀에 붙잡혀버린 것이다.

하지만 두 사람은 원래부터 용감했거니와, 특히 당시에는 용기가 넘쳐흘렀고 '독한 술'의 기운에 취해 있었기에 이러한 거리의 모습도, 감각도, 장애물도 이들의 앞길을 막지 못했다. 몸상태가 허락하는 한 가능한 한 똑바로 걸어서, 사실은 휘청거리며 죽음의 신의 입속으로 대담히 들어갔다. 단호한 레그는 인디언들의 함성처럼 소리를 질러 고적하고 엄숙한 메아리를 만들어내며 앞으로 나아갔다. 땅딸막한 타폴린은 자신보다 적극적인 동료의 윗옷에 매달려 앞으로 나아갔다. 다만 노래에서는 동료보다 훨씬 격렬히 노력하여 목청껏 저음으로 큰 목소리를 내며 노래했다.

이제 역병의 중심지에 도달했음이 분명했다. 걸음을 옮길 때마다 앞으로 돌진할 때마다 상황은 더욱 역겹고 끔찍해졌다. 길은 더욱 좁고 복잡해졌다. 부식된 지붕에서 큰 돌과 기둥이 시시각각 떨어졌다. 음침하고 육중하게 떨어지는 걸 보니 주변 건물들의 높이가 어마어마함을 알 수 있었다. 빈번히 나타나는 쓰레기 더미 사이로 길을 만들어야 했으므로 해골을 건드리거나 시체에 손을 얹게 되는 일도 적지 않았다.

이들 중 한 사람이 무시무시해 보이는 고층 건물 입구에 걸려 넘어지자 흥분한 레그의 목청에서 평소보다 날카로운 비명이 새어 나왔는데, 그 직후 건물 안쪽으로부터 웃음소리 같은 거칠고 기괴한 비명이 연속적으로 들려왔다. 그런 시간에 그런 장소에서 들려온 심장 속 피를 얼어붙게 할 법한 그런 소리에 조금도 굴하지 않고, 술 취한 두 사람은 저돌적으로 문을 향해 돌진했다. 문을 벌컥 열고 저주를 퍼부으면서 휘청거리는 걸음으로 방 한가운데로 들어갔다.

두 친구는 이곳이 장의사葬儀社라는 걸 알 수 있었다. 입구 근처 마루 한구석에 지하로 통하는 작은 문이 열려 있었는데, 그 아래는 기다란 형태의 와인 저장고였다. 주기적으로 들려오는 깊이 있는 병 따는 소리로 보아 내용물이 적절히 보관되어 있음을 알 수 있었다. 방 한가운데는 탁자가 놓여 있었고, 탁자 중심에는 거대한 술통에 펀치처럼 보이는 술이 담긴 모습이 시야에 들어왔다. 다양한 와인과 리큐어병이 여러 모양과 재질의 주전자, 항아리, 병과 함께 탁자 위에 아낌없이 놓여 있었다. 그 주변에는 관 받침대 위에 여섯 명의 사람들이 앉아 있었다. 이 무리에 대해 한 사람, 한 사람씩 설명해보려 한다.

입구 정면에서 다른 사람들보다 조금 높은 곳에 앉아 있던 사람은 그 탁자에 앉은 사람 중 가장 높은 사람으로 보였다. 수척하고 키가 컸는데, 레그는 자신보다 더 마른 사람을 보고는 당혹스러웠다. 얼굴은 사프란만큼이나 누르스름했지만 그것 말고는 특별히 설명할 만한 다른 특징은 없었다. 이마는 비정상적으로 무시무시하게 높았는데 원래 머리에 살로 된 모자나 왕관을 덧붙인 것 같은 모양새였다. 오므린 입은 옴폭 들어가서 기분 나쁜 온화함을 풍겼다. 눈은 탁자에 앉아 있던 모든 이들의 눈처럼 술기운을 풍기며 게슴츠레하게 뜨고 있었다. 남자는 전신에 호화롭게 수를 놓은 검은색 실크 벨벳 관보를 걸친 차림이었는데 스페인 망토처럼 대충 몸에 감고 있었다. 머리에는 검은담비 털을 잔뜩 붙이고 쾌활하게 아는 척하며 고개를 앞뒤로 끄덕였다. 오른손에는 매우 큰 인간의 허벅지 뼈를 들고 있었고, 그자는 그 허벅지 뼈로 무리 중 몇몇 사람에게 노래를 부르라고 시키는 듯했다.

그 반대쪽에 문을 등진 여자도 만만치 않게 특이했다. 방금 설명한 남자만큼이나 키가 컸지만, 그 여자는 그 남자가 비정상적으로 마른 것에 대해 불평할 입장이 아니었다. 여인은 수종병 말기인 것이 분명했다. 여자의 몸은 방 한쪽 구석에 뚜껑이 벽 쪽을 향해 있는 커다란 맥주통과 아주 유사했다. 얼굴은 아주 둥글고 붉고 살쪄 있었다. 앞서 말했던 대장의 경우처럼 얼굴에는 그와 같은 특이함이 존재했다. 정확히 말하자면 다른 부분은 평범했다. 다시 말해 얼굴에서 개별적인 묘사가 필요한 부분은 딱 한 곳뿐이었다. 예리한 타폴린은 이곳의 모든 사람이 가진 동일한 특징을 알아챘는데, 얼굴 중 한 부분이 유달리 특이하다는 것이다. 지금 이 여인에게 있어 특이한 부분은 바로 입이었다. 여자의 입은 오른쪽 귀부터 시작해서 왼쪽 귀까지 무시무시하게 갈라져 있었다. 양쪽 귀에 달고 있는 짧은 귀걸이 장식은 그 구멍을 향해 계속해서 까닥거리며 흔들렸다. 하지만 케임브릭 모슬린 주름 장식이 달린 빳빳하게 다림질한 수의를 입고서 입을 다문 채 위엄 있어 보이려 진력을 다했다.

살찐 여자의 오른쪽에는 아랫사람인 듯한 아주 작은 젊은 여자가 앉아 있었다. 쇠약해진 손가락이 달달 떨렸고 입술 색이

시퍼렇고 본디 납빛인 안색에 붉은 반점이 살짝 올라온 것으로 보아 빠른 속도로 술을 들이켠 것이 분명했다. 전체적으로 고급스러운 분위기가 감돌았다. 최상급 인도산 천으로 만든 크고 아름다운 수의를 우아하고 편안하게 입은 모습이었다. 목 위로 곱슬머리가 흘러내렸고 입술에는 부드러운 미소를 머금고 있었다. 극히 기다랗고 가늘고 구부러졌고 유연하며 여드름이 난 코는 아랫입술 훨씬 아래까지 늘어져 있었다. 때때로 혀를 사용하여 코를 이쪽저쪽 움직이는 절묘한 행동에도 불구하고 얼굴에는 무언가 애매한 인상이 존재했다.

젊은 여자 맞은편에, 그리고 수종병을 앓는 숙녀 왼편에는 작고 뚱뚱한 몸집에 쌕쌕거리며 숨 쉬는 통풍 환자 같은 늙은 남자가 앉아 있었다. 늙은 남자의 양 볼은 오포르토 와인을 담은 커다란 두 개의 주머니처럼 어깨 위에 놓여 있었다. 팔짱을 끼고 붕대를 감은 한쪽 발을 탁자 위에 올려놓은 채, 자신에게 무언가 심사숙고할 권리가 있다고 생각하는 것 같았다. 늙은 남자는 분명 자신의 외모를 속속들이 자랑스러워했지만, 자신이 입은 촌스럽도록 천박한 색상의 외투에 관심이 쏠리는 것을 훨씬 더 기뻐했다. 사실대로 말하자면 그 외투는 매우 값비싼 것임이 분명했고 늙은 남자에게 꼭 맞았다. 외투에는 과거에 영광을 누렸던 어떤 가문의 문장이 새겨진 정교한 자수가 들어간 부드러운 덮개로 만든 것인데, 이런 문장은 역사 속으로 사라진 귀족들의 거처에서 가장 눈에 띄는 장소에 관례적으로 걸려 있는 장식이었다.

그 옆으로 대장 오른편에 앉아 있는 신사는 하얀 양말에 면바지를 입고 있었다. 신사는 우스꽝스럽게 몸을 떨었는데 타폴린은 이를 두고 '공포'로 인한 발작이라고 말했다. 최근 면도한 듯한 턱에는 붕대가 감겨 있었다. 같은 방식으로 팔도 손목에서 묶여 있으니 탁자 위에 놓인 술을 자유롭게 마실 수 없었다. 레그는 신사의 고주망태가 된 얼굴을 보아하니 이 같은 예방책이 필요했으리라는 의견을 제시했다. 한계가 없는 듯 커다란 양쪽 귀는 실내 공기 속에 높이 솟아 있었는데, 가끔 코르크를 여는 소리에 발작적으로 쫑긋 섰다.

마지막으로, 그 남자 앞에 기이하게 뻣뻣해 보이는 사람이 앉아 있었다. 중풍에 시달리는지라 어색한 의복이 편하지 않았던 것이 분명했다. 다소 독특하게도 새로 맞춘 멋진 마호가니 나무로 만든 관을 걸치고 있었다. 관 상단 내지는 머리 부분은 남자의 두개골을 짓누르고 있었는데, 두건처럼 머리 위까지 늘어져서 얼굴 전체에 설명할 수 없는 흥미로움을 부여했다. 소매는 양 측면에서 잘려나갔는데 편리한 것만큼 우아하지는 않았다. 그럼에도 옷 때문에 다른 사람들만큼 곧게 앉아 있지도 못했다. 45도 각도로 기대서 앉아, 엄청나게 큰 것에 철저히 놀란 듯 희번덕거리는 왕방울만 한 두 눈의 기분 나쁜 흰자위를 굴려 천장을 바라보는 것 같았다.

사람들 앞에는 각각 두개골의 한 부분이 놓여 있었고 그것을 술잔으로 사용하였다. 그 사람들 위로는 인간의 해골이 대롱대롱 매달려 있었다. 해골의 한쪽 다리에 줄을 묶어 천장 고리에 고정해두었다. 다른 한쪽 다리는 그런 족쇄로 묶여 있지 않아서 몸체로부터 수직으로 튀어나와 있었는데, 때때로 방 안에 갑작스럽게 바람이 들어올 때마다 제대로 묶여 있지 않은 덜거덕거리는 몸체가 천장에 매달려 빙그르르 회전했다. 이 끔찍한 물건의 두개골 안에는 불붙인 숯이 꽤 담겨 있었고, 방 안 전체에 발작적이지만 강렬한 빛을 비추었다. 장의사 안에 있는 관과 다른 집기들은 방 주변과 창문 바로 앞에 높이 쌓여 있어 길거리로는 한 줄기의 빛도 새어나가지 않았다.

우리의 두 선원은 이 기이한 모임과 더욱 기이한 물건들을 보고 마땅히 갖춰야 했을 예의범절을 지키지 않았다. 우연히 서있게 된 근처 벽에 몸을 기대고 있던 레그는 평소보다 훨씬 더 입을 척 벌리고 눈을 휘둥그레 떴다. 코가 탁자와 같은 높이에 있도록 허리를 굽히고 무릎에 손바닥을 펴서 올려놓았던 타폴린은 길고 크고 시끄럽게, 때아닌 터무니없는 웃음을 터뜨렸다.

너무나도 무례한 행동에 성을 내지 않고, 키 큰 대장은 침입자들에게 우아하게 미소를 지으며 검은담비 털을 장식한 머리를 위엄 있게 끄덕였다. 그러더니 자리에서 일어나 두 사람의 팔을 잡고는 그사이 다른 사람이 마련해둔 자리로 신참들을 안내했다. 레그는 이 모든 행동에 조금도 저항하지 않고 안내받은 그 자리에 앉았다. 용감한 타폴린은 안내받은 자리에서 자신의 앉을 곳으로 마련된 관 받침대를 치우고 탁자 상석 쪽에 수의를 입은 폐결핵 환자 여성 옆으로 자리를 옮겼다. 상당히 고소한 듯이 폐결핵 환자 옆에 털썩 앉아 와인을 두개골 한가득 붓고는 벌컥벌컥 들이켰다. 하지만 관을 뒤집어쓴 뻣뻣한 신사는 이 주제넘은 행동에 극히 화가 난 모양이었다. 대장이 들고 있던 허벅지 뼈로 탁자를 쾅쾅 두드려서 그 자리에 있던 모든 사람의 주의를 끌어 이야기를 시작하지 않았더라면 심각한 결과로 이어졌을지도 모른다.

"지금 행복한 행사에서 우리의 의무는….'"

"거기서 멈추시오!"

레그가 심각한 표정으로 끼어들며 외쳤다.

"거기서 잠시 멈추시오. 당신들 모두 대체 뭐하는 악마들인지, 여기서 무슨 짓을 벌이는 건지 우리에게 말하시오. 어째서 악마처럼 치장하고 내 성실한 동료 선원인 장의사 윌 윔블이 겨울을 위해 비밀스럽게 마련해둔 술을 벌컥벌컥 마시는 거요?"

이 용서받지 못할 예의 없는 말에 원래 그곳에 있던 여섯 명의 사람들은 반쯤 일어나, 앞서 선원들의 주의를 사로잡았던 거칠고 기괴한 비명을 연속적으로 내뱉기 시작했다. 대장이 가장 먼저 평정을 되찾았고, 위엄 있게 레그를 향해 돌아서며 다시 이야기를 꺼냈다.

"비록 초대받지는 않았지만 저명한 손님들의 합당한 호기심은 기꺼이 만족시켜드리겠소. 이 영지에서 나는 군주며, '페스트 1세'라는 칭호로 왕국을 지배하오.

우리는 윌 윔블이라는 사람은 모르며 그런 천한 이름은 우리 왕족 귀에 들려온 바 없소. 당신이 불경하게도 장의사 윌 윔블의 가게라고 생각하는 이곳은 궁전의 공무 집행실이며, 우리 왕국의 의원 회의와 다른 신성하고 고귀한 목적을 위해서만 사용되는 곳이오.

맞은편에 앉아 있는 고귀한 여인은 페스트 여왕이며, 나의 배우자요. 당신이 보고 있는 고귀한 인물들은 모두 내 가족으로 왕족의 휘장을 달고 있소. 각각 칭호는 '전염병 대공', '역병 대공', '대소동 대공', '페스트 대공비'요.

우리가 여기 의회에 앉아 무엇을 하는지 물었던 당신의 질문에 대해서, 오직 우리 왕족의 사적인 관심사에만 관련 있는 일이며 왕족 이외의 사람들에게는 전혀 중요하지 않은 문제라고 대답하는 것에 대해 용서를 바라오. 손님이자 방문객에게 주어져야 한다고 생각할 만한 권리를 고려하여 조금 더 설명하자면, 오늘 밤 우리는 여기서 깊이 있는 연구와 정확한 조사를 통해 이 훌륭한 도시의 미각, 와인, 맥주, 리큐어라는 헤아릴 수 없는 보물들의 정의할 수 없는 영혼과 이해할 수 없는 성질을 조사하고 분석하고 철저히 규명해보고자 하던 참이오. 그렇게 함으로써 우리의 계획을 추진하는 것은 물론 우리 모두를 통치하며 무한한 영지를 관장하는 초자연적인 통치자의 진정한 번영을 증진시키려는 것이오. 그 통치자의 이름은 '죽음'이라오."

"그 통치자의 이름은 데비 존스라네!"

옆에 앉은 여성의 두개골에 술을 따라주고 자신의 두 번째 잔을 채우며 타폴린이 외쳤다. 그러자 타폴린에게 눈길을 돌리며 군주가 말했다.

"불경한 망나니 같으니! 불경하고 혐오스러운 비열한 인간! 앞서 말했듯이 우리는 당신같이 추잡한 인간에게조차 권리를 침해할 생각이 없으니 무례하고 부적절한 질문에도 겸손하게 대답을 해주었다. 우리 왕국의 의회에 부정하게 침범했으니 당신과 그 동료에게 각각 블랙스트랩 4리터를 마시도록 명하는 것이 우리의 의무라고 생각한다. 우리 왕국의 번영을 위해 무룷을 꿇고 단숨에 술을 전부 마신 후에 각자 원하는 대로 갈 길을 가든지 이곳에 남아 이 자리의 특권을 허락받도록 하라."

"그건 불가능한 일입니다."

페스트 1세의 위엄 있는 태도가 어떤 존경심을 불러일으킨 듯 레그는 자리에서 일어나 탁자 옆에 침착하게 서서 대답했다.

"폐하, 방금 폐하께서 말씀하신 술을 4분의 1만큼 마시는 것조차 전적으로 불가능합니다. 오전에 바닥짐으로 배에 실은 물건들은 말할 것도 없고 오늘 저녁 다른 항구에서 실은 다양한 맥주와 술도 말할 나위 없이, 지금 저희는 '독한 술'을 잔뜩 마셨고 '즐거운 선원'이라는 가게에 정당하게 돈을 지불했습니다. 폐하, 따라서 부디 아무쪼록 저희가 한 행동을 너그러이 받아들여 주실 수 없겠습니까? 결코 더 술을 마실 수도 없고 마시지도 않을 것입니다. 특히 블랙스트랩이라는 저 고약하고 더러운 술은 마시지 않겠습니다."

"이제 그만해!"

타폴린은 동료가 내뱉는 말이 장황했던 것보다 왜 술을 거절하는지에 놀라 말을 가로막았다.

"자네, 이제 그만두게! 레그, 쓸데없는 말 좀 거둬! 내 몸은 아직 가벼워, 자네는 머리가 무거운 것 같지만. 자네 몫으로 떨어진 짐에 대해서는 악을 써대기보다는 내가 어떻게 담아볼 곳을 찾는 게 어떨까 하는데. 그런데….'

군주가 끼어들며 말했다.

"이 처분은 결코 벌금이나 형벌 조항에 따른 것이 아니라 천성적으로 메디아 왕국의 처분이며, 변경되거나 철회될 수 없다. 우리가 부여한 조건은 반드시 한순간도 망설이지 않고 글자 그대로 실행되어야 한다. 그렇게 하지 못할 때는 여기서 목과 발이 함께 묶인 채 반역자로서 저쪽에 있는 큰 맥주통에서 익사형에 처할 것이다."

"판결! 판결! 마땅하고 정당한 판결이다! 영광스러운 판결이다! 훌륭하고 강직하며 신성한 판결이다!"

페스트 일족이 모두 함께 소리쳤다. 왕은 이마를 끌어올려 수없이 많은 주름을 지었고, 통풍에 걸린 작은 노인은 풀무마냥 숨을 헐떡였다. 수의를 입은 여자는 코를 앞뒤로 흔들어댔고, 면바지를 입은 남자는 귀를 쫑긋 세웠다. 수의를 입은 다른 여자는 죽어가는 물고기처럼 숨을 제대로 쉬지 못했으며, 관을 뒤집어쓴 남자는 뻣뻣하게 굳은 채로 눈알을 굴려댔다.

"윽! 윽! 윽!"

타폴린은 사람들의 흥분한 기색에 주의를 기울이지 않은 채 킬킬거렸다.

"윽, 윽, 윽! 윽, 윽, 윽! 윽! 윽! 윽! 그러니까 내 말은 페스트 왕께서 밧줄 스파이크를 푹 찔러 넣고 대략 10리터의 블랙스트랩에 대해 얘기한 건 나 같은 숙달된 뱃사람에게는 일도 아니란 말입니다. 하지만 신께서 사면해준 악마의 건강을 위해서 술을 마시고 그곳의 불쾌한 폐하에게 무릎을 꿇는 거라면, 아니! 그렇게 되면 그건 다른 문제란 말이죠. 완전히 전적으로 이해할 수가 없단 말입니다. 나 자신이 죄인인 것을 알지만 그 사람은 이 세상 그 누구도 아닌 무대 배우, 팀 헐리걸리 아닙니까?"

타폴린는 평온하게 이 말을 끝낼 수 없었다. 팀 헐리걸리라는 이름을 들은 왕족 모두가 자리에서 펄쩍 뛰어올랐다.

"반역죄다!"

페스트 1세가 고함쳤다.

"반역죄다!"

통풍을 앓는 작은 남자가 말했다.

"반역죄다!"

페스트 대공비가 비명을 질렀다.

"반역죄다!"

턱에 붕대를 감은 남자가 중얼거렸다.

"반역죄다!"

관을 뒤집어쓴 남자가 으르렁거리며 말했다.

"반역죄다! 반역죄다!"

괴이한 입을 가진 여왕이 소리쳤다.

여왕은 방금 두개골 가득 술을 따르기 시작한 불운한 타폴린의 반바지 뒷부분을 붙잡더니 허공 위로 높이 들어 올려 타폴린이 사랑하는 맥주가 담긴, 뚜껑이 열려 있는 커다란 술통 속으로 예의고 뭐고 없이 집어던졌다. 타폴린이 야자 수액에 떠 있는 사과처럼 몇 초 동안 위아래로 떠오르고 가라앉았다가 마침내 거품 소용돌이 속으로 사라졌다. 술에는 이미 거품이 일고 있어 타폴린이 버둥거리자 쉬이 거품 소용돌이가 생겨났다.

키 큰 선원은 동료의 괴멸을 순순히 바라보고 있지만은 않았다. 용감한 레그는 열려 있는 함정으로 페스트 왕을 거칠게 밀치고 저주의 말을 퍼부으며 함정의 문을 쾅 닫아버리고는 방한가운데로 성큼성큼 걸어갔다. 탁자 위에 걸려 있던 해골을 떼어내서 너무도 힘차게, 호의를 가지고 마구 때렸는데, 두개 골 안에 들어 있던 숯에서 마지막 불빛이 꺼져가는 동시에 통풍을 앓는 작은 남자의 머리를 때려 해치울 수 있었다. 그리고 온 힘을 다해 타폴린과 맥주로 가득 찬 술통을 향해 달려가 순식간에 굴러 넘어뜨렸다. 술의 홍수가 너무나도 격렬히, 맹렬히, 압도적으로 밀어닥쳐서 방 안은 벽 끝에서 끝까지 술에 잠겼다. 이런저런 물건이 가득 올려진 탁자는 뒤집혔고, 의자도 위아래로 뒤집어졌으며, 펀치가 담긴 술병은 벽난로 안으로 흘러 들어가고, 여자들은 히스테리를 부렸다. 죽음의 가구 더미는 허우적대며 둥둥 떠다녔다. 주전자, 술병, 큰 유리병들은 난잡하게 뒤엉켜 혼전을 벌이고 있었고, 고리버들 세공 술병은 쓸모없는 술병들과 절망적으로 부딪혀댔다. 두려울 정도의 발작을 일으키던 남자는 그 자리에서 익사했고, 뻣뻣한 작은 남자는 자신의 관 안에서 떠다녔다.

　승리를 거둔 레그는 수의를 입은 뚱뚱한 여자의 허리를 감싸 안은 채 거리로 뛰쳐나와서 여유만만호를 향해 급히 달려갔다. 타폴린은 서너 번 재채기를 한 후에야 숨을 헐떡이며 페스트 대공비와 함께 레그 뒤를 쫓아갔다.

종탑 속의 악마

Edgar
A. Poe

종탑 속의 악마

몇 시입니까?

— 속담

일반적으로 모든 이들은 네덜란드 폰더포테이미티스 자치구가 세상에서 가장 살기 좋은 장소라고 생각한다. 아아, 혹은 과거에 그랬다고 알고 있다. 하지만 그 도시는 큰길과 좀 떨어진 다소 외딴곳에 위치하기에 방문해본 적이 있는 독자는 거의 없을 것이다. 따라서 그곳에 가보지 못한 독자들을 위해 폰더포테이미티스 자치구에 대해 설명해드리는 것이 적절하리라. 그보다 그곳 주민을 대신하여 대중들의 동정을 구하고자 하는 희망으로 아주 최근에 도시 내에서 발생한 불행한 사건에 관해 이야기하고자 한다. 나를 아는 이라면 내가 스스로 부여한 임무를 온 힘을 다해 수행할 것을 의심치 않을 것이다. 역사가라는 칭호를 갈망하는 사람이라면 갖춰야 할 엄격한 공정성과 사실에 대한 신중한 관찰, 근거에 대한 성실한 대조 조사를 통해 이 임무를 수행하리라고.

훈장, 문서, 비문 등을 모두 살펴보면 폰더포테이미티스 자치구는 처음 도시가 세워졌을 때부터 현재까지 정확히 똑같은 상태로 존재해왔다는 것을 분명히 알 수 있다. 허나 도시가 처음 세워졌던 시기에 대해서는 수학자들이 특정 대수학 공식에서 때때로 받아들여야만 하는 불확정적 확정성 같은 논리를 사용하여 말할 수밖에 없음이 유감스럽다. 그러므로 도시가 세워진 아주 오래전의 그 시기는 어떤 수치로 규정할 수 있는 기간보다도 훨씬 오래되었을 수밖에 없다.

폰더포테이미티스라는 이름에 얽힌 기원에 관해 이야기하자면, 슬프게도 명확하지 않음을 시인할 수밖에 없다. 이 미묘한 이름에 관해 수많은 의견이 분분한데, 어떤 의견은 예리하고, 어떤 것은 학술적이며, 어떤 것은 상반적이다. 그렇지만 만족스러울 만한 것을 택하지 못했다. 그중 크루타플렌티가 내놓은 의견과 거의 일치하는 그록스위그의 의견을 조심스럽게 선호한다. 그록스위그의 의견은 이렇다.

"폰더포테이미티스. 폰더는 천둥, 포테이미티스는 마치 번개가 번쩍이는 듯."

사실상 이렇게 파생된 이름은 시의원회 건물 첨탑 꼭대기에 명백히 전기 유체의 흔적이 있으므로 여전히 용인된다. 나는 이토록 중요한 주제에 대한 내 견해는 밝히지 않으려 한다. 대신 독자들은 둔더구츠가 지은《고대 사건들에 대한 대담》을 참조하길 바란다. 블룬더부차드가 지은, 붉은색과 검은색 문자, 표제어와 암호가 금지된 2절 고딕판《파생어에 대하여》중 27쪽부터 1050쪽까지를 참조하는 것도 좋겠다. 그중에서도 스투프

운트푸프의 각주와 그룬트운트구첼의 주석을 눈여겨보도록!
폰더포테이미티스 자치구가 세워진 날짜와 그 이름의 유래는
불분명하지만, 도시가 언제나 지금과 같은 모습으로 존재해왔
다는 데는 의심의 여지가 없다. 폰더포테이미티스에 사는 최고
령자는 도시 외관 중 어느 한 부분도 전혀 바뀌지 않았다는 것
을 잘 안다. 도시 외관이 바뀌었을지도 모른다는 가능성을 시사
하는 말조차 모욕으로 여긴다. 도시는 둘레가 약 400미터에 달
하는 원형의 골짜기 안에 있고, 완만한 언덕들이 주변을 완전히
둘러싼 형세다. 그 누구도 언덕 정상을 넘어가 본 적이 없다. 그
래서 도시 주민은 언덕 너머에는 아무것도 없다고 믿는다.

　골짜기의 가장자리 둘레는 평평하며 그 표면은 반반한 타일
로 포장하였다. 그 둘레를 따라 작은 집 60채가 연속해서 줄지
어 서 있다. 집들은 모두 언덕을 등졌으니 집 정면은 평원의 중
심을 바라보게 된다. 집은 현관으로부터 대략 55미터 떨어져
있다. 모든 집 앞에는 작은 정원이 딸려 있는데, 그 정원에는 원
형 보도와 해시계와 양배추 스물네 포기가 심어져 있다. 건물
들은 서로 똑 닮았기에 한 건물과 다른 건물을 구분하기란 여
간해서는 힘들다. 아주 오래된 탓에 건물의 건축 양식은 다소
이상하지만, 그럼에도 눈에 띄도록 그림같이 아름다워 보이는
이유는 따로 있다. 단단히 구운 테두리가 검은색인, 붉은 벽돌
로 지어서인지 건물 외벽은 마치 거대한 체스 판처럼 보인다.
박공지붕은 앞쪽으로 기울여져 있고, 집의 나머지 부분만큼 커
다란 처마 돌림띠는 처마와 현관문 위에 놓여 있다. 좁고 깊은
창문에는 아주 작은 판유리와 수많은 창틀이 달려 있다. 지붕

에는 끝이 물결 모양으로 길게 휘어진 기왓장이 수없이 얹혀 있다. 집 전체에 쓰인 목조는 어두운 색이며 주변부에는 조각을 꽤 새겼다. 아득한 옛날부터 폰더포테이미티스에 사는 조각가들은 시계와 양배추 이외의 사물은 조각하지 못했으므로 조각의 무늬는 다양하지 않다. 하지만 이 두 가지 사물에 대한 조각 실력은 대단히 뛰어났고, 조각을 새길 공간만 있다면 어디든 기발하게 배치해놓았다.

건물 외부만큼이나 내부도 비슷하며 세간도 모두 같다. 마루에는 사각 타일을 깔았고, 흑색 목재를 쓴 의자와 탁자에는 구부러진 얇은 다리 네 개와 다리 끝에 강아지 발 장식이 달려 있다. 벽난로 위 선반은 넓고 높으며, 선반 정면에는 시계와 양배추가 조각되어 있을 뿐 아니라 선반 위 가운데에는 진짜 시계도 놓여 있어 똑딱거리는 소리가 크게 울린다. 선반 양쪽 끝에는 양배추를 담은 꽃병이 마차의 승마 시종처럼 놓여 있다. 두 양배추 꽃병과 시계 사이에는 배에 커다란 원형 구멍이 나 있는 작은 배불뚝이 중국 인형이 있다. 투명한 원형 구멍을 통해 시계의 숫자판이 보인다.

벽난로는 크고 깊으며 날카롭게 구부러진 장작 받침쇠가 달려 있다. 벽난로에는 언제나 불길이 이글거리고 그 위로 절인 양배추와 돼지고기가 가득 담긴 커다란 냄비가 걸려 있다. 이 집의 안주인은 언제나 분주하게 냄비에 주의를 기울인다. 안주인은 작고 뚱뚱한 노부인으로 얼굴은 붉고 눈동자는 푸르다. 이 여인은 보라색과 노란색 리본으로 장식된 막대 설탕 같은 거대한 모자를 쓴 채 요리하는 중이다. 안주인이 입은 옷은 주황색 면직물로 짠 것인데 뒤편이 넉넉하고 허리 부분이 아주 짧아서 다리 중간까지 내려오지도 않는다. 다리는 다소 굵고 발목도 굵은 편이어서, 이런 단점을 가리기 위해 녹색 스타킹을 신은 듯하다. 분홍색 가죽으로 만든 신발은 양배추 모양으로 주름 잡힌 노란색 리본으로 묶여 있다. 왼손에는 작고 무거운 네덜란드제 시계를 찼다. 오른손에는 국자를 들고 절인 양배추와 돼지고기를 휘젓는 중이다. 그 옆에는 뚱뚱한 얼룩 고양이가 동그마니 앉아 있었는데 꼬리에는 금박 입힌 장난감 시계가 묶여 있다. 아이들이 시험 삼아 매달아 놓은 것이다.

아이들은 모두 세 명인데 정원에서 돼지를 돌본다. 키는 모두 60센티미터 정도다. 머리에는 삼각형 모자를 쓰고, 허벅지까지 내려오는 보라색 조끼에 사슴 가죽으로 만든 반바지 차림이다. 그 아래로는 빨간색 스타킹과 커다란 은색 버클이 달린 무거운 신발을 신고, 커다란 자개단추가 달린 긴 코트를 걸치고 있다. 세 명 모두 입에 파이프를 물고, 오른손에는 작고 뭉뚝한 시계를 찼다. 한 번 파이프를 피운 후 쳐다보고, 한 번 쳐다본 후 파이프를 피운다. 뚱뚱하고 게으른 돼지는 양배추에서 떨어진 잎사귀를 주워 먹느라, 개구쟁이 아이들이 고양이처럼 멋있게 해주려고 꼬리에 달아준 금박 시계를 발로 차느라 정신없이 바쁘다.

현관문에 놓인 안락의자에는 늙은 집주인이 한가로이 앉아 있다. 안락의자는 등받이가 높고 가죽 받침을 댄 것으로 탁자와 마찬가지로 구부러진 다리와 강아지 발 장식이 달려 있다. 노인은 몹시 오동통하고 작았으며, 눈은 크고 둥글고 커다란 턱이 이중으로 접혀 있다. 집주인이 입은 옷은 아이들의 옷과 아주 비슷하기에 더 설명할 필요는 없을 것이다. 다만 차이점이 있다면 노인이 입에 문 파이프는 아이들이 가지고 있던 것보다 훨씬 크며 그 파이프로 훨씬 커다란 연기를 내뿜을 수 있다는 것이다. 노인도 아이들처럼 시계가 있지만 주머니에 넣고 다닌다. 사실 집주인에게는 시계보다 훨씬 중요하게 신경 써야 할 것이 있다. 그것이 무엇인지 곧 설명하겠다. 노인은 오른쪽 다리를 꼬아서 왼쪽 무릎 위에 올려놓고는 심각한 얼굴로 언제나 한쪽 눈으로 단호하게 평원 중심에 있는 어떤 비범한 물체를 응시했다.

이 물체는 시의회 건물 첨탑에 있다. 시의회 의원들은 모두 아주 작고 통통하고 기름지고 똑똑한 사람들로 눈은 접시같이 크고 이중 턱이 두툼하게 접혀 있다. 폰더포테이미티스 주민이 입은 옷보다 훨씬 긴 외투에, 주민이 신은 신발에 달린 것보다 훨씬 큰 버클이 달린 신발을 신고 있다. 내가 이곳에 잠시 체류하기 시작한 이후로 의원들은 특별 회의를 몇 번 했는데, 세 가지 중요한 결의안을 채택했다.

하나, 오래된 훌륭한 방침을 바꾸는 것은 잘못된 일이다.
둘, 폰더포테이미티스 밖에는 웬만한 것이 전혀 없다.
셋, 우리는 우리의 시계와 양배추를 고수할 것이다.

시의회 회의실 위에는 첨탑이 있고 그 안에는 종탑이 있다. 종탑에는 아득한 옛날부터 도시의 긍지이자 경이로움이었던 폰더포테이미티스 자치구의 대시계가 있다. 이것이 바로 노인이 가죽 받침을 댄 안락의자에 앉아 바라보던 것이다.

대시계는 일곱 면으로 되어 있고, 일곱 면의 첨탑에는 각각 시계가 하나씩 걸려 있어서 사방에서 쉽게 시계를 볼 수 있다. 시계 판은 하얗고 크며, 시곗바늘은 검고 무겁다. 그곳에는 종탑 관리인이 있고 관리인의 유일한 직무는 대시계를 관리하는 것이다. 이건 그야말로 이름뿐인 직무다. 폰더포테이미티스 시계에는 한 번도 문제가 생긴 적이 없었기 때문이다. 최근까지만 해도 그런 일이 발생할 수 있다고 가정하는 것조차 이단으로 간주하였다. 대시계는 기록이 남아 있는 한 가장 오래된 옛날부터 큰 종을 울려 규칙적으로 시간을 알렸다. 도시 내에 있는 다른 모든 시계도 마찬가지였다. 폰더포테이미티스보다 정확히 시간을 지키는 곳은 존재하지 않는다. 거대한 추가 '12시!'를 알리면 순종적인 추종자들은 동시에 목소리를 높여 메아리처럼 대답했다. 간략히 말하자면 선량한 시민은 절인 양배추를 좋아했고, 자신들의 시계를 자랑스럽게 여겼다.

이름뿐인 직책을 가진 모든 이들은 존경을 받는다. 폰더포테이미티스의 종탑 관리인이야말로 완벽히 이름뿐인 직책이므로 세상 모든 사람으로부터 지극히 존경받는다. 종탑 관리인은 도시에서 가장 지위가 높은 관리며, 돼지들조차 존경에 가득 차 관리인을 우러러본다. 도시 내에 사는 어떤 노인들의 것보다 외투 뒷자락은 훨씬 길고, 파이프, 신발, 신발 버클, 눈, 배는 더욱 크다. 턱으로 말할 것 같으면 이중이 아니라 삼중 턱이다!

이처럼 나는 행복한 폰더포테이미티스 자치구에 대해 그려

보았다. 아, 이토록 아름다운 도시에 좌절이 일어야 한다니!

현명한 주민들 사이에서 오랫동안 전해 내려오는 속담이 있다. 그 속담은 '언덕 너머에서는 좋은 일이 찾아오는 법이 없다'다. 주민들에게 이 말은 어떤 예언처럼 느껴지는 부분이 있었다. 동쪽 산등성이 꼭대기로부터 아주 이상하게 생긴 물체가 나타난 것은 그게 정오 5분 전에 있었던 일이다. 물론 도시 전체가 이 물체가 출현한 것에 관심을 두었다. 가죽 받침을 댄 안락의자에 앉아 있던 작은 노인은 한쪽 눈으로 이 현상을 경악하며 바라보았다. 다만 다른 한쪽 눈은 여전히 첨탑에 있는 시계를 응시하면서.

정오가 되기 고작 3분 전이 되었을 때, 이 의문에 싸인 우스꽝스러운 물체는 이국적으로 생긴 아주 작은 젊은 남자임을 알 수 있었다. 남자는 엄청난 속도로 언덕을 내려왔기에 곧 모든 시민이 남자를 자세히 볼 수 있었다. 남자는 작은 체구에 신경 써서 옷을 갖춰 입었는데, 지금껏 폰더포테이미티스에서는 이 같은 모습을 한 사람을 본 적이 없었다. 낯빛은 어두운 코담배 빛깔이었고, 코는 길고 굽었으며, 눈은 작고 둥글었고, 길고 커다란 입에 치아는 가지런했다. 입이 귀에 걸려 웃을 때마다 치아를 보여주고 싶어 안달이 난 것 같았다. 콧수염과 구레나룻에 가려 얼굴의 다른 부분은 전혀 보이지 않았다. 모자는 쓰지 않았고, 머리는 깔끔하게 말려 있었다. 몸에 딱 맞는 검은 연미복을 입었는데 주머니 한쪽에는 엄청 길고 하얀 손수건이 꽂혀 있었다. 이 젊은 남자는 검은 스타킹에 검은 캐시미어 반바지를 입고 커다란 검은 공단 리본으로 나비매듭이 매어진 뭉뚝한 구두를 신고 있었다. 한쪽 팔 아래에는 커다란 모자를, 다른 한쪽에는 자기보다 다섯 배는 큰 바이올린을 끼고 있었다. 왼손에는 황금색 코담배 상자를 든 채, 환상적인 스텝을 밟으며 경중경중 언덕을 뛰어 내려오면서 만족스러운 기색으로 줄기차게 상자 안에 든 코담배 냄새를 맡았다. 맙소사! 폰더포테이미티스에 사는 정직한 시민들에게 이는 몹시도 놀라운 광경이었다.

솔직히 말해서 남자는 얼굴에 미소를 띠었지만 대담하면서도 불길한 인상을 풍겼다. 이 남자가 갑자기 마을로 곧장 달려왔을 때 그가 신고 있던 구두의 낡고 뭉툭한 모양새는 상당한 의심을 불러일으켰다. 그날 남자를 보았던 수많은 주민은 연미복 한쪽 주머니에 도드라지게 매달려 있는 하얀 케임브릭 손수건 같은 건 한번 흘낏 보고 말았을지도 모른다. 사람들이 당연히 분노할 수밖에 없었던 주된 이유는 따로 있었는데, 악당 같은 멋쟁이가 여기서 판당고(3박자나 6박자의 활발하고 야성적인 에스파냐의 춤-옮긴이)를 추고 저기서 빙빙 도는 동안 스텝을 밟으며 박자와 시간을 맞추려는 생각은 전혀 하지 않는 것 같았기 때문이다.

정오를 약 30초가량 앞두었을 때였다. 폰더포테이미티스의 선량한 시민은 이때처럼 눈을 동그랗게 떠본 적이 없었으리라. 그 악당은 놀란 시민들 한가운데로 뛰어들어 여기서 춤을 추고 저기서 몸을 흔들어댔다. 그것도 모자라 한쪽 다리를 들어 한 바퀴 빠르게 회전하고 살짝 뛰어오르더니, 놀라움에 휩싸여 근엄하면서도 경악한 채로 담배를 피우던 종탑 관리인이 앉아 있던 시의회 건물 종탑으로 뛰어들어 펄쩍거리며 양발을 마주치는 춤을 추었다. 그 작은 놈은 곧 종탑 관리인의 코를 잡아채서 흔들고 잡아당겼고, 커다란 바이올린으로 머리를 내리치고는 눈과 입을 때려댔다. 그러더니 악기를 들어 올려 종탑 관리인을 오랫동안 맹렬히 때렸다. 관리인은 너무나도 뚱뚱했고 악기는 속이 텅 비어 있었기 때문에, 관리인이 얻어맞는 소리를 실제로 들었다면 더블 베이스 드러머 한 무리가 폰더포테이미티스의 종탑에서 발을 둥둥 굴러댔다고 생각했을지도 모른다.

이 부도덕한 공격이 주민으로 하여금 어떤 필사적인 복수를 하게 만들지는 알 수 없었지만, 중요한 사실은 이제 정오가 될 때까지 1초가 채 남지 않았다는 것이다. 곧 종이 울릴 참이었고 모든 사람이 시계를 봐야 했다. 이는 무엇보다 중요하고 절대적인 일이었다. 바로 그 순간 종탑 속에 있던 그놈은 시계와 전혀 관련 없는 일을 하는 것이 분명했다. 시간을 알리는 종소리가 울리기 시작하자 누구도 남자의 움직임에 신경 쓸 겨를이 없었다. 모두가 종소리가 울릴 때 숫자를 세어야 했기 때문이다.

"1시!"

대시계가 울렸다.

"1시!"

가죽 받침을 덧댄 안락의자에 앉아 있던 폰더포테이미티스의 모든 작은 노인들이 따라 말했다.

"1시!"

노인들이 찬 손목시계도 따라 울렸다.

"1시!"

부인들이 찬 손목시계도 울렸다.

"1시!"

아이들이 찬 손목시계도 울렸고, 고양이와 돼지 꼬리에 달린 작은 금박 시계도 울렸다.

"2시!"

대시계가 울렸다.

"2시!"

모든 시계가 따라 울렸다.

"3시! 4시! 5시! 6시! 7시! 8시! 9시! 10시!"

대시계가 울렸다.

"3시! 4시! 5시! 6시! 7시! 8시! 9시! 10시!"

다른 시계들이 따라 울렸다.

"11시!"

대시계가 울렸다.

"11시!"

작은 시계들이 따라 울렸다.

"12시!"

대시계가 울렸다.

"12시!"

사람들은 더할 나위 없이 만족스럽게 대답하고는 목소리를 낮추었다.

"이제 12시가 되었군!"

작은 노신사들이 주머니에 다시 시계를 집어넣으며 말했다. 대시계는 아직 멈추지 않았다.

"13시!"

대시계가 울렸다.

"악마다!"

작은 노신사들이 창백하게 질려 파이프를 떨어뜨리고 왼쪽 무릎에 올려놓았던 오른쪽 다리를 내려놓으며 헐떡였다.

"악마다!"

"13시! 13시! 맙소사, 13시가 되었어!"

잇따라 일어난 끔찍한 장면을 무엇하러 굳이 묘사하겠는가? 모든 폰더포테이미티스 주민은 이내 비통한 대혼란 속에 빠져들었다.

"내 배는 어떡하면 좋지? 이 시간에는 배가 고파야 하는데!"

모든 소년이 아우성쳤다.

"내 양배추들은 어떡한담? 이 시간에는 모두 찢어놨어야 하는데!"

모든 부인이 비명을 질렀다.

"내 파이프는 어떡하면 좋아? 이 시간에는 모두 피웠어야 하는데!"

모든 노신사가 욕지거리를 내뱉었다.

노신사들은 격노하여 파이프를 다시 채우고 안락의자에 털썩 앉아 아주 빠르고 맹렬하게 담배를 피웠고 순식간에 골짜기 전체에 자욱한 안개가 차올랐다.

그동안 양배추 겉 부분은 모두 새빨개져서, 악마가 시계 형태를 갖춘 모든 것을 손아귀에 넣은 것만 같았다. 가구에 조각된 시계들은 마법에 걸린 것처럼 춤을 추었고, 벽난로 위 선반에 놓여 있던 시계들은 분노를 참지 못한 채 계속해서 13시를 울려댔는데, 추가 뛰어다니고 몸부림치는 모습은 정말이지 보기가 끔찍했다. 가장 끔찍했던 것은 돼지들과 고양이들이 꼬리에 작은 시계가 달린 것을 더는 견디지 못한 나머지 사방에서 날뛰고, 할퀴고, 밀고, 꽥꽥 울고, 소리 지르고, 야옹거리고, 악을 써대고, 얼굴을 처박고, 사람들의 속치마 속으로 파고들어서, 가공할 만한 소음과 혼란을 자아내는 모습이었다.

사고하는 인간이라면 어떤 모습인지 상상할 수 있을 것이다. 상황을 더 비참하게 만드는 것은 종탑 안에 있던 악당 같은 작은 망나니가 힘닿는 데까지 기를 썼다는 점이었다. 이따금 연기 사이로 그 악당 놈의 모습을 슬쩍 볼 수 있었다. 이놈은 바닥에 드러누워 있는 종탑 관리인 위에 떡하니 앉아 있었다. 그 악당은 종에 달린 줄을 이에 물고는 계속 머리를 휙 잡아당겨 덜거덕거리는 소리를 냈다. 그 소리는 생각하기만 해도 귀가 먹먹해질 정도였다. 무릎 위에는 커다란 바이올린을 올려놓고 박자와 음정을 무시한 채 마구 긁어댔는데, 양손으로 〈주디 오플래내건과 패디 오라퍼티〉를 능수능란하게 연주했다.

이렇게 비참한 지경까지 상황이 치닫자 나는 넌더리가 나서 그곳을 떠났다. 이제 정확한 시간과 훌륭한 양배추를 사랑하는 모든 이에게 도움을 구하려 한다. 우리 모두 다 함께 그 도시로 가서 종탑에서 그 작은 악마를 내쫓아 폰더포테이미티스의 오래된 질서를 되돌리자.

엘레오노라

Edgar
A. Poe

엘레오노라

분명한 형태로 보호받을 때 그 영혼은 무사하리라.

— 레이먼드 룰리

내 혈통은 상상력이 풍부하고 뜨거운 열정이 가득한 것으로 알려졌다. 사람들은 나를 두고 미쳤다고 말한다. 아직 의문은 남아 있다. 혹시 미쳤다는 것은 극히 지능이 높은 상태는 아닐까? 그 대부분이 영예로우며, 그 모두가 심오한 것은 아닌가? 미쳤다는 것은 생각의 질병에서 자라난 것은 아닌가? 일반적 지성을 잃은 대신 감정 기복이 심해져 나타난 것은 아닌가? 낮에 꿈을 꾸는 이들은 밤에만 꿈을 꾸는 이들이 보지 못하고 지나치는 많은 것을 깨닫는다. 어스레한 시각에 어렴풋이 영원에 대해 알게 되고, 꿈에서 깨어나 위대한 비밀을 알기 직전이었다는 사실을 깨닫고 전율을 느낀다. 노루잠을 자면서 선량한 지혜를 약간 배우고 한낱 악한 지식을 더 많이 배운다. 조타수도 항해사도 없이 '형언할 수 없는 거룩한 빛'의 바다를 뚫고 나아간다. 마치 누비아(아프리카 동북부 이집트 남부에서 수단 북부까지 걸친 지역 - 옮긴이) 지리학자의 모험처럼 그 안에 무엇이 있는지 알아내기 위해 그림자의 바다로 탐험을 떠난다.

그럼 이제 여러분은 내가 미쳤다고 생각할 것이다. 적어도 내게 두 가지 다른 정신 상태가 존재함은 인정한다. 첫 번째는 논쟁의 여지 없는 명료하고 이성적인 상태로, 내 인생의 첫 번째 시기를 이루는 일들의 기억과 관계가 있다. 두 번째는 음침한 의혹의 상태로, 현재와 더불어 내 인생의 위대한 두 번째 시기를 구성하는 일들의 기억과 관련 있다. 따라서 내가 첫 번째 시기에 관해 이야기하는 것은 믿어도 좋다. 두 번째 시기에 관한 이야기는 적당히 믿거나, 모두 의심하도록 하라. 만약 의심할 수 없다면 이야기 속 오이디푸스의 수수께끼를 즐기도록 하라.

젊은 시절 내가 사랑했던 한 여자가 있다. 지금부터 아주 차분하고 분명하게 그 여인의 이야기를 쓰려 한다. 그 여인은 오래전 돌아가신 내 어머니의 유일한 여동생의 외동딸이었다. 내 사촌의 이름은 엘레오노라였다. 나와 엘레오노라는 열대의 태양 아래 '다색 풀의 골짜기'에서 함께 살았다. 이 골짜기에는 정처 없이 떠도는 이의 발길조차 닿은 적 없다. 돌출된 일련의 거대한 언덕에 둘러싸여 그 속에 깊이 틀어박혀 있었기 때문이다. 언덕에 가려져 있었기에 우리의 달콤했던 거처까지 햇빛이 들어오지 못했다. 인근 오솔길에는 누구도 발 디딘 적이 없었다. 우리가 살던 행복한 집을 찾아오기 위해서는 수천 그루의 삼림 수엽을 강제로 밀어젖힌 뒤, 찬란하게 아름다운 수백만 송이의 향기로운 꽃들을 짓밟아야 했다. 그렇기에 우리는 완전히 고립되어 살고 있었다. 그 골짜기 외의 세상, 나와 사촌과 이 모 외의 세상은 전혀 알지 못했다.

우리가 살던 곳 위쪽 산 너머에 있는 어둑한 지역으로부터 좁고 깊은 강이 시작되었는데 이 강은 엘레오노라의 눈을 제외한 세상 그 어떤 것보다 눈부셨다. 미로같이 복잡한 물길을 살그머니 굽이치며 흐르다가, 처음 물길이 시작된 곳보다 한층 어둑한 언덕 사이의 그늘진 골짜기를 타고 흘러갔다. 우리는 그 강을 '침묵의 강'이라고 불렀다. 흐르는 물줄기에 주변을 달래는 듯한 힘이 있는 것 같았기 때문이다. 강바닥에서는 졸졸 흐르는 소리도 들리지 않았다. 강은 너무나도 부드럽게 흘러서 우리가 즐겨 바라보던 백옥 같은 조약돌이 강 깊은 곳에서 흔들림 없이 각자 그 자리에서 영원히 찬란하게 빛나고 있었다.

강에서부터 골짜기를 둘러싼 산에 이르는 공간이 골짜기 전체를 이루고 있었는데 이곳에 자리 잡은 강 주변과 해협을 향해 구불구불 흘러가는 눈부신 개울의 주변, 그 주변에서 시작해 깊숙한 개울을 지나 강바닥의 조약돌층에 이르는 공간에는 부드러운 녹색 잔디가 뒤덮여 있었다. 잔디는 빽빽하고 짧고 몹시 평평했으며 바닐라 향이 풍기고, 노란 미나리아재비, 하얀 데이지, 보랏빛 제비꽃, 다홍빛 수선화가 흩뿌려져 있었다. 이 굉장한 아름다움은 우리 마음속에 사랑과 신의 은총에 관해 아주 큰 소리로 이야기해주었다.

이 잔디밭 부근에 있는 작은 숲 여기저기에는 꿈속 황무지에서처럼 기이한 나무들이 자라났다. 높고 가느다란 나무줄기는 곧게 서 있지 않고 한낮이면 골짜기 한가운데를 비추는 햇빛을 바라보며 우아하게 기울어져 있었다. 나무 표면에는 흑색과 은색 반점이 번갈아 나타나며 선명하게 빛났고, 엘레오노라의 볼을 제외한 세상 그 어떤 것보다 매끄러웠다. 나무 꼭대기에서 일직선을 이루며 흔들거리는 눈부신 녹색의 거대한 나뭇잎들이 산들바람과 새롱대지 않았더라면, 누군가는 시리아의 거대한 뱀이 태양의 군주에게 경의를 표하는 모습을 떠올렸을지도 모른다.

우리 마음속에 사랑이 찾아오기 전 15년 동안, 엘레오노라와 나는 함께 손을 잡고 이 골짜기 주변을 거닐었다. 우리가 뱀 같은 나무 아래 서로 꼭 껴안고 앉아 침묵의 강에 비친 우리의 모습을 내려다보았던 때는 그녀가 열다섯, 내가 스무 살이던 해의 끝 무렵 어느 저녁이었다. 그 달콤했던 날, 우리는 남은 시간 동안 아무 말도 하지 않았다. 다음 날에도 떨리는 말조차 거의 나누지 않았다. 우리는 그 흔들림으로부터 마음속에 에로스 신이 자리 잡았음을 알게 되었고, 에로스 신이 우리 속에 있는 선조의 맹렬한 열정에 불을 지폈다는 것을 느낄 수 있었다. 수 세기 동안 우리 혈통의 특징이라고 알려진 열정과 상상력이 모여들어 다색 풀의 골짜기에 무아지경의 행복을 불어넣었다.

이 변화로 모든 것이 바뀌었다. 이전에는 어떤 꽃도 피지 않았던 나무들 위로 기묘하고 눈부신 별 모양 꽃이 피어나 환하게 빛났다. 녹색 잔디밭은 한층 그 푸름이 짙어졌다. 하얀 데이지가 한 송이씩 시들어가면 그 자리에 다홍색 수선화가 수십 송이씩 피어났다. 우리 앞길에는 생명이 피어올랐다. 그때까지 본 적 없던 키 큰 플라밍고가 화려하게 빛나는 모든 새와 함께 진홍색 깃털을 뽐냈다. 금빛 은빛 물고기가 강을 찾아왔다. 물고기가 나타난 깊은 강 속에서 졸졸 흐르는 물소리는 점차 커져서 마침내 위로하는 듯한 선율이 되었다. 이는 바람의 신 아이올로스가 켜는 하프 소리보다 더욱 신성하며, 엘레오노라가 내는 목소리를 제외한 세상 그 어떤 것보다 달콤한 선율이었다. 저녁 무렵 금성이 뜨는 하늘에서만 모습을 드러내던 아주 넓고 큰 구름은 두둥실 흘러와 진홍빛 황금빛 자태를 우아하게 뽐내며 우리 위를 평화롭게 떠다니다가, 나날이 점점 낮게 내려앉아 산 정상에 그 가장자리를 걸치고는 산의 어둑함을 장엄하게 바꾸어놓았다. 마치 영원할 것 같은 모습으로 장엄하고 영광스러운 마법의 감옥에 우리를 가두어버렸다.

엘레오노라는 천사같이 아름다웠다. 꽃들에 둘러싸여 살아갔던 그녀의 짧은 생처럼 소박하고 순수했다. 엘레오노라에게 생기를 불어넣은 열정적 사랑을 어떠한 속임수로도 숨기지 않았다. 우리는 다색 풀의 골짜기를 함께 걸으며 가장 깊은 속마음을 나누었고, 최근에 마음속에 자리 잡은 일대 변화에 관해 이야기했다.

마침내 인간이라면 반드시 겪게 되는 생의 마지막 슬픈 변화에 대해 눈물 흘리며 이야기한 이후, 엘레오노라는 이 하나의 슬픈 주제에 대해서만 곰곰이 생각하면서 우리가 나누는 모든 대화에 이를 관련지었다. 마치 시라즈의 시인이 노래한 시에서처럼, 인상적으로 변화하는 모든 구절에서 같은 이미지가 계속해서 반복되는 것이다.

엘레오노라는 자신의 품을 향한 사신의 손가락을 보았다. 마치 하루살이같이 완벽하리만큼 사랑스러웠기에 죽음을 맞게 될 뿐이었다. 하지만 엘레오노라가 죽음을 두려워했던 이유는 어느 날 석양이 질 때쯤 침묵의 강 강둑에서 내게 말했던 한 가지 생각 때문이었다. 자신을 다색 풀의 골짜기에 묻고 나면 내가 이 행복한 거처를 영영 떠나, 지금은 너무나도 열정적으로 자신을 사랑했던 마음이 바깥세상의 다른 처녀에게로 향하게 될 것을 생각하니 몹시 슬펐던 것이다.

나는 그 자리에서 다급히 엘레오노라 발치에 몸을 던져, 지구 상에 존재하는 다른 어떤 여성과도 결혼하지 않을 것이며, 결코 그녀와 나눈 소중한 기억과 나를 축복해준 열렬한 사랑의 기억을 배반하지 않겠노라고 엘레오노라와 하늘에 대고 맹세했다. 전지전능한 우주의 지배자에게 내 경건하고 엄숙한 맹세의 증인이 되어달라고 요청했다. 신과 엘레오노라와 엘리시움 (그리스 신화, 축복받은 사람들이 죽은 후 사는 낙원 – 옮긴이)의 성인에게 내가 이 맹세를 저버린다면 차마 여기 기록할 수 없을 정도로 몹시 무서운 벌을 내려달라는 저주를 청했다. 이렇게 말하자 엘레오노라의 반짝이는 눈동자가 한층 더 빛났다. 그리고는 지독한 마음의 짐을 덜어낸 것처럼 한숨을 내쉬었고, 몸을 떨며 통곡했다. 하지만 그 맹세를 받아들였다.

엘레오노라는 그저 어린아이가 아니었겠는가! 이렇게 나의 여인은 편히 임종을 맞이할 수 있게 되었다. 며칠 지나지 않아 엘레오노라는 조용히 숨을 거두었다. 그때 내가 자신의 영혼에 안식을 구해주었기에 세상을 떠날 때 그 영혼에 깃들어 나를 지켜보겠노라고 말했다. 만약 허락된다면 밤에 내가 잠들어 있지 않을 때 눈앞에 나타나겠노라고, 하지만 이런 일들이 천국에 사는 영혼들의 능력 밖이라면 적어도 저녁 바람에 한숨을 섞어 보내거나 내가 내쉬는 공기에 천사들이 쓰는 향로에서 나온 향기를 채워서 자신이 존재함을 자주 알리겠다고 말했다. 이런 말을 입에 담은 후 엘레오노라는 순수했던 생을 마감했다. 그렇게 내 인생의 첫 시기가 끝났다.

지금까지 나는 충실히 이야기했다. 하지만 사랑하는 이의 죽음으로 시간의 여정에 장애물이 생겨났고, 이 장애물을 지나 인생의 두 번째 시기로 나아가면서 머릿속에 그늘이 드리워짐을 느꼈기에 이 기록이 온전히 정확한지 믿을 수 없다. 그렇지만 이야기를 계속해보겠다.

수년이 무겁도록 천천히 흘러갔고, 나는 여전히 다색 풀의 골짜기에 살았다. 허나 두 번째 변화로 모든 게 바뀌었다. 별 모양 꽃은 나뭇가지 속으로 움츠러들어 더는 보이지 않았다. 녹색 잔디밭은 빛이 바랬다. 다홍색 수선화는 한 송이씩 시들었고, 그 자리에 눈동자 같은 거무스름한 제비꽃이 수십 송이씩 나타나 불안한 듯 온몸을 뒤틀었다. 제비꽃에는 언제나 이슬이 가득 맺혀 있었다. 우리의 앞길에서 생명은 떠나버렸다. 키 큰 플라밍고는 이제 진홍색 깃털을 뽐내지 않았고, 화려하게 빛나던 모든 새와 함께 슬퍼하며 골짜기를 떠나 언덕으로 날아가 버렸다. 금빛, 은빛 물고기는 우리가 살던 집 아래쪽 골짜기를 따라 헤엄쳐 내려갔고 다시는 강을 아름답게 장식하는 일은 없었다. 바람의 신 아이올로스가 켜는 하프 소리보다 더욱 신성했고, 엘레오노라가 내는 목소리를 제외한 세상 그 어떤 것보다 달콤했던 선율은 조금씩 서서히 사라져 졸졸 흐르는 물소리로 잦아들더니 그나마도 점점 작아져 마침내 강은 완전히 본래의 엄숙한 침묵을 되찾았다. 마지막으로, 아주 넓고 큰 구름은 하늘 위로 떠올라 산 정상을 예전과 같은 어둠에 맡기고 떠나 금성이 뜨는 하늘로 돌아갔고, 다색 풀의 골짜기에서 다채로운 황금빛의 아름다운 영광을 모두 빼앗아버렸다.

그렇다고 엘레오노라에게 맹세한 약속은 잊지 않았다. 천사들이 쓰는 향로가 흔들리는 소리가 들려왔기 때문이며, 골짜기에서 언제나 신성한 향기가 흐르고 있었기 때문이다. 혼자 있을 때 심장이 격하게 뛸 때면 내 이마를 적시는 바람이 부드러운 한숨을 싣고 내게로 다가왔기 때문이다. 그리고 희미한 속삭임이 밤 공기를 채웠다. 그리고 한 번, 단 한 번! 영혼의 입술이 내 입술에 닿는 것을 느끼며 죽음과 같은 잠에서 깨어났다!

그때조차도 마음속 공허함은 채워질 기미가 보이지 않았다. 나는 이전과 같이 넘칠 정도로 가득 찼던 사랑을 갈구했다. 마침내 엘레오노라에 대한 기억으로 골짜기에 머무는 것이 고통스러워졌고, 나는 허영과 격동적 승리로 가득한 세상을 향해 영영 떠나버렸다.

나는 이상한 도시에 있었다. 그 도시에 존재하는 모든 것들이 다색 풀의 골짜기에서 너무나 오랫동안 꿈꾸었던 달콤한 꿈들을 기억에서 사라지게 해주었는지도 모른다. 호화로운 대저택이 주는 허영과 허례허식, 무기들이 실성한 듯 철커덩거리는 소리, 눈부시게 사랑스러운 여인들이 머릿속을 혼란스럽게 하여 나를 도취시켰다. 하지만 아직 내 영혼은 엘레오노라에게 약속한 맹세에 진실했고 고요한 밤이면 여전히 엘레오노라가 존재한다는 암시가 나타났다.

　어느 날 갑자기 엘레오노라의 현시가 멈추었고 눈앞에 펼쳐진 세상이 캄캄해졌다. 그리고 나를 지배하는 격렬한 생각과 나를 괴롭히는 끔찍한 유혹에 아연실색했다. 내가 모시던 왕의 화려한 대저택에 멀고 먼 미지의 나라로부터 아름다운 여인이 나타나 단숨에 나의 비겁한 마음 전부를 앗아갔기 때문이다. 한 치의 망설임도 없이 세상에서 가장 열정적이고 비굴한 사랑을 바치며 아름다운 여인의 발치에 머리를 조아렸기 때문이다. 천사 같은 에르망가르드 발치에서 눈물을 흘리며 온 영혼을 바쳤던 열정과 무아지경과 영혼을 들썩이는 황홀한 사랑을 비교하면, 골짜기의 그 어린 소녀에게 품었던 열정은 대체 무엇이었단 말인가? 아아, 천사 같은 에르망가르드는 눈부셨다. 그녀 외의 다른 사람을 알 여유조차 없었다. 아, 천사 같은 에르망가르드는 신성했다. 에르망가르드의 깊은 눈동자를 바라보면 오로지 그 눈만을, 오직 에르망가르드만을 생각하게 될 뿐이었다.

　나는 결혼했다. 내가 빌었던 저주가 두렵지도 않았고, 쓰라린 저주도 내려지지 않았다. 하지만 한 번, 다시 한 번, 고요한 밤에 격자 모양 창을 지나 나를 저버렸던 부드러운 한숨이 흘러들어 왔다. 한숨 소리는 친숙하고 달콤한 목소리로 바뀌어 내게 말했다.

　"편히 잠들어요. 사랑의 정령이 지배하고 결정했어요. 열정적인 마음이 에르망가르드라는 여인에게로 향했기에, 천국에서 이유를 알게 될 터. 이제 엘레오노라에 대한 맹세에서 해방되었어요."

타원형 초상화

Edgar
A. Poe

타원형 초상화

하인은 심하게 다친 나를 이끌고 야외에서라도 밤을 보내기 위해 무단으로 성문을 밀고 들어갔다. 그 성은 오랜 세월 동안 아펜니노 산맥(이탈리아 반도를 종단하는 긴 산맥 - 옮긴이)에 위압적으로 자리해온 우울하면서도 장엄한 분위기를 풍기는 건물 중 하나였으며 앤 래드클리프(고딕 소설의 황금기에 가장 인기 있었던 작가 - 옮긴이)의 소설에나 나올 법한 곳이었다. 언뜻 보니 최근에 잠시 버려진 것 같았다.

우리는 가장 작고 덜 화려한 방을 골라 들어갔다. 방은 성의 외딴 탑에 있었고 실내 장식이 호화롭긴 했지만 많이 낡아서인지 고풍스러웠다. 벽걸이 융단과 여러 가지 다양한 문장 기념물이 벽을 장식하고 있었고 이와 함께 아라베스크 문양을 두른 짙은 황금색 액자에 끼워진 생기 넘치는 현대 회화들이 지나칠 정도로 많이 걸려 있었다. 이 그림들은 방 안 벽에는 물론이고 성의 특이한 구조상 어쩔 수 없이 만들어진 여러 구석 자리에도 어김없이 걸려 있었다. 약한 망상 증세 때문인지 나는 이 그림들에 깊이 빠져들었다. 그래서 하인 페드로를 시켜 밤이 되었으니 방의 덧문을 닫고 침대 머리맡에 서 있는 키 큰 나뭇가지 모양 촛대에 불을 붙인 뒤 술이 달린 검은색 벨벳 침대 커튼은 활짝 열어두도록 했다. 이렇게 해놓고 잠이 들 때까지 그림을 감상하며 명상에 잠겨도 보고 그림에 대한 비평과 설명이 실렸다는 안내문이 붙은 작은 책을 베개 위에서 발견한지라 자세히 읽어도 볼 생각이었다.

나는 책을 읽으며 꼼꼼하게 그림을 감상했다. 그렇게 도취된 채 시간이 빠르게 흘러 어느덧 한밤중이 되었다. 촛대 위치가 마음에 들지 않아 잠든 하인을 부르는 대신 혼자 가까스로 손을 뻗어 책을 좀 더 잘 비출 수 있는 위치로 촛대를 옮겨놓았다. 이 행동은 전혀 예기치 못한 결과를 낳았다. 여러 개의 촛불이 방 안 구석구석을 비추었고 불빛은 침대 기둥 옆에 짙게 그늘진 곳까지 미쳤다. 그러자 미처 알아채지 못했던 그림 한 점이 환한 빛에 드러났다. 여인으로 성숙하기 시작한 어느 소녀를 그린 초상화였다. 나는 그림을 슬쩍 쳐다보고 나서 눈을 감아버렸다. 내가 왜 그랬는지 처음엔 나 자신도 확실하게 알 수 없었다. 눈을 감고 있는 동안 그 이유가 마음속에 떠올랐다. 생각할 시간을 벌면서 내 눈에 보이는 것이 실제인지 확인하고, 맑은 정신으로 똑똑히 볼 수 있도록 흥분을 가라앉히기 위해 충동적으로 눈을 감은 것이었다. 잠시 후 다시 그림을 지그시 응시했다.

이제 내가 제대로 보고 있다는 사실은 의심할 여지가 없었다. 화폭에 처음 불빛을 비추자 내 감각에 스며 있던 꿈결 같은 몽롱함이 싹 사라졌고, 너무 놀라 당장 현실 세계로 돌아오고 말았다.

이미 말했듯 소녀를 그린 초상화였다. 전문 용어로 비네트 기법을 사용하여 머리와 어깨까지만 그렸고 토마스 설리(미국 회화의 아버지로, 세부는 생략하고 유창한 붓놀림으로 화풍을 세움 — 옮긴이)의 인기 있는 초상화들과 표현 양식이 매우 비슷했다. 그림의 배경을 이루는 희미하고 짙은 어둠 속으로 팔과 가슴, 심지어 윤기 흐르는 머리카락 끝 부분까지 미세하게 녹아들었다. 두껍게 금박을 입힌 타원형 액자에는 아라베스크 문양으로 줄 세공 장식이 되어 있었다. 예술품으로서 그림은 흠잡을 데가 없었다. 내가 그렇게 갑작스럽고 엄청난 감동을 받은 이유는 그림 솜씨 때문도, 소녀의 빼어난 미모 때문도 아닌 것 같았다. 몽롱한 상태에서 그림을 산 사람으로 착각했기 때문은 더더욱 아니다. 구도와 화풍, 액자의 특징들에 집중하면 그런 생각이 금세 사라지고 잠깐 혼란스러웠던 마음도 진정될 거라는 생각이 들었다. 따라서 초상화에 시선을 고정한 채 한 시간쯤 열심히 그런 특징들에 대해 생각하며 반은 앉고 반은 누운 어정쩡한 자세로 있었다.

결국 그림에 진짜 비밀이 숨겨져 있을 거라고 확신하며 침대에 누웠다. 처음엔 놀랐다가 나중엔 당황스럽고 말문이 막혀 오싹한 느낌을 받긴 했어도 진짜 살아 있는 사람처럼 표현된 그림에 매력을 느꼈다. 대단하긴 해도 왠지 두려운 마음이 들어 촛대를 원래 자리로 돌려놓았다. 그렇게 가려놓았는데도 마음이 계속 불안해서 그림에 대한 비평과 뒷이야기를 담은 책을 열심히 뒤적였다. 이윽고 타원형 초상화에 대한 부분에서 흥미롭고 신기하면서도 믿기지 않는 이야기를 읽었다.

초상화 속 주인공은 빼어난 미모를 소유한 처녀였으며 사랑스럽고 명랑했다. 불행하게도 화가를 만나 사랑에 빠져 결혼하고 말았다. 화가는 정열적이고 진지한 남자로 자신의 그림과 결혼했다는 말이 지나치지 않을 만큼 그림에 열중했다. 여자는 빼어난 미인으로 사랑스럽고 밝았다. 가볍게 움직이며 웃고 뛰어노는 모습은 어린 사슴 같았다. 모든 것을 사랑하고 아꼈지만 자신의 경쟁 상대가 되어버린 그림만은 미워하지 않을 수 없었다. 자신에게서 연인의 얼굴을 앗아간 팔레트와 붓, 그 밖에 불쾌한 미술 도구들만 보면 기겁을 했다. 따라서 어린 신부인 자신의 모습까지 초상화로 그리고 싶다는 화가의 말을 듣자 괴로워했다. 온순하고 순종적인 여자는 결국 흰 화폭을 비추는 것이라고는 머리 위쪽에서 내리쪼이는 햇볕이 전부인 어둡고 높은 탑 속에서 여러 주 동안 얌전히 모델 노릇을 하게 되었다.

화가는 작품 속 아름다움에 취해 몇 시간이고 몇 날이고 계속해서 그림만 그렸다. 정열적이고 거칠며 변덕스런 화가는 몽상에 빠져들었고 외딴 탑으로 침침하게 들어오는 빛 때문에 신부의 건강과 기력이 쇠해간다는 사실을 알아채지 못했다. 새 신부가 수척해져가는 모습은 화가를 제외한 모든 이가 알아볼 정도였다. 그래도 여자는 불평 없이 계속 미소 지었다. 명성 높은 화가인 신랑이 그림에 온 열정을 불사르며, 그를 깊이 사랑하지만 하루하루 기력이 쇠하고 약해져만 가는 자신을 열심히 그리고 있었기 때문이다. 실제로 초상화를 본 몇몇 사람들은 그림이 여자와 너무 똑같아 놀라워하며 그 정도로 뛰어나게 잘 그려낸 것은 그녀를 깊이 사랑한다는 증거라고 낮은 소리로 수군거렸다. 그림이 거의 완성되어가자 화가는 그림에 대한 열정으로 신경이 예민해져 신부의 얼굴을 바라볼 때 말고는 화폭에서 잠시도 눈을 떼지 않았으므로 아무도 탑 안으로 들어갈 수 없었다. 게다가 화가는 자신이 화폭에 펼쳐낸 색조가 옆에 앉은 신부의 볼에서 옮겨진 것이라는 사실조차 알지 못했다.

그렇게 여러 주가 지나 입과 눈에 색을 입히는 일만 남았을 때 전등 속 불빛처럼 여자의 기운이 다시 반짝하고 살아났다. 이때를 기다렸다는 듯이 화가는 붓으로 색을 마저 입힌 뒤 잠시 작업한 그림 앞에 넋을 잃고 서 있었다. 다음 순간 화가는 그림을 뚫어져라 바라보며 몸을 떨기 시작했고 얼굴에서 핏기가 가시더니 겁에 질린 채 큰 소리로 울부짖었다.

"이건 정말로 살아 있잖아!"

화가는 이렇게 말하며 사랑하는 신부에게로 황급히 시선을 돌렸다. 신부는 이미 죽어 있었다.

아른하임의 영토

Edgar
A. Poe

아른하임의 영토

아리따운 숙녀처럼 정원이 단장을 마쳤습니다.

단잠에 빠진 아이처럼 달콤하게 누워

활짝 열린 하늘을 향해 두 눈을 감습니다.

천상의 들판은 연푸르게 뻗어 있고

꽃들은 둥근 들에서 반짝입니다.

백합의 문장紋章과 빛나는 둥근 이슬

짙푸른 밤하늘의 은하수처럼

연푸른 잎사귀에 매달려 수줍게 웃습니다.

— 자일스 플레처

요람에서 무덤까지 나의 벗 엘리슨은 휘몰아치는 번영의 바람 속을 거닐다 떠났다 해도 과언이 아니다. 나는 '번영'이라는 단어를 단지 세상 사람들이 생각하는 통속적인 의미로 사용하지 않았다. 엘리슨에게 번영은 행복이라는 단어와 같은 의미였다. 이 세상에 모든 분야를 섭렵하는 완벽한 사람은 없다는 개인적인 실례로 각 분야의 위대한 인물인 경제학자 튀르고, 철학자 프라이스, 과학자 프리스틀리, 수학자 콩도르세가 있지만 이 모든 이의 학설을 예시할 목적으로 태어난 사람이 바로 내가 말하는 친구 엘리슨이다. 엘리슨은 짧은 생애를 통해 인간의 깊은 내면에 행복을 적대시하는 원리가 숨어 있다는 독단적인 신조를 반박했다고 생각한다. 그 친구의 생애를 열렬히 되짚어보며 내가 깨달은 것은, 대체로 인류의 불행은 간단한 규칙을 파괴하면서 시작되었다는 것과 생물 종의 개체로서 우리 인간은 전체를 완성시킬 수 있는 요소를 가지고 있다는 것이다. 이례적으로 엄청난 행운이 따르는 것은 사회적으로 봤을 때 지금도 여전히 암울하고 어리석은 상황으로 여겨지지만, 개인적인 조건에서는 충분히 인간을 행복하게 만들었을 것으로 생각한다.

내 젊은 친구도 이런 생각에 흠뻑 젖었는지 엘리슨을 매우 특별하게 보이게 했던 매 순간 삶을 즐기는 모습은, 스스로 정해놓은 결과였다. 때로는 경험으로 얻는 지혜보다 본능적인 철학이 확실히 우세할 때가 있다. 내 친구 엘리슨은 유별나게 성공 가도를 달리며 불행이라는 소용돌이로 치닫게 되리란 것을 직감적으로 알고 미리 대처했다. 하지만 난 행복이라는 주제로 글을 쓰려고 하는 것은 아니다.

내 친구의 신념은 몇 가지로 요약할 수 있다. 엘리슨은 행복하기 위한 주요 원리를, 좀 더 엄격하게 말해서 네 가지 전제 조건을 들었다. 제일 우두머리는(이런 글에 쓰기에 어색한 표현이긴 하지만) 드넓게 트인 공간에서 자신이 원하는 만큼 자유롭게 지극히 단순히 몸을 움직이는 활동이라고 했다.

"건강은 말이네, 자연에서 마음껏 원하는 대로 돌아다니다 얻었을 때 비로소 가치가 있는 거야."

엘리슨은 여우 사냥꾼의 황홀감을 예로 들기도 했지만, 누구보다 행복한 사람은 다름 아닌 땅을 경작하는 농부들이라고 설명했다. 두 번째 전제 조건은 여인과 나누는 사랑이었다. 가장 실현시키기 어려울 것 같은 세 번째 조건은 야망을 경계하는 것이었다. 네 번째는 목표를 쉼 없이 착실하게 밀고 나가는 것이었다. 또 같은 맥락에서 이 목표가 얼마나 정신적으로 숭고한 가치를 지니는가에 따라 만족을 얻을 수 있는 범위도 달라진다고 주장했다.

아낌없이 쏟아지는 행운의 주인공인 엘리슨은 근사한 선물을 계속 받는 사람처럼 보였다. 우선 엘리슨만큼 기품이 넘치고 아름다운 남자는 없었다. 지식도 필요하다 싶으면 그저 직관으로 습득할 만큼 총명함을 타고났다. 집안은 나라에서 가장 명성이 자자하며 걸출한 가문에 속했고, 최고로 사랑스럽고 헌신적인 여인을 아내로 맞았다. 재산은 언제나 넘치도록 풍족했다. 그러나 기막힌 운명의 신이 엘리슨 편에 서 있었던 덕분에 재산 대부분을 얻을 수 있었다는 사실이 알려졌다. 사건은 당시 사회를 발칵 뒤집어놓았고 운명의 신이 애당초 의도했던 대로 사회의 도덕적 체계까지 모조리 바꿔놓았다.

엘리슨의 시대가 본격적으로 시작되기 100년 전, 멀리 떨어진 한 지방에서 선조 시브라이트 엘리슨 씨가 사망했다. 이 신사는 어마어마한 부를 축적했지만 직계 자손이 없었으므로 사후에도 여전히 불어날 재산에 대해 고심하다 묘한 변덕을 부리게 되었다. 시브라이트 씨는 자신이 죽은 뒤에도 다양한 형태로 현명하게 투자할 수 있도록 상세히 지시를 남겼다. 게다가 정확히 100년 뒤 자신과 같은 '엘리슨'이라는 이름으로 살아갈 가장 가까운 혈족에게 전 재산을 주겠노라는 유언을 남겼다. 이 엉뚱하기 이를 데 없는 유산 상속을 무마시키기 위해서 온갖 방법을 시도하였지만 의도대로 되지 않았고, 정부의 의혹만 불러일으키며 오히려 모든 유사한 방법의 상속을 금지하는 조례가 제정되었다. 결국 이 법률도 젊은 엘리슨이 재산을 모두 차지하는 것을 막지 못했다. 내 친구가 스물다섯 살이 되던 날, 선조 시브라이트 엘리슨의 유산 4억 5000만 달러가 수중에 들어왔다.[1]

어마어마한 재산을 상속받은 것이 알려지자 아니나 다를까 그 돈이 어떻게 사용될 것인지에 대한 추측이 여기저기서 난무하였다. 그 문제를 생각해본 사람들은 하나같이 당장 현금처럼 쓸 수 있는 그 엄청난 액수에 눌려 갈피를 잡을 수 없었다. 그

---

[1] 이 가상의 이야기와 유사한 사례가 그리 오래지 않은 과거 영국에서 실제로 일어났다. 막대한 유산을 물려받게 된 행운아는 텔루전Thelluson이라는 사내였다. 내가 이 주제를 처음 알게 된 것은 퓌클러 무스카우(독일의 작가로, 풍경식 정원의 대가 – 옮긴이) 공이 쓴《여행》에서였는데, 작품 속 주인공은 9000만 파운드를 상속받았으며 대단치도 않다는 듯 "여러분이 생각했을 때 제법 큰 금액이 최고로 근사한 일에 쓰일 겁니다"라고 말한다. 지나치게 과장된 부분도 없지 않지만 나는 공작의 작품에서 영감을 얻었다. 사실, 무스카우의 이야기에서 모티브를 얻은 듯한 유진 수(프랑스의 낭만주의 소설가 – 옮긴이)가 자신의 걸출한 작품,《방랑하는 유대인》의 첫 연재물 주제로 다루기 수년 전에 이 작품은 출간된 바 있다. – 원주

정도 규모의 돈을 소유한 사람이라면 할 수 있는 수만 가지 일을 두고 온갖 상상의 나래를 펼쳐보았을 것이다. 보통 사람들은 꿈도 꾸지 못할 재력가로서 당대 사교계를 호화롭고 사치스럽게 주름잡는 데 전혀 문제가 없을 것이고, 뒷돈을 대 정치계를 장악하거나 귀족 작위를 사거나 값어치 있는 예술품을 대량으로 사들일 수 있을 것이다. 문학, 과학, 예술계에 아낌없는 후원자 역할을 하거나 다양한 자선단체에 자기 이름으로 기부도 할 수 있을 것이다. 엘리슨이 유산으로 물려받은 상상할 수 없는 부는 말 그대로 끝이 없을 정도여서 앞에서 열거한 일들과 더불어 아무리 머리를 짜내어 보아도 한계에 부딪혔다.

　이자를 계산해봐야 했지만 이마저도 종잡을 수 없기는 마찬가지였다. 평균 3퍼센트만 잡는다 하더라도 상속받은 총액에서 들어오는 수입이 매년 1350만 달러로 추정되었다. 이 금액은 한 달에 112만 5000달러이고 하루에 3만 7500달러, 한 시간에 약 1562달러, 1분에는 26달러꼴이었다. 이 정도에 이르면 일상적인 추정은 산산이 부서질 수밖에 없었다. 무엇을 상상하든 그 이상이었다. 더러는 엘리슨이 하다못해 재산의 절반이라도 뚝 떼어 친척들을 모두 부자로 만드는 데 쓰면서, 그 처치 곤란한 돈에서 벗어나고 싶어 하지 않을까라는 상상을 하는 사람도 없진 않았다. 사실 엘리슨은 그 유산을 상속받기 전에 이미 자신이 소유한 재산을 가장 가까운 친척에게 이례적으로 모두 내주었던 것이다.

　엘리슨이 지인들 사이에서 어떻게 사용할 것인지에 대해 수없이 논쟁을 불러일으켰던 그 많은 재산에 대해 마침내 마음의 결정을 내리게 되었다는 사실을 알게 되었을 때, 나는 놀라지 않았다. 친구가 내린 결정의 내용을 알고 나서도 그다지 놀라지 않았다. 개인의 관용에 관해서는 엘리슨이 베푼 정도면 이미 충분하다고 생각했다. 엘리슨의 개인적인 신념을 드러내 유감스럽기는 하지만 엘리슨은 소위 말하는 보편적인 조건이 개인의 발전 가능성에 영향을 줄 수 있다는 믿음을 신뢰하지 않았다. 다행인지 불행인지 이로써 엘리슨은 상당 부분 대중의 관심에서 벗어나 자신에게 집중할 수 있었다.

엘리슨은 생동감이 넘치는데다 고귀한 감각을 지닌 시인이었다. 우리의 시인은 시적 정서의 진정한 본성이자 장중한 목표이기도 한 시가 가진 위대함과 품위를 이해했다. 시를 지을 때 고귀한 형태를 창조하는 것이야말로 비록 위대한 시적 정서의 전부를 만족시키는 유일한 조건은 아닐지라도 매우 중요한 덕목임을 오롯이 본능으로 느꼈다. 엘리슨이 어린 시절 받았던 교육에서든 타고난 지력에서든 그의 윤리적 사고는 물질만능주의로 물들어 있었다. 이런 정서를 바탕으로 시적 활동에서 가장 이로운 분야는 오로지 육체적인 사랑을 표현하는 시적 분위기를 그려내는 것이라고 믿었다. 이러한 이유로 엘리슨은 음악가도 시인도 되지 않았다. 우리가 시인이라는 단어를 누구라도 용인하는 보통의 의미로 인식한다면 말이다. 혹은 엘리슨이 행복하게 살아가기 위한 필수 요건의 하나로 정해놓았던 야망을 경멸해야 한다는 견해를 단순히 밀고 나가기 위해서 무시되었는지도 모르겠다.

천재성이 있는 사람 중에는 야심이 가득한 사람이 자신의 재능을 높이 인정받기 마련이겠지만 사실상 야심이 없는 사람이 인정받을 때 이른바 천재 중의 천재라고 할 수 있지 않을까? 그리하여 밀턴(영국 시인. 《실낙원》의 저자, 대시인으로 평가받음 – 옮긴이)보다 더 위대한 이들이 '침묵하는 무명인'으로 남는 것에 만족하는 것이다. 세상을 이끌어가는 많은 위인들이 야망을 이루기 위해 하기 싫어도 해내야 했던 일련의 사건들이 없었다면 세상은 지금의 모습이 아닐 것이며 미래에도 풍부한 예술의 전당에서 인간이 가진 최고의 기량을 보여주지 않을 것이다.

엘리슨은 시인도 음악가도 되지 않았지만 그처럼 음악과 시에 미혹된 삶을 살다 간 사람도 없을 것이다. 다른 삶을 살았다면 모를까 그 친구가 화가가 되는 일을 결코 없었을 것이다. 조각 영역도 그렇다. 조각의 본질 자체는 매우 시적이지만 구현해내는 데 분명한 한계가 있어 한 번도 엘리슨의 관심을 이끌지 못했다. 나는 지금까지 시적 감흥으로 표현할 수 있는 모든 영역을 이야기했다. 하지만 엘리슨은 비록 모든 영역이 대부분 다 그런 것은 아니라 하더라도, 가장 풍부하고 진실되고 자연스러운 부분이 이상하리만치 무시되어왔다고 말했다. 이제까지 그 누구도 나무와 숲과 꽃을 가꾸는 사람들을 시인이라 정의하지 않았다. 내 친구는 정원을 가꾸는 등 경치를 아름답게 꾸미는 일이야말로 학문과 예술의 여신 뮤즈를 진정 기쁘게 하는 일이라고 말했다. 지금까지 보지 못한 아름다움과 상상력이 만나 끝없이 조화를 펼쳐 보일 수 있으며 이러한 조화를 이룰 수 있는 요소는 우월한 광활함을 지닌 세상이 제공할 수 있는 가장 영광스러운 것이라고 주장했다.

엘리슨은 이루 말할 수 없이 오묘하고 다채로운 모양과 색상을 뽐내는 꽃과 나무들은 자연이 눈으로 확인할 수 있는 아름다움에 열정적으로 매진한 결과라고 생각했다. 직접적이면서 열정적인 자연의 이러한 노력 속에, 더 정확히 말해서 세상에 드러낸 대자연을 기꺼이 바라보는 눈을 통해 엘리슨은 시인으로서의 운명을 성취했다. 또 신이 인간에게 심어준 시적 정서의 준엄한 목표는 자연의 아름다움을 누릴 수 있게 하는 노동이라는 최고의 의미를 받아들여야 한다는 사실을 알았다.

엘리슨은 '세상에 드러낸 대자연을 기꺼이 바라보는 눈'이라는 문구를 말하면서 나에게 언제나 수수께끼 같던 문제에 대한 해답을 던져주었다. 이는 무지한 논쟁거리에 지나지 않는 문제로 천재 화가들이 그리는 자연 풍경 속의 배열은 실제로 자연에 존재하지 않는다는 것이다. 현실에서는 클로드 로랭(프랑스 회화를 대표하는 화가. 자연을 실제보다 더 아름답고 조화로운 모습으로 이상화한 풍경화로 유명 - 옮긴이)의 화폭 위에서 빛을 발하는 지상낙원을 어디에서도 찾을 수 없다. 가장 매혹적인 대자연의 풍경조차도 언제나 결핍이나 과잉, 과도한 결핍과 과잉이 있다. 자연을 이루는 작은 구성 요소들이 거장의 최고 솜씨를 따라잡지 못한다 하더라도, 부분적으로 다시 배열함으로써 더욱 아름답게 가꿀 수는 있을 것이다. 다시 말해서 광활한 대지를 끊임없이 관찰하는 화가의 눈에는 이른바 '구도'를 방해하는 요소가 도처에 깔려 있다.

이 얼마나 알 수 없는 일인가! 다른 모든 영역에서 우리는 자연을 능가하는 완벽한 것은 없다고 배워오지 않았던가? 자연이 만들어내는 섬세한 아름다움에 인간의 실력을 감히 견줄 수나 있으랴. 무슨 수로 튤립의 빛깔을 흉내 낼 것이며 계곡 사이에 피어난 백합의 균형미를 따라잡을 것인가! 조각상이나 초상화는 대상을 단순히 흉내 내기만 해서는 안 되며 더 고귀하고 이상적이여야 한다고 비평하지만 사실상 이는 있을 수 없는 말이다. 그림이나 조각을 구성할 때 화가가 불어넣는 생기는 진정 살아서 숨 쉬는 인간의 아름다움에 결코 다가갈 수 없다. 오로지 풍경에서만 비평가들의 이런 원리를 적용할 뿐인데 이들은 예술의 모든 분야를 통틀어 적용할 수 있다고 경솔하게 일반화하였다.

풍경을 가꿀 때 풍경을 더 이상화하고 고귀하게 할 수 있다는 것은 자연을 가장하거나 허황된 느낌이 든다고 말하는 것이 아니다. 정확하고 면밀한 계산은 예술적 감성으로 낳은 화가의 결과물보다 오히려 이 주장을 확실하게 입증해줄 수 있다. 화가는 자연을 구성하는 요소를 보기에 그럴싸하게 임의로 배열하는 것이 진정한 아름다움을 창조하는 일이라고 생각할 뿐 아니라 확신하는 듯하다. 하지만 화가가 내린 판단이 표현으로 원숙한 단계에 도달할 것은 아니며 그러기 위해서는 자연의 구성 요소 하나하나를 세밀하게 관찰하는 분석이 필요하다. '구성'에 어떤 결함이 있다고 가정해보자. 그저 형태를 단순히 다시 배열해서 수정할 수 있다고 하자. 수정이 불가피하다고 여기는 세상에 있는 모든 예술가에 맡겨보자. 그렇게 되면 제각각 멀리 떨어져 있는 화가들은 하나같이 결함이 있는 바로 그곳에 수정이 필요하다고 제안하는 일이 벌어질 것이다.

거듭 말하지만 풍경을 재배열하는 것만으로도 자연은 더욱 아름답게 눈앞에 펼쳐질 수 있다. 자연에 인간이 내민 손길이 더해져 더욱 격상된 아름다움을 연출할 수 있다고 하는 점이 내가 여태까지 풀지 못한 수수께끼였던 것이다. 태곳적에는 완전함을 추구하는 인간의 감성을 모두 충족시키는 아름답고 숭고한 생생한 자연이 펼쳐져 있었다. 그러나 이 태고의 의도는 지질학적인 훼방과 더불어 예술성이라는 빌미로 자행된 색채와 형태의 반복된 수정으로 좌절되고 말았다. 필요하다는 이유로 의도에 맞지 않는 방해를 받으면서 원시 자연의 완전함은 더 약화되었다. 이를 두고 엘리슨은 죽음의 전조였다고 주장했다. 엘리슨이 가정하기를 태초에 인간은 영원히 죽지 않을 불멸로 창조되었다. 인간은 실존하지는 않지만 구상된 존재로 지상 위 지복의 땅에 적응하도록 배열되었다고 했다. 그러나 인간이 저지른 방해들 때문에 이후 필멸이 되는 조건이 만들어졌다는 것이다. 내 친구는 진지한 표정으로 말했다.

"이제 우리가 풍경을 더 아름답게 하려는 것은 오로지 도의적인 혹은 인간적인 관점을 존중한다는 것이지 않겠나? 우주 밖에서까지는 아니더라도 멀리, 아주 멀리 지구 표면에서 떨어져 전반적인 그림을 본다고 가정해본다면 자연을 수정할 때마다 그림에 흠집을 만드는 거라네. 자세히 관찰해서 미세한 부분을 수정한다는 것은 동시에 멀리 떨어져서 봤을 때는 전반적인 모습에 생채기를 낸 효과라는 것을 쉽게 이해할 수 있을 걸세. 한때는 인간이었지만 지금은 인류에게서 찾을 수 없는 무리가 존재했을 거야. 멀리서 봤을 때 그들에게는 우리의 무질서가 질서로 보이고 그림으로 여겨지지 않는 것이 아름다운 그림으로 보이지. 한마디로 신은 천체 위 광활한 '자연 풍경 정원'이라는 곳에 죽은 뒤 더욱 정교하게 아름다움을 감상할 수 있게 된 인간들보다 관찰력이 훨씬 뛰어난 천사들을 배치해놓았을 거라는 말일세."

대화를 주고받다가 엘리슨은 풍경 가꾸기에 대한 자신의 생각을 잘 정리해놓은 듯한 작가의 글에서 일부를 인용했다.

풍경 가꾸기에는 자연 방식과 인공 방식, 두 가지 방식이 있다. 자연 방식은 기존에 있는 풍경과 어우러지게 가꿈으로써 본연의 아름다움을 되살리는 방식이다. 주변 평원이나 언덕과 조화를 이루는 나무를 심는 등 보통 사람들의 눈에는 보이지 않지만 자연에 관심이 있는 사람에게는 사방에서 관련성이 느껴지는 색상, 비율, 크기 같은 요소를 찾아 조성 작업에 이끌어내는 양식이다. 자연 방식으로 정원을 가꾼 결과는 특별히 경이롭다거나 기적처럼 보이는 번뜩이는 창의성은 없지만 조화롭고 정연하여 어떤 결함이나 부조화도 찾아볼 수 없다.

인공적인 방식은 개인의 취향을 만족시킬 수 있는 다양한 방법을 선보인다. 건축에 쓰이는 복잡한 형태와도 대략적인 관계가 있다. 베르사유에는 위풍당당한 진입 도로와 고즈넉한 은신처 그리고 이탈리아식 테라스 등이 있는데 모두 다양하게 혼재된 영국 고전 양식에 영국식 고딕 혹은 엘리자베스 양식이 서로 엉켜 있다. 양식과 기법 등이 마구 남용되는 인공적인 풍경 가꾸기에 대한 거센 반발에도 불구하고 자연경관에 순수한 예술을 가미함으로써 경치를 더 아름답고 빼어나게 하는 방식이다. 치밀한 구상과 질서를 바탕으로 더욱 아름다워진 풍경은 한편으로 바라보는 눈을 행복하게 하겠지만 다른 한편으로는 정신을 행복하게 한다고도 할 수 있다. 온통 오래된 이끼로 뒤덮인 난간이 있는 테라스는 보는 즉시 오래전 그곳을 스쳐 갔음 직한 아름다운 사연을 상상하게 한다. 세심한 예술 행위는 풍경을 바라보게 될 객체에 대한 인간적인 관심과 배려의 증거가 된다.

"내가 이전에 말했던 것을 떠올려 보면 자네는 이 책에서 표현했던 '자연 본연의 아름다움을 회상시킨다'는 의견에 내가 동의하지 않는다는 것을 알 걸세. 본연의 아름다움이라고 하는 것은 얼마나 가능성이 있는 장소를 고르느냐에 달린 문제이긴 하지만 전해진 것만큼 그렇게 근사한 적이 없지. '자연 배경에 어울리는 색상, 비율, 크기 같은 요소를 찾아내 조성 작업에 들여오는 것이다'라는 말은 개념이 정확히 확립되어 있지 않은 이론에 대한 말장난일 뿐일세. 인용한 구절은 의미가 있는 것 같지만 사실 아무 의미도 없고 방향을 제시해주지도 않아. '자연 방식으로 정원을 가꾼 결과는 특별히 경이롭다거나 기적처럼 보이는 번뜩이는 창의성은 없지만 조화롭고 정연하여 어떤 결함이나 부조화도 찾아볼 수 없다' 이 표현도 천재들의 열정적인 꿈을 실현하려는 의지보다는 대중의 이해에 기대기만 하는 비굴한 변명이지. 자연 방식에 대해 제시한 소극적인 장점들은 문자 그대로 애디슨(영국 휘그당 집권 시기에 여러 요직을 맡은 정치가이자 문필가 - 옮긴이)을 떠받들어 신격화하는 어색한 평론에 속한다고 할 수 있네.

사실 단순히 악덕을 회피하는 미덕은 직접적으로 이해해달라고 호소하는 것이므로 바로 알 수 있지만, 창의성으로 빛나는 고결한 미덕은 그 결과로만 충분히 이해될 수 있는 법이지. 장점을 거부할 수 있고 탁월함을 누를 수 있을 때 원칙이 적용된다네. 그런 다음 비판적 예술이 힘을 얻을 수 있지 않겠나? 우리는 '카토'를 짓는 방법은 지도받을 수 있을지 몰라도 파르테논 신전이나 지옥을 어떻게 구상했는지는 배울 수 없지 않은가. 하지만 일은 이루어졌고 경이로움도 완성되었고 과연 가능할까 우려했던 일들이 다반사가 되었다네. 창작하는 능력이 부족하여 창의력을 비웃던 부정적인 학파의 궤변론자들은 이제 가장 큰 박수를 받는다네. 언제나 조용히 모욕을 참고 견디던 번데기는 나비가 되어 넘치는 아름다움으로 찬사를 되찾듯이 과도기에 있는 원리는 완성되었을 때 빛을 발하기 마련일세."

엘리슨이 말을 이었다.

"작가의 인공적인 방식에 대한 고찰에는, '자연경관에 순수한 예술을 가미함으로써 경치를 더 아름답고 빼어나게 하는 것이다.' 이건 정말 맞는 말이네. '인간적 관심'에 대한 생각도 참조할 만하다네. '원리'에 대한 표현도 논쟁의 여지는 없지만 이것을 능가하는 무언가가 있을 수 있지. 원리와 함께 지켜가는 목표가 있을 것 같네. 보통 개인이 소유한 것으로는 결코 도달하기 어렵겠지만 만약 목표를 이룰 수 있다면 단순히 인간적 관심이 수여할 수 있는 감정을 훨씬 능가하는 매력을 풍경 가꾸기에 줄 수 있지 않을까? 흔치 않은 막대한 부를 소유한 한 시인은 어쩌면 예술이나 문화 아니면 작가가 말했던 관심에 필연적으로 떠오른 발상이 있을 걸세. 시인의 구상은 즉시 색다른 미의 세계로 확장되어 자신의 영혼에 감상을 전달할 수 있겠지. 자신의 작품에서 세속적인 예술의 세부적인 내용이나 불쾌함을 덜어내면서 관심이나 구상에 모든 이점을 단단하게 지키는 결과를 가져올 것으로 보이네. 대부분의 거친 황무지나 순수한 원시 자연의 모습 그 자체에서는 명백한 창조주의 예술을 볼 수 있지. 이 예술은 본능적인 반응만을 이끌어낼 뿐, 확실한 존경심을 이끌어내는 힘은 없지.

이제 이 전지전능한 구상이 한 단계 침체되어 인간의 예술 감각에 힘을 빌려 조화와 일치감을 가져와 둘 사이를 이어주는 매개물을 형성했다고 가정해보세. 예를 들어 광활하고 더없이 완벽한데다 장엄하고 신비로우며 아름답기까지 한 대자연을 살짝 손질하거나 재배를 더하거나 관리하여, 인간적인 힘이 가미된 완벽하게 우월해진 풍경을 상상해보세. 둘이 한데 어울린 예술에 신의 관심은 그대로 보존되어 있지만 자연을 중재하는 듯한 혹은 부수적인 듯한 느낌을 풍기겠지. 신도 아니고 신이 뿜어낸 것도 아닌 인간과 신 사이를 맴도는 찬사들의 작품 같은 느낌을 풍기는 자연이라네."

엘리슨은 막대한 재산을 이상적인 풍경을 구현해내는 데 쏟아부었고 지고의 행복을 얻었다. 그 친구가 제시한 우두머리 전제 조건처럼 계획을 홀로 감독하느라 드넓게 트인 공간에서 원하는 대로 몸을 움직였고, 네 번째 조건처럼 이 계획들을 만드느라 끊임없이 목표를 세워나갔다. 물론 고결한 정신력을 바탕으로 한 목표였다는 것은 두말할 필요가 없다. 야심을 경멸해야 한다는 세 번째 조건에 대해서는 싫증 날 리 없는 넘쳐나는 기쁨 속에 엘리슨 본연의 모습을 가장 짙게 느낄 수 있었다. 엘리슨의 영혼을 지배하는 열정, 아름다움에 대한 갈망, 여자답지 않은 여인의 연민, 무엇보다 지상낙원의 보랏빛 대기 속에서 그의 존재를 감싸 안은 사랑… 엘리슨은 인간이 갖는 평범한 관심에서 벗어나 영원히 빛날 것만 같았던 스탈 부인과 나눈 백일몽에 빠진 사랑보다 훨씬 더 위대하고 분명한 행복을 찾는 중이었고, 마침내 보랏빛 낙원에서 찾았다고 생각했다.

내 친구가 실제로 이루어낸 경이로운 결과를 독자들에게 정확하게 전할 수 없어서 절망스럽기 그지없다. 그려내고 싶은 마음은 굴뚝같으나 글로는 도저히 설명할 수 없어 맥이 풀릴 따름이다. 또 세부적으로 상세하게 써야 할지 개괄적으로 설명해야 할지도 고민이지만 아마도 양 극단을 적절하게 조절하여 써 내려가야 할 것 같다.

엘리슨이 한 첫 단계 작업은 물론 장소를 선정하는 것이었다. 이 점에 대해서 고민하기 시작했을 때 태평양 연안에 분포하는 환상적인 섬들에 관심을 두었다. 사실상 엘리슨은 이미 남쪽 바다를 향해 항해하기로 마음먹었지만 고민한 지 하룻밤 만에 생각을 접었다.

"내가 세상을 싫어하는 사람이라면 그런 장소도 나한테 어울렸을 거라네. 철저하게 세상과 단절된 호젓함, 들어가기도 어렵고 나가기도 어려운 생활은 참 매력적이지. 하지만 나는 티몬(셰익스피어의 작품 〈아테네의 티몬〉의 주인공. 비관적이고 염세적인 성격의 인물 – 옮긴이)이 아닐세. 마음의 평정을 원하는 것이지 지독한 고독에서 비롯되는 우울을 원하는 건 아니라네. 언제까지 또 얼마나 휴식해야 하는지 나 스스로 조절하면 되거든. 내가 이루어놓은 것에 대해 때때로 시적 감성을 지닌 이들의 공감이 있었으면 좋겠네. 그러기 위해서는 도시에서 그리 멀지 않은 곳이면서 내 계획을 실행할 수 있는 적절한 곳이어야겠지."

마땅한 장소를 찾느라 엘리슨은 몇 년 동안 돌아다녔고 나도 동행했다. 나를 황홀케 했던 수많은 장소를 엘리슨은 두말없이 거절했는데 결국에는 내 친구가 옳았다는 것을 인정할 수밖에 없었다. 이윽고 우리는 고원에 있는 넓은 평원에 도착했는데, 땅이 비옥하고 아름다웠으며 더없이 멋진 곳이었다. 좌우로 전망이 트여 장엄한 광경을 연출하는 데는 에트나 산(유럽에서 가장 높은 화산으로, 산기슭은 과수원 지대로 이루어져 있음 – 옮긴이)에 버금갔고 사실처럼 생생한 정경으로는 오히려 능가한다는 것에 엘리슨과 내 의견이 일치했다. 한 시간 가까이 정경에 매료되어 넋을 잃고 바라보던 엘리슨이 깊은 한숨을 내쉬며 말했다.

"알고 있네, 까다롭기 그지없는 사람이라도 열에 아홉은 이곳을 좋아하지 않을 수 없다는 걸 나도 안다네. 이 광경은 정말이지 눈이 부시도록 아름답군. 이렇게 분에 넘치도록 장엄하지만 않았더라도 더욱 기뻤을 거라네. 이제껏 내가 아는 모든 건축가는 소위 멋진 '전망'을 위해 높은 언덕 위에 집을 건축하는 양식을 취했지. 틀림없이 잘못된 선택이었다고 보네. 웅장한 분위기를 연출할 수는 있지. 특히 그 광활한 전경은 숨을 턱턱 멎게 하고 짜릿하게 하지. 허나 금방 피로가 몰려오고 급기야 우울해지겠지. 가끔 보는 경치로는 그보다 더할 수는 없겠지만 매일 보는 경치라면 없는 것만 못하다네. 늘 보면서 웅장함을 느끼는 전망에서 가장 불편하게 느껴지는 부분은 탁 트인 시야를 확보하는 넓이라고 볼 수 있지. 일종의 '전원생활을 꿈꾸며' 깊숙한 곳으로 숨어들어 가고 싶은 심리와 대립되는 느낌이라고나 할까. 산 정상에서 보는 세상은 눈 아래 보이는 모든 것을 알고 있다는 느낌을 강하게 주지 않겠나? 상심해서 혼자 있고 싶은 기분이 들 때 탁 트인 전망은 그야말로 독약과도 같다네."

　적당한 곳을 찾아 나선 지 거의 4년이 가까워서야 비로소 엘리슨이 흡족해하는 장소를 찾아냈다. 물론 그곳이 어디인지는 말할 수 없다. 최근 내 친구의 죽음은 일부 방문객들에게 그곳이 공개되는 계기가 되었고, 그의 영토인 아른하임이 오랫동안 명성을 날리던 폰트힐만큼 엄숙하지는 않더라도 훨씬 더 조용하고 은밀한 곳임을 보여주었다.

　아른하임으로 가기 위해서는 흔히 강을 이용한다. 이른 아침 도시를 떠난 탐방선의 양쪽 강기슭 너머로 고요하고 잘 다듬어진 아름다운 정경이 오전 내내 펼쳐진다. 풀을 뜯는 무수한 양이 푸릇푸릇 비탈진 초원 위에 점점이 새하얗게 수를 놓는다. 잘 가꾸어진 땅은 차츰 그저 목가적인 풍경으로 바뀌면서 서서히 은둔자가 된 듯한 느낌에 빠져들게 하다가 어느새 기분 좋은 고독을 느끼게 한다. 오후로 접어들면서 강은 점점 좁아진다. 강둑은 시시각각 가파르게 변하고 칙칙한 빛깔을 한 수많은 나뭇잎으로 온통 진하게 휩싸인다. 물은 더 맑아진다. 물길은 수도 없이 굽이쳐 흐르면서 반짝이는 표면을 볼 수 있는 시야는 200미터 정도가 고작이다. 배는 매 순간 바닥이 뚫려 있고 도저히 빠져나갈 수 없을 것만 같은 나뭇잎 벽으로 둘러싸인 군청색 새틴 지붕의 황홀한 원 안에 갇히는 듯하다. 선체를 떠받치는 구실을 하며 함께 항해해온 용골이 뚫린 바닥 위에서 오르락내리락하며 유령 같은 소리를 내면서 감탄스러울 만큼 정교하게 균형을 잡는다.

강은 이제 협곡으로 변하는데 사실 이 표현은 적절하지 않다. 가장 독특하달 수야 없겠지만 매우 눈에 띄는 특징을 달리 표현할 마땅한 단어가 없고, 높이 솟아 있긴 하나 평평하다는 점에서 협곡이라기보다 오히려 기슭에 가깝다고 할 수 있겠다. 투명한 물이 여전히 고요히 흐르는 골짜기 양옆으로 벽담이 거의 30미터에서 때로는 50미터 가까이 솟은 채 서로를 향해 많이 기울어져 있기 때문에, 해가 비치는 대낮에도 그늘이 진다. 머리 위로 뒤얽혀 자란 관목 숲에 빽빽하게 매달린 커다란 깃털 모양을 한 이끼들이 깊은 골짜기 전체에 장례식 같은 음울한 분위기를 자아낸다. 강은 더 자주 더 복잡하게 굽이치면서 마치 제자리에서 맴도는 것처럼 보인다. 그리하여 배에 탄 여행자는 방향 감각을 잃은 지 오래다. 게다가 여행자는 미지의 세계에 대한 격렬한 감정에 휘말린다. 자연에 대한 여운은 여전히 남아 있지만 성격은 완전히 변해버린 듯 기이한 대칭과 소름 끼치는 반복이 마법처럼 적절하게 어우러져 있다. 죽은 나뭇가지도 시든 나뭇잎도 제자리를 잃은 조약돌도 비어 있는 갈색 흙바닥도 찾아볼 수 없다. 깨끗한 화강암이나 흠잡을 데 없는 이끼가 훤히 내려다보이는 수정 같은 물이 보는 이를 즐겁게 하는 동시에 어지럽게 만들면서 날카로운 윤곽을 그리며 흐른다.

　매 순간 어둠이 깊어지는 몇 시간에 걸쳐 미로 같은 협곡을 헤쳐나가다가 급격하게 배가 방향을 바꾸면, 갑자기 하늘에서 뚝 떨어진 것처럼 협곡의 넓이보다 훨씬 넓은 둥근 정박지가 나타난다. 지름은 약 200미터 정도고 높이는 지금 막 정박한 배의 정면 단 한 곳만 제외한 나머지와 같다. 협곡과는 매우 다른 모양이지만 높이는 같은 언덕이다. 이들의 경사면은 물 표면에서 약 45도 정도로 기울어져 있고 바닥에서 정상까지 아름다운 꽃송이들과 관목 꽃들이 휘장처럼 빼곡히 드리워져 있다. 바다 내음과 오묘한 색채의 향연 속에서 초록 잎사귀는 단 하나도 눈에 띄지 않는다. 정박지는 수심이 깊지만, 두껍게 바닥에 깔린 둥글고 작은 흰색 조약돌이 흘끗 보기만 해도 눈에 확연히 들어올 정도로 물이 맑다. 이 말은 또 굳이 들여다보지 않아도 언제든 멀리서 거꾸로 내려와 있는 하늘과 언덕에 핀 것과 똑 닮은 꽃들을 볼 수 있다는 뜻이다. 언덕에는 나무는커녕 크기를 막론하고 어떤 관목도 없다.

　이 광경은 보는 사람을 풍요롭고 따뜻하게, 고요하고 부드럽고 우아하게, 한결같으면서 섬세하고 한편으로는 육감적으로 변화시킨다. 마치 이전에 없던 새로운 요정이 나타나 부지런하면서 까다롭게, 근사하고 세심하게 최첨단 문화를 보여주는 기적처럼 느껴진다. 하지만 무수한 빛으로 물든 절벽 위로 눈을 돌리면 확연하게 보이는 물의 시작부터 구름 사이로 흐릿하게 보이는 하늘 끝까지 그야말로 루비며 사파이어며 오팔이며 금빛 오닉스들이 하늘에서 조용히 쏟아져 내리는 공상 속에 저절로 빠져들게 된다.

음울한 협곡에서 느닷없이 정박지로 떠밀려 온 듯한 방문객은 이미 수평선 아래로 훌쩍 기울었을 거라 예상했던 태양이 여전히 눈앞에서, 언덕 사이에 있는 또 다른 절벽 같은 갈라진 틈으로 방대한 경치의 단 하나의 종말을 만들며 완전한 구의 형태로 기울어져가는 모습을 보고 경이로워한다.

이곳에서 여행자는 길고 긴 항해를 마친다. 배에서 내려 안팎을 모두 선명한 진홍색으로 칠한 아라비아풍의 장치를 단 가벼운 상아 카누로 옮겨 탄다. 카누의 앞과 뒤는 수면에서 위로 뾰족하게 높이 솟아 있어서 전체적인 모습은 마치 비정상적인 초승달 모양이고 백조처럼 우아한 모습으로 수면에 당당하게 떠 있다. 하얀 족제비 털이 깔린 카누 바닥 위에 매끈한 나무로 만든 깃털 달린 노 하나가 놓여 있지만 뱃사공은 어디에도 보이지 않는다. 손님은 이제 운명이 돌봐 주어야 하는 즐거운 잔치에 초대되었다. 커다란 배는 사라지고 여행자는 호수 한가운데 미동도 없이 가만히 서 있는 카누 위에 홀로 남겨졌다.

무엇을 해야 할지 잠시 생각에 빠져 있는 동안 나른한 소리와 함께 배가 부드럽게 움직이는 것을 느낄 수 있다. 뱃머리가 태양을 향할 때까지 배는 천천히 좌우로 흔들리다 부드럽게 앞으로 나아가며 서서히 속도를 높인다. 상아색 뱃전에서 잘게 부서지는 물결은 천상의 노래를 부르고 여행자는 불안한 마음을 달래주면서 한편으로 구슬프기도 한 노래가 어디서 흘러나오는지 몰라 아무도 없는 주위를 헛헛하게 둘러보며 당황한다.

카누는 꾸준히 앞으로 나아가다 드디어 바위 문이 눈앞에 다가오면 그제야 문의 두께가 확연히 보인다. 오른쪽에는 드높은 언덕이 거침없이 무성하게 뻗은 나무숲으로 둘러싸인 채 줄줄이 늘어서 있다. 물속으로 몸을 푹 담근 강기슭은 여전히 정교하게 맑다. 강에 그 흔한 쓰레기 하나 찾을 수 없다. 여행자 왼쪽에서 펼쳐지는 정경은 더 부드럽고 훨씬 더 인공적이다. 강기슭은 물에서 매우 부드럽게 경사를 이루며 올라가 순수한 에메랄드와 견주어도 비길 데 없는 초록의 반짝이는 빛을 그리고 벨벳조차 감히 나서지 못할 부드러운 질감을 가진 드넓은 초원을 만들었다. 20미터에서 300미터까지 다양한 폭을 자랑하는 이 초원은 강둑부터 경사진 벽의 상단까지 높이는 약 15미터 정도로 수없이 굽이치며 강을 따라 이어지다 서쪽으로 사라진다. 이것은 바위 하나로 이어진 벽인데 한때 기복이 심했던 강의 남쪽 기슭이 수직으로 잘려나가며 형성된 것으로 잘려나간 흔적은 남아 있지 않았다.

세월의 흔적을 담아 동글동글하게 다듬어진 돌멩이들이 늘어진 담쟁이와 인동덩굴, 들장미, 덩굴나무와 함께 다채롭게 늘어서 있다. 우뚝 솟은 거대한 나무들이 위아래 한결같은 벽담 선을 무너뜨린다. 나무들은 고원을 따라 벽담 너머 영지에서 외따로 혹은 무리지어 있었지만 벽담 가까이에서 자라고 있어 가지들, 특히 검은 호두나무 가지 여럿이 팔을 드리워 물에 담그고 있다. 무성한 나뭇잎들에 가려져 저 멀리 영지의 내부는 아직 보이지 않는다.

이 모든 것들은 내가 전망의 문이라고 부르는 곳으로 카누가 서서히 다가갈 때 볼 수 있다. 그러나 문에 더 가까이 가면 협곡 같았던 모습은 사라지고 왼편으로 새로운 출구가 나타났는데 물길은 변함없이 흘러내리고 같은 방향으로 나 있던 벽담도 그대로 이어진다. 새로 난 물길로 카누가 떠내려가도 멀리까지는 볼 수 없는데 함께 내달리던 벽이 갑자기 왼쪽으로 구부러지면서 무성하게 뻗어 있던 잎사귀들이 물과 벽담을 모두 집어삼켰기 때문이다.

그럼에도 보트는 굽이치는 물길을 마법처럼 유영한다. 여기에서 벽담 맞은편에 있던 기슭과 정면으로 보이는 벽이 매우 닮아 있는 것이 보인다. 산으로 이어지며 때로는 높게 솟은 언덕들이 야생의 무성함을 그대로 간직한 채 여전히 시야를 가린다.

부드럽게 앞으로 나아가는 듯하지만 속도는 서서히 높아졌고 여러 번 방향을 바꾼 다음 드디어 여행자 눈앞에 금빛으로 빛나는 거대한 정문이 가로놓여 있다. 정교하게 조각하여 무늬를 새긴 문은 이제 빠르게 가라앉는 태양 빛을 정면으로 반사하여 마치 숲 전체를 화환으로 두른 듯 붉게 물들인다. 높은 벽 사이로 난 문은 강을 가로막고 수직으로 놓여 있는 듯하다. 하지만 물줄기는 이전과 다름없이 여전히 왼쪽으로 벽을 따라 부드럽고 넓은 곡선을 그리며 흘러내리지 않는가. 커다란 물줄기에서 갈라져 나온 물줄기가 잔잔한 물결을 만들며 문 아래로 흐르다 시야에서 멀어진다. 카누는 더 좁아진 물길을 타고 정문으로 다가간다.

　정문의 육중한 두 날개가 천천히 음률에 맞춰 춤추듯 펼쳐졌다. 배는 두 날개 사이를 미끄러지듯 유영하여 그 엄청난 기슭 자락을 온통 반짝이는 강물에 담근, 자줏빛 산으로 완전히 에워싸인 광활한 원형 극장 안으로 빠르게 떨어지기 시작한다. 이윽고 아른하임이라는 낙원 전체가 시야에 쏟아져 들어온다. 황홀한 멜로디가 터져 나오고 이제껏 맡아보지 못한 달콤한 내음이 후각을 자극한다. 늘씬늘씬한 동양적인 나무들이 서로 뒤엉켜 자라는 그늘 아래에 키 작은 관목들과 그 위로 금빛과 심홍빛으로 빛나는 새 무리, 들쭉날쭉한 해안으로 둘러싸인 호수들과 백합들, 제비꽃, 튤립, 양귀비, 히아신스, 월하향이 피어 있는 드넓은 초원…. 은빛 실개천이 이리저리 서로 엉켜 길게 흐르는 모습도 보인다. 이 모든 것들 사이에 마치 공기의 정령과 요정들, 거인과 난쟁이들이 힘을 합쳐 만든 듯한 고딕 양식 같기도 사라센 양식 같기도 한 건축물이 있다. 그 건축물은 붉은 태양 빛을 받아 반짝이는 수많은 퇴창과 첨탑, 작은 뾰족탑에 둘러싸인 채 마법처럼 우뚝 솟아 있었다.

랜더의 별장

아른하임의 영토 – 후편

Edgar
A. Poe

랜더의 별장
아른하임의 영토 - 후편

작년 여름 뉴욕 주 내 강변 마을을 지나는 걷기 여행을 하던 어느 날, 해가 저물 즈음에 지금 걷는 길이 조금 이상하다는 생각이 들었다. 유별나다 싶을 만큼 바닥이 오르락내리락하는데다 한 시간 전부터는 계곡을 따라 거의 같은 길을 빙빙 도는 느낌이어서 그날 밤 편히 묵어가기로 했던 B마을로 가는 방향을 도무지 알 수 없었다. 온종일 그랬던 것처럼 햇볕이 내리쬐는 날씨는 아니었지만 기분 나쁘게 후덥지근했다. 주변을 온통 뒤덮은 인디언 서머와 흡사한 옅은 안개가 내 정신까지 덮어씌운 듯 길을 잃고 헤매었다.

그렇다고 그리 크게 걱정스럽지는 않았다. 해가 지고 어두워지기 전까지 마을로 가는 길이 떠오르지 않더라도 외국인이 거주하는 작은 농가나 하다못해 비슷한 움막이라도 나타나지 않을까 하는 기대가 있었다. 사실 그림같이 전망만 근사했지 농사를 지을 만큼 땅이 비옥해 보이지는 않아서 사람이 터를 잡고 살 것 같지 않은 곳이기는 했다. 여하튼 배낭을 베개 삼고 사냥개를 보초 삼아 하늘이 뻥 뚫린 곳에서 야영을 하게 되면 그것도 그것대로 즐거운 추억거리가 될 터였다. 나는 보호자 역할을 톡톡히 하는 사냥개 폰토를 앞세우고 편안한 마음으로 한가로이 길을 다시 걸었다.

얼마간 걷던 나는 숲 속 여기저기 나 있는 수없이 많은 빈터 중 사람이 지나다니면서 만들어놓은 길은 없을까 하는 생각이 언뜻 들었다. 아니나 다를까 하나를 자세히 들여다보니 의심할 여지 없는 마차 자국이 나 있었다. 가볍게 눌린 자국으로 보아 마차 바퀴가 틀림없었다. 머리 위로는 키 큰 관목과 덤불들이 어지럽게 뒤얽혀 있었지만 길 위에는 운송 수단으로 각광받는 둥근 지붕이 달린 버지니아 왜건도 지나다닐 만큼 장애물이라고는 없었다.

사람이 드나드는 길이 확실하다는 판단이 서자 그 길로 방향을 잡았다. 하지만 왜소한 나무들만 들어차 있어 숲이라 부르기에는 다소 거창한 느낌이 드는 곳으로 길이 이어졌고 바퀴 자국으로 보이는 흔적만 아니면 여태까지 지나온 길과는 몹시 다르다는 생각이 들었다. 땅이 제법 단단해 보이기는 했지만 물기로 촉촉하고, 제노바산 녹색 벨벳같이 부드러워 내가 말한 바퀴 자국도 가까스로 알아볼 정도였다. 틀림없이 잔디였는데 어디에서도 쉽게 찾아볼 수 없는 품종으로 잎이 아주 짧고 두꺼울 뿐 아니라 길이가 고르고 색깔이 선명했다. 마차가 지나간 길에는 장애가 될 만한 나뭇조각이나 떨어진 가지 하나 없이 말끔했다. 한때 길을 막는 것처럼 보이던 돌멩이들은 무심히 쌓아놓은 것 같으면서 한편으로는 정교하게 길 양쪽으로 놓여 있어서 전체적으로 보면 길의 경계를 분명하게 보여주었다. 돌담 사이사이에 야생화 무리가 풍성하게 피어 있었다.

이 모든 것이 어찌된 영문인지 도무지 알 수 없었다. 숲 한가운데서 예술을 만난 것은 의심할 나위가 없었다. 그보다는 눈에 보이는 모든 길이 예사로움 속에 스며든 예술을 느끼게 한다는 사실이 나를 진정 놀라게 했다. '풍경 가꾸기'를 다루는 책이 말하는 자연 발생적인 '역량' 속에서 가장 적은 노력과 비용을 들인 조경 예술이었다. 아니, 나로 하여금 꽃이 만발한 돌담에 앉아 반 시간 이상 동화 속에나 나옴 직한 길을 감탄에 젖은 눈으로 둘러보게 하는 것은 단순히 조경 기술이 뛰어나서도 아니고 볼거리가 많아서도 아니었다. 보면 볼수록 점점 더 뚜렷해져오는, 전체를 아우르는 섬세한 예술가의 시선이 조정한 질서 정연한 배열 때문이었다. 아담하면서 우아함을 유지하도록 철두철미하게 손질한 한편, 그림 같은 풍경 사이에서 어느 한쪽으로도 치우치지 않는 균형을 이루고 있었다.

길은 구불구불했으며 계속 같은 형태를 유지하지 않았다. 비슷한 색감으로 굽은 길이 두어 번 있었지만 보통 같은 시야에 들어오지는 않았다. 전체적으로 통일감을 주면서 한편으로 제각각 고유한 색깔을 띤 다양성을 동시에 보여주었다. 일일이 수정한 흔적을 거의 찾아볼 수 없이 까다롭게 선택한 취향으로 잘 짜인 '구도'의 일종이었다. 오른쪽으로 돌아 접어들었던 길에서 일어나 같은 방향으로 계속 걸었다. 길은 몹시 구불구불해서 두서너 발치 너머로는 아무것도 보이지 않았다. 일부러 가꿔놓은 길이라기보다 자연적으로 생긴 길이었다.

조금 걷다 보니 졸졸 흐르는 물소리가 귓전에 부드럽게 와

닿았고 이내 이제까지와는 다른 방향으로 급하게 꺾인 길로 접어들게 되었는데, 바로 앞의 완만한 경사 저 아래로 건물 같은 형체가 보였다. 작은 계곡 아래는 온통 짙은 안개로 휩싸여 아무것도 선명하지 않았다. 그러나 비탈진 등성이 위에 서 있는 동안 태양이 막 서산으로 기울었고 부드러운 산들바람이 어디선가 불더니 계곡을 화환처럼 감싸던 안개가 서서히 사라지면서 절벽 아래 정경이 모습을 드러내었다.

전체적인 풍경이 이제 한눈에 들어와 서서히 여기 나무 한 그루, 저기 언뜻 보이는 계곡물, 여기는 다시 절벽 정상까지 하나하나 그려볼 수 있게 되자 이따금 찾아드는 '백일몽'이라 부르는 절묘한 환상을 떠올리지 않을 수 없었다.

안개가 완전히 걷히고 태양이 완만한 남쪽 언덕 뒤로 춤추듯 사라지는가 싶더니, 서쪽 협곡 사이로 다시 둥그런 모양을 그대로 드러내며 자줏빛 광채를 뿜어냈다. 별안간 마법의 손이 재주라도 부린 듯 계곡과 주변 경관이 전체 모습을 드러내며 찬란하게 빛났다.

미끄러져 내려간 태양이 처음 드러낸 계곡의 모습을 보며, 말도 안 되는 비현실적인 이야기를 그럴싸하게 구성한 드라마에 빠져들었던 어린 시절의 감동이 고스란히 밀려들었다. 계곡 사이로 쏟아져 들어온 석양이 온통 주황과 자줏빛으로 물들인 가공할 만한 색감은 감동 그 자체였다. 마치 그토록 고혹적으로 아름다운 경치에서 완전히 떠나고 싶지 않다는 듯 햇빛은 계곡에 펼쳐진 생생한 초록빛 초원 위로 커튼처럼 드리워진 촉촉한 물방울에 주변의 모든 것을 투영시키며 반짝였다.

안개 지붕 아래로 내려다보이는 작은 계곡은 깊이가 400미터 남짓했고, 폭은 대략 50미터에서 100미터 또는 200미터까지 다양했다. 북쪽 비탈 끝이 가장 좁았고 출입로를 만들면서 남쪽으로 뻗어 내려가면서 갈수록 넓어졌지만 불규칙했다. 가장 넓은 부분은 남쪽 비탈 끝으로 80미터쯤 되어 보였다. 계곡을 둘러싼 비탈은 딱히 언덕으로 불릴 만한 것은 못 되었지만 북쪽 비탈만은 깎아지른 듯한 화강암이 30미터 정도 불거져 나와 있어 이 지점에서는 계곡 폭이 15미터도 채 되지 못했다. 하지만 이 절벽에서 남쪽으로 조금만 내려가면 양옆으로 높지도 않고 가파르지도 않으면서 바위도 훨씬 덜한 내리막길이 나왔다. 한마디로 말해서 이 작은 계곡은 남쪽으로 완만하게 경사져 있으며, 단 두 곳만 제외하고는 전체적으로 높낮이가 자유로운 나지막한 고원으로 에워싸여 있었다.

그나마 높다고 말한 한 곳은 이미 말한 북쪽 비탈의 화강암 절벽이고 또 다른 한 곳은 비탈에서 북쪽으로 많이 기울어져, 화강암으로 이루어진 제방이 칼로 도려낸 듯 깨끗하게 갈라진 틈새로 원형의 계곡 마을 안으로 쏟아지는 해를 볼 수 있는 곳이었다. 이 틈은 가장 폭이 넓은 곳이 어림잡아 10미터 정도였다. 제방은 마치 자연적으로 만들어진 둑길처럼 사람의 발길이 닿지 않은 산과 숲으로 달아나는 것처럼 보였다.

계곡 남쪽 끝에 또 다른 출입로 하나가 똑바로 나 있었다. 이쪽 비탈들은 거의 평지에 다를 바 없이 완만했고 동서로 150미터가량 길게 뻗어 있었는데 한가운데에 움푹 팬 구릉지가 계곡 바닥과 같은 높이였다. 완만한 기울기처럼 남쪽으로 갈수록 식물도 부드럽게 자랐다. 북쪽으로는 험준한 바위투성이 벼랑과 능선 바로 아래 아름드리 히커리와 검은 호두나무, 밤나무가 빽빽하게 들어서 있었고 가끔 참나무도 눈에 보였으며 특히 호두나무에서 뻗어 나온 단단한 나뭇가지들이 절벽 능선 저 멀리까지 팔을 뻗쳤다. 남쪽으로 좀 더 내려갈수록 정상에서 볼 수 있던 나무들보다 점점 크기가 작고 성질이 온화한 품종으로 변하는 것이 보였다. 부드러운 느릅나무에 이어 사사프라스와 아카시아 그리고 훨씬 더 부드러운 보리수와 박태기나무, 개오동나무와 단풍나무가 운집해 있었다. 다시 더 단정하고 일반적으로 흔히 볼 수 있는 나무들이 울창했다. 남쪽 비탈은 전체적으로 야생 관목만으로 뒤덮였는데 은색 버드나무와 하얀 미루나무들이 간간이 보였다.

이 나무들은 절벽 위나 언덕 비탈에서만 자라기 때문인지 계곡 아래쪽에서는 이들과 종이 확연히 구별되는 나무 세 그루를 볼 수 있었다. 하나는 키가 크고 늘씬한 자태를 뽐내는 느릅나무로 수문장처럼 남쪽 위로 가지를 뻗어 올리고 서 있었다. 다른 하나는 히커리인데 느릅나무보다 훨씬 더 크고 당당해 보였지만 두 나무 모두 여느 나무와 비교할 수 없을 만큼 아름다웠다. 히커리는 북서쪽 출입로를 책임지듯 골짜기 아래 바위틈에서 뻗어 나와 햇빛이 비치는 원형 계곡 마을 깊숙한 곳까지 거의 45도 각도로 우아하게 기울어져 있었다. 여기에서 동쪽으로 대략 30미터 떨어진 곳에 내가 이제까지 본 가장 근사한 나무임과 동시에 계곡의 최고 자랑거리인 튤립나무가 서 있었다.

튤립나무는 가지가 세 갈래로 뻗은 목련과의 순수 종자였다.

바닥에서 1미터 채 못 되는 지점에서 원가지가 세 개로 갈라져 서서히 조금씩 벌어졌다. 가장 굵은 줄기는 전체 길이가 25미터 정도였는데 갈라진 곳에서 1미터가 조금 넘는 지점에 잎을 틔웠다. 첫 분기점부터 전체 높이가 대략 24미터쯤 되는 튤립나무는 우아한 자태와 윤기나는 생생한 초록 잎사귀들로 타의 추종을 불허할 만큼 매우 아름다웠다. 폭이 20센티미터가 족히 넘는 싱그러운 잎사귀의 위엄마저도 수도 없이 눈부시게 활짝 핀 꽃에 깃든 영광과는 비교할 수 없었다. 화려하게 빛나는 수백만 송이의 튤립을 상상해보길 바란다! 이 장면을 독자들에게 전달할 수 있는 방법은 이것밖에는 없을 듯하다. 나무만큼 장엄하지는 않지만 이루 셀 수 없을 만큼 많은 튤립나무 꽃송이들이 결코 뒤지지 않는 다른 나무들에 피어난 꽃송이들과 함께 작은 계곡 전체를 아라비아 향료보다 더 깊은 향기로 가득 채우고 있었다.

원형 계곡 마을 바닥은 대체적으로 내가 길에서 발견했던 품종과 같은 잔디로 덮여 있었다. 이보다 더 기분 좋게 부드럽고 단단하면서 매끄럽고 생생한 초록색이 또 있을까? 어떻게 이토록 아름다운 정경을 연출할 수 있었는지 도무지 상상조차 하기 어려울 정도였다.

이미 얘기한 것처럼 계곡 출입구는 두 군데였다. 이중 한 곳에서 작은 개울이 부드럽게 졸졸거리는 소리와 함께 작은 물방울을 만들며 히커리가 뻗어 나온 바위에 부딪혀 북서쪽으로 흘렀다. 물줄기는 나무를 한 바퀴 돌고 나서 북쪽으로 방향을 살짝 틀어 튤립나무로부터 대략 5미터가량 떨어진 곳을 지나 거의 방향을 바꾸지 않은 채 계곡의 동서 경계에 해당하는 한가운데로 흘러갔다. 이곳에서 개울은 여러 차례 완만한 곡선을 그리며 길게 흐르다 남쪽을 향해 직각으로 방향을 틀어 다시 구불구불 흘러가다가 계곡 끝자락에서 빛나는 거의 타원형에 가까운 불규칙한 모양의 작은 호수에 합류했다.

작은 호수는 가장 넓은 폭도 100미터가 채 못 되지만 수정도 이보다 더 깨끗하지 못할 만큼 맑았다. 반짝반짝 빛나는 새하얀 조약돌이 깔린 바닥이 선명하게 보였다. 호수 기슭은 에메랄드 빛 잔디가 드넓게 펼쳐져 있었고 맑은 하늘을 담은 호수 한가운데를 향해 기울어졌다기보다는 볼록하게 돋아 있었다. 하늘이 너무나 청명해서 이따금 호수 위에 반사된 주변의 사물이 너무 뚜렷하게 보여서 실제로 둑이 어디서 끝나는지 반사된 둑은 어디서 시작되는지 종잡을 수가 없었다. 호수에는 송어를 비롯한 다양한 물고기들이 거의 몸이 서로 부딪칠 만큼 가득 차 있었는데 모두 날치처럼 날렵한 모습이었다. 물이 매우 맑고 하늘을 그대로 담고 있어서 물고기들이 하늘에 떠 있는 듯한 착각을 불러일으켰다. 정성 들여 닦아놓은 거울도 서러워할 만큼 가느다란 실낱 하나까지도 비출 것 같은 물 위로 자작나무로 만든 가벼운 카누 한 척이 유유자적 떠 있었다.

호수의 북쪽 가장자리에서 멀지 않은 곳에 동화책에 나오는 새장보다 결코 더 클 것 같지 않은 작은 섬 하나가 활짝 핀 꽃들과 함께 곱게 웃으며 솟아 있었는데, 믿을 수 없을 만큼 가벼워 보이는 매우 원시적인 다리로 이어져 있었다. 넓적하고 도톰한 튤립나무 판자 한 장으로 만들어진 다리는 12미터 남짓한 길이로 흔들림을 잡아줄 요량으로 만든 듯 겨우 알아볼 만한 가느다란 아치로 기슭과 기슭 사이에 걸쳐져 있었다. 호수의 남쪽 끝에서 다시 시작된 개울이 30미터쯤 구불구불 흐르다가 이미 묘사한 적 있었던 남쪽 비탈 한가운데 구릉지를 지나 100미터 높이의 절벽 아래로 떨어진 뒤 허드슨 강을 향해 정처 없이 조용히 흘러들어 갔다. 호수는 10미터는 족히 되는 곳도 있을 만큼 깊지만 개울의 깊이는 1미터를 채 넘지 않았고, 가장 폭이 넓은 곳도 2미터를 살짝 넘는 정도였다. 바닥과 둑은 호수와 같은 형태였는데 굳이 흠을 잡아보라 다그친다면 지나치게 깨끗하다는 정도였다.

드넓게 펼쳐진 녹색 잔디 위로 수국처럼 눈송이를 닮은 관목이나 흔한 백당나무, 고무나무에서 뿜어져 나오는 향기 좋은 꽃이 여기저기 흐드러지게 피어 있었고 눈을 떼지 못하도록 화려하게 피어난 넝쿨 제라늄들이 사방에 깔려 있었다. 넝쿨 제라늄은 땅속에 매우 정교하게 묻어놓은 화분에서 자라고 있어서 마치 토착 식물처럼 보였다. 이 외에도 벨벳 같은 초원 위에는 계곡 곳곳에서 보이는 양 떼와 유순한 사슴 세 마리가 있었고, 화려한 깃털을 자랑하는 오리들이 수도 없이 돌아다녔다. 덩치가 커다란 마스티프 개 한 마리가 잠시도 경계를 늦추지 않고 모든 동물을 하나하나 지키는 것처럼 보였다.

동쪽과 서쪽 절벽을 따라 경계가 가팔랐다가 완만했다가 하는 원형 계곡 마을의 위쪽은 온통 담쟁이덩굴로 뒤덮여서 언뜻 봤을 때 바위가 허옇게 드러난 곳은 거의 없었다. 북쪽 벼랑은 담쟁이덩굴과 마찬가지로 이번에는 포도 덩굴로 온통 뒤덮여 있었는데 절벽 아래 바닥에서부터 자라난 줄기가 있는가 하면 비탈 한가운데서부터 튀어나온 줄기도 있었다.

이 작은 영토의 아래쪽 경계를 맡은 듯 살짝 솟아 있는 부분에는 사슴 무리가 달아나는 것을 막기에 충분한 높이로 나지막이 돌담을 쌓아 올려놓았는데, 이외에는 어디에도 울타리 종류를 설치한 곳은 눈에 띄지 않았다. 일부러 담을 쌓을 필요가 없어서다. 예를 들어 무리에서 벗어난 양 한 마리가 협곡을 거쳐 계곡 밖으로 빠져나갈라치면 이 영토에 맨 처음 들어왔을 때 내 시선을 온통 빼앗았던, 작은 폭포가 떨어지는 가파른 바위 절벽이 바로 코앞에 나타난다. 다시 말해 내가 경치를 둘러보느라 멈추어 섰던 곳에서 몇 발짝 아래에 있는 길옆 바위가 드나들 수 있는 유일한 문인 셈이다.

이미 묘사했듯이 개울은 전체적인 형태로 볼 때 매우 불규칙적으로 구불구불 흘렀다. 두 개의 주된 물줄기가 처음에는 서에서 동으로 흐르다가 거의 고리처럼 둥글게 원을 그리며 뒤로 거슬러 올라가 70평 남짓한 넓이의 섬 비슷한 반도를 만들고 방향을 바꾸어 북에서 남으로 흘렀다. 이 반도 위에 사람이 실제로 거주하는 집이 한 채 있었는데 벡퍼드(영국의 작가 겸 괴짜 미술품 수집가. 고딕 양식의 영국 건축물로 화제를 모은 폰트힐 저택을 지음 – 옮긴이)의 소설 속 바테크가 보았던 지옥의 테라스처럼 '땅의 연대기에 알려지지 않은 건축물'에 걸맞았다. 전체 외관은 한마디로 '시적이다'라고밖에 표현할 길이 없었다. 사실이 단어도 너무 추상적이어서 더 정확하게 정의할 수 없기는 마찬가지지만 그 건축물은 매우 참신하면서도 주변 경관과 적절하게 조화를 이루어 단순히 기괴하다는 느낌만 풍기지는 않았다는 뜻이다.

사실 이 별장만큼 수수하고 가식이 없는 건축물도 없을 것 같다. 마치 그림처럼 공간을 배치한 예술 감각은 경탄할 만한 효과를 자아냈다. 집을 바라보는 내내 걸출한 풍경 화가의 붓끝에서 하나하나 탄생한 그림이지 않을까 하는 공상에 빠져들었다.

처음 계곡을 바라본 곳은 이 집을 관찰하기에 최적의 장소는 아니었지만 그리 나쁘지도 않았다. 그리하여 나는 원형 계곡 마을의 남쪽 끝 석벽 위에 서서 그 집을 묘사하려 한다.

본채 건물은 대략 7미터 길이에 폭이 약 5미터 정도였는데 그보다 더 크지는 않을 것 같았다. 땅에서 지붕 꼭대기까지 전체 높이는 5미터가 조금 넘는 듯 보였다. 본채 서쪽 끝에 3분의 1 크기의 작은 건물이 2미터 정도 뒤로 물러난 위치에 있었는데 지붕도 본채 지붕보다 상당히 낮았다. 서쪽 부속 건물의 3분의 1 정도 크기의 아주 작은 건물이 이 두 건물에서 직각으로 본채 뒤에 놓여 있었다. 큰 건물 두 동의 지붕은 중앙에서부터 살짝 오목한 곡선을 그리며 가파르게 아래로 떨어져 정면 벽에서 1미터는 족히 앞으로 돌출되어, 두 건물 마당의 지붕 역할을 했다. 물론 이 두 지붕은 기둥이 필요 없었지만 구색이라도 맞추듯 어떤 기교도 부리지 않은 단순하고 가느다란 기둥이 양 모퉁이에 동그마니 서 있었다.

본채 지붕이 뻗어 나가 북쪽 부속 건물의 지붕을 형성하고 있었다. 본채와 서쪽 부속 건물 사이에 네덜란드풍이 느껴지는 단단한 붉은 벽돌과 검은 벽돌을 교대로 쌓아 좁다란 굴뚝을 높이 올렸고, 상단에 벽돌 둘레에 가느다란 장식을 둘러놓았다. 박공(지붕 끝머리에 ∧ 모양으로 붙여놓은 두꺼운 널빤지 – 옮긴이)도 본채에서 동쪽으로 1미터 조금 넘게, 서쪽으로는 0.5미터 정도로 꽤 돌출되었다. 현관문은 건물 한가운데가 아니라 오른쪽으로 조금 치우쳐진 듯하고 창문 두 개는 왼쪽으로 나 있었다. 두 개의 창은 바닥에 닿지는 않았지만 일반적인 창에 비해 몹시 좁고 길었다. 창에는 또 현관문처럼 덧문이 달려 있었는데 창틀이 마름모 형태로 꽤 컸다. 현관문의 위쪽 절반도 마름모 틀에 유리창으로 된 여닫이 덧문이 있어 밤에는 방풍 및 보온 역할을 하는 듯 보였다. 서편 부속 건물의 현관문은 박공보다 안쪽에 있었고 남향으로 창 하나를 낸 매우 소박한 문이었다. 북쪽 부속 건물에는 별도의 현관문은 없었고 창문 하나만 동쪽으로 나 있었다.

북쪽 부속 건물 박공의 밋밋한 벽에는 대각선 방향으로 가로지르며 남쪽에서 오르는 난간이 하나인 계단이 다락방으로 이어졌다. 창고로 쓰일 법한 다락방에는 북쪽으로 난 유일한 창으로 햇빛이 들었다.

본채와 서쪽 부속 건물에 딸린 마당은 흔히 그렇듯 바닥이 깔리지는 않았지만, 각 창과 현관 앞 푹신한 잔디밭 사이에 다채로운 모양의 넓고 평평한 화강암 판석을 깔아 날씨에 상관없이 편안하게 집 안으로 들어갈 수 있었다. 그저 툭툭 던져놓은 듯 집 근처 곳곳에 놓인 화강암 판석 사이사이는 부드러운 잔디가 빼곡히 메우고 있었고 집에서 대여섯 걸음 떨어진 수정 같은 샘터로, 도로로, 또는 개울 건너 회화나무와 개오동나무에 가려진 북쪽 별채로 길을 이으며 멋스럽게 놓여 있었다.

현관문에서 얼마 떨어지지 않은 곳에 환상적인 배나무 고목이 머리끝에서 발끝까지 온통 눈부시게 멋진 빅노니아 꽃 속에 파묻혀, 어떤 종류의 꿀들을 만들어낼 수 있는지 적잖은 정밀 조사가 필요할 듯 보였다. 수많은 가지에 매달아 놓은 다채로운 새장 가운데, 커다란 고리버들 원통 새장 안에서 앵무새가 왁자지껄 떠들어댔고 다른 하나에는 꾀꼬리가 자리 잡고 있었다. 세 번째 새장에는 쌀먹이새가 파닥거리며 날갯짓을 하였으며, 아기자기한 새장 서너 개 안에서 카나리아들이 목청껏 울었다.

마당에는 재스민과 달콤한 인동덩굴이 기둥을 감아 올라갔다. 서쪽 부속 건물이 본채에서 살짝 뒤로 물러나는 바람에 생겨난 모퉁이에는 놀랍도록 풍성한 포도 덩굴이 비좁아 견딜 수 없다는 듯 낮은 지붕 위로 기어올랐다가 더 높은 지붕 위로 뻗어 올라 좌우로 갈라지더니 동쪽 박공까지 휘감은 다음 마침내 계단 위로 타고 올라가는 중이었다.

본채를 비롯해 두 부속 건물 모두 모서리를 다듬지 않은 구식 네덜란드풍의 넓적한 나무로 지어졌다. 이는 이집트 건축 양식을 따른 것으로 이 재료로 지은 집은 대체로 상층부에 비해 하층부가 넓어 보이는 게 특징이다. 이 집 같은 경우에는 화려한 꽃을 심은 수많은 화분이 건물 아랫부분을 에워싸고 있어 극적인 그림 같은 효과를 더했다.

목재는 흐린 잿빛으로 칠해져 있었는데 이 중간 색조와 부분적으로 별장에 그늘을 드리우는 튤립나무의 산뜻한 초록 잎사귀가 한데 어우러져 만드는 환상적인 조화는 굳이 화가가 아니더라도 쉽게 상상할 수 있을 것이다.

건물을 살펴보기에 가장 좋은 장소는 이미 말한 것처럼 석벽 근처였다. 남동쪽 모서리가 앞으로 나와 있어서 그림 같은 동쪽 박공과 함께 두 건물의 정면을 동시에 볼 수 있었고 북쪽 건물과 온실 위에 올라앉은 예쁜 지붕도 넉넉히 시야에 들어올 뿐 아니라 본채 근처 개울에 놓인 가벼운 다리도 거의 반 이상 시야에 들어왔다.

발아래 펼쳐진 정경을 충분히 바라볼 수 있었음에도 그리 오래 언덕에 머무르지는 않았다. 틀림없이 길을 잃고 헤매다 마을로 들어오게 되었으니 여행자 특유의 천연덕스러움을 핑계삼아 눈앞에 있는 문을 열고 길을 물어보면 될 터였다. 나는 지체 없이 성큼성큼 걸음 옮겼다. 출입구를 지나자 북동쪽 절벽 비탈을 따라 아래로 완만하게 경사진 바위로 길이 이어진 듯했다. 길이 안내하는 대로 북쪽 절벽에서 다리를 지나 동쪽 박공을 돌아오니 어느새 정문 앞이었고, 이 여정에서 두 별채는 지나치지 않는다는 것을 눈치챌 수 있었다.

박공 모퉁이를 돌자 묶여 있던 마스티프 견이 짖지도 않고 그저 노려보기만 했는데 눈빛과 온몸으로 맹수와도 같은 분위기를 내뿜었다. 나는 한 걸음 다가가 우호의 표시로 손을 내밀어 개를 쓰다듬었다. 이렇게까지 친근함을 보였는데도 태도에 변함이 없는 개는 여태 본 적이 없었다. 얼마간 경계를 풀지 않던 개는 마침내 표정을 누그러뜨리고 꼬리를 살짝 흔들어 보이며 앞발을 내밀더니 폰토에게도 예의를 갖추듯 같은 방식으로 인사했다.

초인종을 찾을 수 없어서 반쯤 열려 있는 문을 지팡이로 톡톡 두드렸다. 곧 문간에 사람이 나타났다. 20대 후반쯤으로 보이는 젊은 여인은 평균보다 큰 키에 마른 체형이었다. 걸음걸이에서 말로 표현하기 어려운 우아한 태도가 드러났다. 나는 속으로 생각했다.

'확실히 여기에서 인공적인 우아함과 완전히 대조되는 자연적인 완벽함을 보게 되는구나.'

이 여인에게서 받은 첫인상보다 훨씬 강렬했던 두 번째 인상은 열정 같은 것이었다. 깊은 눈에서 뿜어져 나오는 열띤 낭만이라고 불러야 할까? 어쩌면 때 묻지 않은 순수함 같은 것이어서 내 가슴이 그렇게 툭 하고 가라앉은 적은 일찍이 없었다. 눈으로 보여주는 미묘한 감정 표현은 눈꺼풀 속으로 사라졌다 나타나길 반복했다. 어떻게 그럴 수 있는지 알 수 없었지만 그것이 그 여인이 가진 많은 마력 중 가장 강렬하게 내 관심을 끌어들였다. '로맨스'라는 단어로 암시하려는 것을 독자들이 완전히 이해했다면 '로맨스'는 '여성스러움'과 바꿔 쓸 수 있는 말이라는 것 또한 이해할 것이다. 남자가 여자를 진정 사랑한다는 것은 결국 간단하게 말해서 그녀의 여성스러움에 끌리는 것이다. 애니의 눈은(이때 안에서 누군가가 "애니, 여보!"라고 부르는 소리를 들었다) 성스러운 회색이었고, 머리카락은 밝은 적갈색이었는데 이것이 내가 그 순간 관찰할 수 있었던 그녀의 전부였다.

애니는 공손하게 나를 안으로 초대해주었고 나는 먼저 상당히 넓은 현관을 지나 집 안으로 들어갔다. 애초에 집 안을 둘러보고 싶어 방문을 자처했었음으로 발을 들여놓자마자 집 안 오른편에 건물 정면에서 보이던 창이 있다는 것과 왼편에 거실로 이어지는 문이 있다는 사실을 얼른 알아차렸다. 열려 있는 문으로 작은 방이 하나 보였는데 그 방은 현관과 거의 같은 크기였고 서재로 꾸며진 것 같았으며 커다란 활모양의 창이 북쪽으로 나 있었다.

응접실로 들어서자 랜더 씨(나중에 알게 된 이름이지만)가 나를 맞아주었다. 랜더 씨는 매우 정중하고 다정하기까지 했다. 하지만 그때 나는 집주인의 모습보다는 밖에서 바라보기만 했던 집 안의 내부 구조가 궁금했던 나머지 먼저 둘러보고 싶은 마음으로 분주했다. 그제야 비로소 북쪽 부속 건물은 침실이고 입구는 거실로 나 있다는 것을 알게 되었다. 문 왼편에 창이 있어 개울이 바라다보였다. 거실 왼쪽 구석에는 벽난로가 있었고 문 하나가 서쪽 부속 건물 쪽으로 나 있었는데 그 문의 안쪽은 아마도 부엌인 듯싶었다.

거실에 있는 가구는 더 줄일 것도 없이 단출했다. 흰 바탕에 작고 둥근 녹색 무늬가 점점이 박힌 멋진 양탄자가 바닥에 깔려 있었다. 눈처럼 새하얀 무명 커튼이 창문 가득 단단하게 걸려 있었는데 지나치게 단정하게 재단되어 바닥까지 수평으로 닿은 모습이 격식을 차린 듯한 느낌마저 들게 했다. 벽에는 잔잔한 은색 바탕에 전체적으로 연두색 지그재그 무늬가 있는 프랑스산 벽지로 도배하였고 그 위로 쥘리앵이 작업한 정교한 석판화 세 점이 액자 없이 걸려 있었다. 한 점은 동양적인 화려함에 더해 요염함마저 느껴지는 그림, 또 다른 한 점은 '축제 장면'으로 더할 나위 없이 정열적이었으며 세 번째는 천상의 아름다움을 지닌 그리스 여성의 얼굴이었는데 이해할 수 없는 자극인 표정이 오히려 관심을 끌지 못했다.

가구라고는 둥근 탁자와 커다란 흔들의자를 포함한 의자 몇 개와 소파 하나가 전부였다. 등받이가 달린 긴 의자 같은 검소한 단풍나무 소파는 크림색 바탕에 연하게 녹색 줄무늬 쿠션으로 등을 대었고 앉는 바닥은 등나무 줄기로 되어 있었다. 의자와 탁자는 아주 잘 어울렸다. 모두 이 영토를 구상한 사람의 생각에서 나온 형태임이 틀림없었고 이보다 더 우아할 수는 없었다.

책 몇 권과 이름 모를 향수가 담긴 크고 네모나고 투명한 병이 탁자 위에 놓여 있었다. 이탈리아제 갓을 씌운 수수한 별 모양의 표면이 거친 유리 램프와 만개한 꽃이 한가득 담긴 커다란 화병도 있었다. 꽃은 정말이지 눈을 뗄 수 없을 만큼 화려한 색깔과 은은한 향기로 방의 유일한 장식이라고 할 수 있었다. 벽난로는 오색찬란한 제라늄 화분 하나만으로도 꽉 찼고 모퉁이마다 설치된 삼각 선반 위에는 비슷한 모양을 한 화병이 제각각 사랑스러운 내용물을 다채롭게 담은 채 놓여 있었다. 선반 위에는 작은 꽃다발을 두어 개 올려놓았다. 열린 창가에는 때늦은 바이올렛이 무리 지어 활짝 피어 있었다.

나는 우연히 찾게 된 랜더 씨의 별장을 어떻게든 전달하고 싶어 이 글을 썼고 독자들이 별장의 정경을 생생하게 느꼈다면 목적을 다 이룬 셈이다. 랜더 씨가 어떻게 별장을 짓게 되었으며 랜더 씨에게 별장이 얼마나 특별한 의미가 있는지는 아마도 다른 글에서 다룰 수 있을 것이다.

풍선 장난

풍선 장난

노퍽을 경유해 속달로 들어온 특종! 사흘 만에 대서양 횡단! 몽크 메이슨 씨의 비행기구로 성공! 방향 전환이 가능한 열기구 '빅토리아'를 타고 몽크 메이슨을 비롯한 로버트 홀랜드, 헨슨, 해리슨 에인즈워스 외 네 명이 75시간 동안 바다를 건너 사우스캐롤라이나 찰스턴 근처 설리번 섬에 도착! 여정에 대한 상세한 내용을 밝힌다!

단어의 머리글자마다 멋진 대문자로 장식하고 군데군데 느낌표를 넣어 재치 있게 흥분을 드러낸 위 문구는 일간지 〈뉴욕 선〉에 실렸던 것이다. 찰스턴에서 발행하는 두 신문사가 서로 이견을 조율하는 몇 시간 동안 호사가들의 입에 오르내릴 믿기 어려운 이야깃거리를 만드는 데 큰 몫을 했다. 이 소식을 실은 신문에 엄청난 관심이 쏠렸으므로 혹자가 주장하듯 빅토리아 호가 비행을 완벽하게 해내지 못한 게 사실이라면 신문사는 그에 대한 이유를 둘러대기 곤란할 것이다.

어려운 문제가 드디어 풀렸다! 과학이 땅과 바다뿐 아니라 하늘까지 정복한 덕분에 인류가 일상에서 편리하게 하늘을 날아다니게 될 날도 머지않았다. 바로 열기구를 이용한 대서양 횡단이 실현되었기 때문이다. 그것도 큰 어려움이나 위험 없이 완벽하게 기계를 조종하여 바다 이쪽 끝에서 저쪽 끝까지 단 75시간 만에 건너가는 상상도 할 수 없는 일이 벌어졌다! 사우스캐롤라이나 찰스턴 지국 기자의 활약으로 우리 신문사는 이 대단한 여행에 대한 자세한 소식을 가장 먼저 대중에게 전할 수 있게 되었다.

여행은 이달 6일 토요일 오전 11시에 시작해서 이달 9일 화요일 오후 2시에 끝났다. 참가자는 에버라드 브링허스트 경, 벤팅크 경의 조카인 오즈번 씨, 열기구 조종사로 잘 알려진 몽크 메이슨 씨와 로버트 홀랜드 씨,《잭 셰퍼드》등을 집필한 해리슨 에인즈워스 씨, 최근 비행기 제작에 실패했던 헨슨 씨, 울리치 출신 선원 두 명, 이렇게 모두 여덟 명이다. 아래 나와 있는 세부 내용은 몽크 메이슨 씨와 해리슨 에인즈워스 씨가 함께 기록한 일지를 거의 그대로 옮겨놓았으므로 모든 면에서 정확한 사실이라고 할 수 있다. 이 두 사람은 친절하게도 본지 기자에게 열기구와 설계, 기타 흥미로운 사항들을 구두로 설명해주었다. 포사이스 기자가 서둘러 쓴 기사를 일관성 있고 이해하기 쉽게 일부 수정한 것 외에 전체 내용은 전달받은 그대로다.

열기구

헨슨 씨와 조지 케일리 경(비행기의 아버지라 불리며, 고정익 비행기의 기초가 되는 여러 원리를 연구 – 옮긴이)이 한 비행이 최근 명백한 실패로 끝나면서 비행 기술 분야에 대한 대중의 관심은 많이 사그라들었다. 처음에는 과학자들도 꽤 그럴듯하다고 여겼던 헨슨 씨가 제작한 비행기는 경사면의 원리를 기반으로 했다. 언덕에 세워둔 비행기를 외부에서 힘을 가해 출발시킨 뒤 풍차와 비슷하게 생긴 충돌형 날개를 회전시키면서 그 힘을 이용하여 날아간다는 논리였다. 하지만 애들레이드 미술관(호주 최고의 미술관 – 옮긴이)에서 모형으로 실험해본 결과, 이 회전 날개는 기계가 나아가는 데 아무런 역할을 못 할 뿐 아니라 오히려 비행에 방해된다는 사실을 알게 되었다.

비행기가 받는 추력이라고는 경사면을 내려갈 때 붙는 가속도가 전부였고, 비행기는 날개가 돌아갈 때보다 날개 없이 가속도만으로 더 멀리까지 날아갔다. 이 사실로 날개가 쓸모없다는 것이 충분히 증명되었다. 비행을 지속시켜주는 힘이기도 한 추력이 없다면 비행기는 당연히 하강하게 된다.

이 문제를 고려하여 조지 케일리 경은 풍선처럼 스스로 부력을 갖춘 기계에 프로펠러를 부착하는 방법을 생각해냈다. 케일리 경의 이 기발하고 독특한 발상은 실제로 적용할 방법을 고려하는 선에 머물러 있었다. 케일리 경은 과학기술전문학교에 자기가 발명한 비행기 모형을 보여주었다. 여기에서도 추력을 내기 위해 절개 면으로 이루어진 프로펠러를 이용했다. 프로펠러가 네 개였지만 열기구를 움직이거나 상승시키는 데 아무런 작용도 하지 못했다. 따라서 프로젝트는 완전히 허사로 돌아가고 말았다.

1837년에 '나소'라고 명명한 열기구를 타고 영국 도버에서 독일 바일부르크까지 여행해서 세간의 관심을 불러일으켰던 몽크 메이슨 씨가 공중에서 추력을 얻기 위해 아르키메데스의 나선형 펌프(아르키메데스가 대형 선박의 선창에서 물을 퍼내기 위해 발명한 기구 – 옮긴이) 원리를 이용할 구상을 떠올린 것은 이 시점이었다. 헨슨 씨와 조지 케일리 경이 한 시도가 절개된 면을 이어붙인 회전 날개 때문에 실패했다고 본 것이다. 메이슨 씨는 런던에 있는 한 사교 클럽에서 처음으로 공개 실험을 했고 이후에 모형을 애들레이드 미술관으로 옮겼다.

조지 케일리 경의 열기구처럼 몽크 메이슨 씨의 것도 타원형이었다. 길이 4미터에 높이 2미터였고, 가스는 9세제곱미터를 주입했다. 만약 주입 가스가 순수 수소일 경우, 처음 상승할 때 10킬로그램 정도의 무게를 지탱할 수 있다. 시간이 지나면 가스는 줄거나 새게 된다. 기구와 장치를 모두 합한 무게가 8킬로그램 가까이 되니 2킬로그램 정도 여유가 있었다. 풍선 중심 밑에 2.7미터 길이쯤 되는 가벼운 목재 구조물을 설치했고 이제까지 해오던 대로 풍선에는 그물망을 씌웠다. 이 구조물에 고리버들 잔가지로 엮어 만든 바구니를 매달고 그 안에 사람이 타게 된다.

프로펠러 회전축은 길이 45센티미터로 속이 빈 놋쇠 관으로 만들었다. 60센티미터 길이의 철선들이 회전축을 관통해 양 측면으로 30센티미터씩 돌출되어 15도 기울어진 반 나선형을 이룬다. 이 철선들의 끝 부분을 납작한 철제 와이어 두 줄로 이어준다. 이런 식으로 프로펠러 날개의 골격을 만든 후 기름 먹인 여러 폭의 비단을 씌워 표면이 고르게 펴지도록 당겨주면 완성이다. 열기구 고리 부분에서 뻗어 나온 속이 빈 놋쇠 관들이 회전축 양 끝에서 프로펠러를 지탱하는 기둥 역할을 한다. 이 관들의 하단 구멍에서 중심축이 회전한다. 바구니 쪽을 향해 있는 회전축 끝 부분에서 쇠막대가 나와 바구니에 설치된 용수철 기계의 톱니바퀴에 프로펠러를 연결시킨다. 이 용수철이 작동하면 프로펠러가 매우 빠른 속도로 회전하면서 열기구 전체를 서서히 움직이게 한다.

방향타를 이용하여 마음대로 방향을 바꿀 수 있다. 용수철은 무게 20킬로그램에 직경 10센티미터 크기의 통을 들어 올릴 수 있을 만큼 크기에 비해 힘이 매우 강해서 처음 회전시킨 후 계속 감아올리면 풍선이 점차 높이 올라가게 된다. 용수철 기계의 무게는 총 4킬로그램이었다. 방향타는 비단으로 감싼 가벼운 막대기로 주걱 모양에 길이는 1미터가 조금 안 되고 너비는 30센티미터, 무게는 50그램 정도였다. 방향타는 수평으로 둘 수도 있고 좌우뿐 아니라 상하로도 움직일 수 있어서 조종사가 비행 중 공기 저항으로 풍선이 기울지 않도록 원하는 방향 어디로든 풍선을 조종할 수 있었으며 반대 방향으로 돌릴 수도 있었다.

시간이 부족해서 완벽하게 설명하지는 못했지만 애들레이드 미술관에서 이 모형으로 시험 비행했을 때 시속 8킬로미터가 나왔다. 이상하게도 메이슨 씨의 열기구는 그전에 소개됐던 헨슨 씨의 복잡한 기계에 비해 관심을 끌지 못했다. 단순해 보여서 그런 것이 틀림없었다. 사람들은 대개 비행 기술에서 획

기적인 성과를 이루려면 매우 심오한 역학 원리를 극도로 복잡하게 적용해야 할 거라고 짐작하기 때문이다.

그래도 메이슨 씨는 자기 발명품이 성공을 거둬 무척 기뻤고 가능한 빨리 제대로 기능을 갖춘 열기구를 제작하여 어느 정도까지 여행할 수 있는지 시험해보고 싶었다. 원래 계획은 예전 나소 때와 마찬가지로 영국 해협 횡단이었다. 계획을 실행에 옮기기 위해 메이슨 씨는 과학 분야 중 경항공기 조종 발달에 특별한 관심을 둔 것으로 알려진 에버라드 브링허스트 경과 오즈번 씨 두 사람에게 지원을 요청하였다. 오즈본 씨가 원하는 대로 프로젝트는 대중이 알지 못하도록 극비리에 진행되었고 열기구 설계를 맡은 사람들만이 제작에 관여했다. 따라서 제작 작업은 메이슨 씨와 홀랜드 씨, 에버라드 브링허스트 경, 오즈번 씨 감독 아래 웨일즈 펜스트루덜 근처에 있는 오즈번 씨 저택에서 이루어졌다. 헨슨 씨는 자기 나름대로 풍선에 대한 견해를 정리한 후, 친구인 에인즈워스 씨와 함께 지난 토요일에 마지막으로 여행에 합류했다. 선원 둘은 어떤 연유로 여행단에 포함되었는지 알려지지 않았다. 그러나 하루 이틀 내로 이 대단한 여행에 관한 상세한 내용을 입수하여 독자들에게 전달할 것이다.

열기구는 비단으로 만들어졌고 그 위에 액체 천연고무를 덧입혔다. 가스가 110세제곱미터 이상 주입될 만큼 어마어마하게 컸다. 비싸고 다루기 까다로운 수소 대신 석탄 가스를 사용해서인지 풍선이 완전히 부푼 뒤 얼마간은 지지력이 1.1톤가량 되었다. 석탄 가스는 저렴할 뿐 아니라 구하거나 다루기도 쉽다.

경비행기 조종을 위해 석탄 가스를 사용할 수 있게 된 것은 찰스 그린 씨 덕분이다. 그린 씨가 석탄 가스를 발견하기 전까지 풍선을 부풀리는 과정은 막대한 비용이 드는데다 불안정하기까지 했다. 수소는 매우 가볍고 주변 대기와의 친화력이 높아서 풍선에서 새어 나가기 일쑤였는데도 풍선 가득 수소를 채우려는 헛된 시도를 하느라 이틀, 심지어는 사흘이나 낭비하는 경우가 허다했다. 풍선에 석탄 가스를 넣으면 질량이 변치 않아 6개월은 거뜬히 유지할 수 있지만, 같은 양의 수소로는 6주밖에 버텨내지 못했다.

풍선의 지지력이 1.1톤 정도로 추정되고, 여행 참가자의 몸무게를 다 합쳐도 약 540킬로그램이었으므로 아직 580킬로그램 정도 여유가 있었다. 이 여유분 중 540킬로그램은 다시 부력 조절용 모래주머니를 싣는 데 할애되었다. 다양한 크기의 주머니를 만들어 각각의 무게를 표시해놓았다. 밧줄, 기압계, 망원경, 보름 동안 먹을 식량, 물통, 외투, 여행용 가방, 다양한 기타 필수품들도 실었다. 그중에는 커피를 데우는 기계도 있어서, 신중하게 따져보아 사용해도 된다고 판단되면 불을 피우지 않고도 가성 석회를 이용하여 커피를 데울 수 있었다. 모래주머니와 몇몇 사소한 물품들을 제외한 나머지는 모두 머리 위쪽에 달린 고리 부분에 매달아 놓았다.

바구니는 모형에 붙은 것보다 비율상 훨씬 더 작고 가벼웠다. 고리버들 가지로 만들었고 약해 보이는 기계에 비하면 놀랍도록 튼튼했고, 깊이는 약 1.2미터였다. 방향타가 모형보다 훨씬 큰 반면, 프로펠러는 상당히 작았다. 풍선에는 쇠갈고리와 조절 밧줄도 갖추어놓았다. 특히 조절 밧줄은 없어서는 안될 매우 중요한 도구였다. 경향공기 조종에 대해 자세히 모르는 독자를 위해 이 부분에 대한 설명이 좀 필요할 것이다.

땅에서 뜨자마자 풍선은 무게 변화를 일으키는 여러 환경의 영향을 받아 상승력이 증가하거나 감소하게 된다. 예를 들어, 비단 표면에 이슬이 맺히면 그 무게가 150킬로그램 정도까지 나갈 수 있으므로 이 경우 모래주머니를 던져버리지 않으면 풍선은 아래로 내려갈 것이다. 이렇게 모래주머니를 버린 후 햇볕이 나와 이슬을 증발시키고 동시에 풍선 안의 가스가 팽창하면 풍선은 다시 빠르게 상승한다. 이 상승을 막기 위한 유일한 방법은(정확히 말하면 찰스 그린 씨가 조절 밧줄을 발명해내기 전까지의 유일한 방법) 밸브를 열어 가스를 배출시키는 것이었지만 가스 손실에 비례해서 전반적인 상승력도 떨어진다. 따라서 아무리 잘 만든 열기구라도 비교적 짧은 기간 안에 가스가 소실되면 땅으로 다시 내려가야 한다. 이 점이 긴 여행에 가장 큰 걸림돌이었다.

조절 밧줄은 간단하게 이 어려움을 해결해준다. 이 밧줄은 바구니에서 늘어져 나부끼는 아주 긴 밧줄이며 풍선의 들쭉날쭉한 고도 변화를 막아준다. 만약 비단 표면에 물기가 앉아 풍선이 하강하기 시작하면 정확한 비율로 조절 밧줄을 필요한 만큼만 땅으로 늘어뜨려 고도를 조정하거나 반동을 유도한다. 따라서 늘어난 무게를 조절하기 위해 모래주머니를 버리지 않아도 된다. 반대로 어떤 요인으로 인해 풍선이 지나치게 가벼워져서 계속 상승할 경우 즉시 밧줄을 땅에서 걷어 올리고 밧줄

무게를 풍선에 추가해주어 반작용을 유도하면 된다. 이렇게 하면 거의 일정한 고도를 유지할 수 있고 가스나 모래주머니 같은 자원도 비교적 온전히 보유할 수 있다. 광활한 바다 위를 지날 때는 구리나 나무로 만들어진 작은 통에 물보다 가벼운 성질의 액체를 담아두어야 한다. 이 통들을 물에 띄우면 땅에서 밧줄이 내는 효과를 볼 수 있다. 조절 밧줄의 또 다른 중요한 임무는 풍선의 진행 방향을 알려준다는 것이다. 밧줄은 땅이나 바다에 끌리지만 풍선은 자유롭기 때문에 전진할 때면 항상 풍선이 앞서게 된다. 따라서 컴퍼스를 이용하여 풍선과 밧줄의 상대적 위치를 비교해보면 언제든 항로를 확인할 수 있다. 마찬가지로 풍선의 수직축과 밧줄이 이루어내는 각도는 속도를 나타낸다. 각도가 생기지 않으면, 즉 밧줄이 수직으로 매달린 상태라면 풍선이 정지한 상태다. 각이 클수록, 다시 말해 풍선이 밧줄 끝보다 멀리 앞서 나갈수록 속도는 그만큼 빠르다는 의미다. 반대의 경우도 마찬가지다.

원래 계획이 영국 해협을 건너 파리 근처에 착륙하는 것이어서 여행자들은 유럽 대륙의 모든 지역을 갈 수 있도록 미리 여권을 마련해두었다. 여권에는 나소 여행 때처럼 탐험 성격이 명시되어 있었고, 각 나라 입국 사무소에서 거쳐야 하는 일반 절차 면제 자격이 부여되어 있었다. 허나 예기치 못한 일이 생기는 바람에 이 여권들은 모두 쓸모없어지고 말았다.

이달 6일 토요일 새벽녘에 웨일즈의 북쪽 펜스트루덜로부터 1.5킬로미터 정도 떨어진 오즈번 씨네 저택 마당에서 조용히 열기구를 부풀렸다. 11시 7분에 모든 출발 준비가 끝났고 풍선은 땅에서 풀려나 남쪽으로 방향을 잡아 천천히 꾸준하게 공중으로 올라갔다. 처음 30분 동안은 프로펠러나 방향타를 쓰지 않아도 된다. 이제부터는 몽크 메이슨 씨와 에인즈워스 씨가 공동으로 기록한 원고 중 포사이스 기자가 옮겨온 일지를 소개한다. 전달받은 대로 본문은 메이슨 씨가 썼고 후기는 에인즈워스 씨가 매일 덧붙인 것이다. 에인즈워스 씨는 짜릿한 재미로 가득한 구체적인 여행 이야기를 준비 중이며 곧 발표할 예정이다.

여행 일지

4월 6일 토요일

(메이슨) 만만치 않아 보이던 모든 준비를 하룻밤 새 마치고, 우리는 오늘 새벽 풍선 부풀리는 작업을 시작했다. 짙은 안개가 끼어 비단의 구김을 펴는 데 애를 먹어 11시가 다 되어서야 작업이 끝났다. 드디어 한껏 들뜬 마음으로 줄을 끊고 서서히 날아올라 산들거리는 북풍을 타고 영국 해협으로 향했다. 상승력은 우리 예상보다 컸다. 높이 올라가자 절벽 지역에서 벗어났고 햇볕을 많이 쏘이니 올라가는 속도가 무척 빨라졌다. 여행 초반부터 가스를 잃고 싶지 않아서 당분간 그렇게 올라가 보기로 했다. 우리는 곧장 조절 밧줄을 풀어냈다가 끌어올려 보았지만 상승 속도는 여전히 빨랐다. 이상하게도 풍선은 전혀 흔들리지 않았고 세상은 아름다워 보였다.

출발한 지 10분쯤 되었을 때 기압계는 고도 5킬로미터를 가리켰다. 날씨는 화창했고 언제 보아도 낭만적인 시골 풍경은 공중에서 내려다보이는 지금 유난히 멋졌다. 수많은 협곡 사이로 수증기를 가득 머금은 호수들이 나타났고, 남동쪽에 산봉우리와 험준한 바위가 촘촘하고 복잡하게 얽힌 모습은 동양의 우화에 나오는 거대 도시들을 닮은 듯싶었다. 남쪽으로 산맥이 솟아 있었지만 풍선이 빠르게 상승하여 무사히 지날 수 있었다. 몇 분 내에 우리는 산맥 위로 솜씨 있게 솟구쳐 올랐고 선원들과 함께 있던 에인즈워스 씨는 바구니에서 봤을 때는 분명히 고도가 부족했는데 울퉁불퉁한 지표면이 거의 평지처럼 보일 정도로 풍선이 빠르게 상승하자 몹시 놀라워했다. 남쪽으로 계속 나아가 11시 30분에 영국 해협이 처음으로 시야에 들어왔다. 15분 후 밑으로 해안선이 나타났고 우리는 육지를 완전히 벗어나 바다로 나왔다.

조절 밧줄에 부표를 달아 바다에 담그기 위해 풍선에서 가스를 충분히 빼기로 했다. 이렇게 하니 풍선은 서서히 하강했다. 20분쯤 흐르자 첫 부표가 바다로 떨어졌고 곧이어 두 번째 부표가 떨어지자 풍선은 상승을 멈추었다. 이쯤에서 우리는 방향타와 프로펠러의 성능을 시험해보기로 했다. 그래서 동쪽으로 방향을 틀어 파리로 항로를 잡을 때, 바로 이 두 도구를 사용해보았다. 방향타를 사용하여 필요한 만큼 방향을 바꾸고 바람에 각도를 맞추어 항로를 잡았다. 프로펠러의 용수철이 움직이며 의도한 대로 풍선이 나아가자 우리는 뛸 듯이 기뻐 다 같이 크게 함성을 질렀고 발명 원리를 간단히 적은 종잇조각을 병에 담아 바다로 던졌다. 이런 기쁨을 채 만끽하기도 전에 모두를 적잖이 실망시킨 예기치 못한 사건이 발생했다.

우리가 데리고 탄 선원 둘 중 하나가 움직이는 바람에 바구니가 휘청하더니, 용수철과 프로펠러를 연결하는 쇠막대가 툭 튕겨 나와 펌프 축 중심부에 매달린, 채 손이 닿지 않는 지점에서 달랑거렸다. 쇠막대를 되찾으려고 안간힘을 쓰며 정신이 팔린 사이 우리는 동쪽에서 불어오는 강한 기류를 타고 점점 빠르게 대서양을 향해 실려 갔다. 쇠막대를 되찾고 나서 대책을 세울 시간도 없이 곧바로 우리는 시속 80~95킬로미터는 족히 되는 속도로 바다를 향해 내몰리고 있다는 사실을 깨달았다. 북쪽으로 64킬로미터 떨어진 케이프클리어 섬으로 가는 건 어떨지 생각해보았다. 바로 이때 에인즈워스 씨가 전혀 말이 안 된다거나 터무니없게 여겨지지는 않으면서도 놀라운 제안을 했다. 홀랜드 씨가 이를 즉석에서 제청했다.

제안 내용은 이왕 강풍에 실려 가는 길이니 바람을 거슬러 힘겹게 파리로 돌아가는 대신 북미 해안까지 가보자는 것이었다. 잠시 생각해본 뒤 나는 이 대담한 제안에 기꺼이 찬성했다. 반대하는 사람은 선원 둘뿐이었다. 그래도 찬성하는 사람이 더 많았으므로 우리는 선원들의 두려움을 묵살한 채 꿋꿋이 항로를 유지했다. 정서正西로 방향을 잡았다. 바다에 닿아 끌려오는 부표들이 풍선의 속도를 늦췄고 우리는 부표 없이도 고도 조절을 마음대로 할 수 있었으므로, 우선 모래주머니 20킬로그램을 던져버리고 나서 권양기(밧줄을 감았다 풀었다 함으로써 물건을 위아래로 옮기는 기계―옮긴이)를 사용해 부표가 바다에 닿지 않도록 밧줄을 충분히 끌어올렸다. 이렇게 조치하고 나자 전진 속도가 빨라진 게 확연히 느껴졌다.

점점 거세지는 바람 덕분에 우리는 상상할 수도 없을 만큼 빠른 속도로 비행했다. 조절 밧줄은 배가 출항할 때 던지는 테이프처럼 바구니 뒤로 휘날렸다. 당연히 해안도 순식간에 시야에서 사라졌다. 풍선은 여러 종류의 수많은 선박 위를 지나갔다. 바다를 이리저리 열심히 돌아다니는 몇몇 선박을 제외하고는 대부분 한자리에 정박해 있었다. 배에서 우리를 발견한 사람들은 모두 환호해주었고 그런 환호성에 우리도 신이 났다. 유독 들뜬 두 선원은 독한 술 한 모금에 취기가 올라 망설임이고 두려움이고 전부 바람에 내맡긴 듯 보였다. 많은 선박이 대포로 신호를 쏘아 올려주었고 배에 탄 사람들은 함성을 지르며 모자와 손수건을 흔들어 우리에게 인사했다. 배에서 지르는 함성은 놀랍도록 또렷하게 들렸다.

낮에는 이런 식으로 무탈하게 지내다가 밤 그림자가 덮쳐오면 우리는 그날 횡단한 거리를 대략 추정해보았다. 800킬로미터는 족히 될 것이고 어쩌면 훨씬 더 멀리 갔을지도 모르겠다. 계속 돌아가는 프로펠러도 비행에 큰 도움을 주었다. 해가 넘어가자 바람이 점점 거세져 허리케인으로 변했고 바다는 인광을 발하며 환하게 빛났다. 밤새 불어온 동풍은 성공을 위한 밝은 조짐처럼 보였다. 우리는 추위로 오들오들 떨었고, 공기마저 축축해 불쾌했다. 다행히 바구니 공간이 넓어 몸을 쭉 펴고 누울 수 있었고 외투와 담요를 덮으면 그럭저럭 견딜 만했다.

추신

(에인즈워스) 지난 아홉 시간은 단연 내 생에서 최고로 흥분된 시간이었다. 이처럼 위험하고 신기한 모험보다 더 멋진 일

이 있을지 상상이 가지 않는다. 제발 성공할 수 있기를! 보잘것 없는 개인의 안전을 위해서가 아니라 인류의 지식을 넓히고 큰 성취감을 맛보기 위해 이 비행이 성공했으면 좋겠다. 성공이 너무 확실하게 느껴지다 보니 왜 여태껏 사람들이 이런 비행을 과감하게 시도하지 않았는지 의문이 들었다.

지금과 같은 강풍의 도움으로 풍선이 나흘이나 닷새 동안 (바람이 더 오랫동안 불 때도 잦다) 계속 앞으로 떠밀려 간다면 그 기간을 이용하여 동서 해안을 손쉽게 횡단할 수 있을 것이다. 강풍의 힘을 빌리면 광활한 대서양도 호수가 되어버린다. 지금 내게 경이로운 것은 바다에서 볼 수 있는 다른 어떤 현상도 아 닌, 출렁이는 파도 아래 바닷속을 지배하는 극도의 고요함이 다. 바다는 하늘에 대고 아무 소리도 내지 않는다. 거대하게 일 렁이는 바다는 몸부림치고 괴로워하면서도 불평 한마디 없다. 산처럼 일어서는 파도들은 마치 말 못 하는 거대한 악령들이 고통 속에 발버둥치는 모습 같다. 밤이면 살아 있다는 느낌이, 그것도 한 세기를 평범하게 살고 있다는 느낌이 든다. 그렇다 고 평범한 존재로 백 년을 살자고 밤이 선사하는 이 황홀한 기 쁨을 포기하지는 않을 것이다!

4월 7일 일요일

(메이슨) 아침 10시가 되자 강풍은 선박으로 치면 시속 15킬 로미터로 잦아들었고 풍선은 시속 48킬로미터 정도의 속도를 유지했다. 방향이 북쪽으로 심하게 치우쳤다가, 해가 지고 나 서야 제구실을 훌륭히 하는 프로펠러와 방향타를 이용해 정서

쪽 항로로 들어설 수 있었다. 내 생각에 이 비행은 완벽히 성공했으며 비행 방법도 쉬워서 강풍을 거슬러 가지만 않는다면 아무 문제 없이 방향 전환을 할 수 있다. 어제처럼 강한 바람에 맞서 전진할 수는 없어도 필요한 만큼 고도를 높이면 바람의 영향권에서 벗어날 수 있을 것이다. 프로펠러를 이용해서 강한 바람을 헤쳐나갈 수 있을 거라는 확신도 든다.

정오에 모래주머니를 버리고 7.5킬로미터 가까이 올라갔다. 직선 기류를 찾고 싶었지만 지금 우리가 탄 기류가 가장 적당한 것 같았다. 가스 양은 이 작은 연못 같은 대서양을 건너기에 충분해서 3주 동안 여행해도 거뜬할 것처럼 보였다. 나는 결과에 대해 전혀 걱정하지 않는다. 힘들 거라는 예상은 과장과 착각에 불과했다. 기류는 선택할 수 있고 혹시 나쁜 기류를 만나더라도 프로펠러를 이용해서 천천히 나아가면 된다. 기록으로 남길 만한 사건은 없었다. 밤에는 날씨가 맑을 것 같다.

추신

(에인즈워스) 기록할 것이 거의 없긴 하지만 내게 놀라운 사실이 있어 여기에 적는다. 코토팍시 산과 같은 고도까지 올라갔는데도 모진 추위나 두통, 호흡 장애를 겪지 않았다. 메이슨, 홀랜드, 에버라드 경도 마찬가지였다. 오즈번은 가슴이 조이는 느낌을 호소했지만 이 증상도 금세 사라졌다. 낮 동안 매우 빠른 속도로 비행했으니 대서양을 절반 이상은 건넜을 것이다. 20~30척 되는 여러 종류의 선박 위를 지났고 배에서 우리를 본 사람들은 깜짝 놀라며 즐거워했다. 열기구를 타고 대양

을 횡단하는 일은 예상과 달리 별로 어렵지 않다. 미지의 것은 모두 훌륭해 보인다는 격언이 떠오른다. 7.6킬로미터 상공에서 바라보는 하늘은 암흑에 가깝고 별들은 매우 또렷하다. 보통 사람들이 생각할 때, 바다는 볼록해 보일 것 같지만 여기서는 완전히 그리고 아주 분명하게 오목해 보인다.[1)]

4월 8일 월요일

(메이슨) 오늘 아침 프로펠러 막대에 다시 조그만 문제가 생겼다. 심각한 사고로 이어질 수 있으니 아무래도 전반적으로 손을 봐야겠다. 날개 부분 말고 쇠막대를 말하는 것이다. 날개 쪽은 완벽하다. 바람이 종일 북동쪽에서 거세게 불어온 걸 보면 아직까지 행운의 여신이 열심히 우리를 돕는 것 같다. 날이 밝기 전에 풍선에서 이상한 소리가 나고 진동이 느껴지더니 고도가 빠르게 떨어져 모두 약간 불안해했다. 대기가 더워

---

1) 에인즈워스 씨는 이 현상에 대해 깊이 이야기하지 않았지만 아무래도 설명이 필요할 것 같다. 7.6킬로미터 상공에서 줄을 떨어뜨려 지면 혹은 수면에 수직으로 두면 직각삼각형이 생긴다. 직각에서 지평선까지가 삼각형의 밑변이고 지평선에서 풍선까지가 빗변이다. 예측 범위에 비하면 높이 7.6킬로미터는 너무 미미한 길이다. 삼각형의 밑변과 빗변이 너무 길어서 거의 평행에 가깝다는 뜻이다. 따라서 비행사에게 지평선은 바구니와 같은 높이로 보인다. 하지만 바로 아래 지점은 거리가 매우 멀어 보이고 실제로 멀기도 해서 지평선에서 한참 아래 있는 것처럼 보인다. 이 때문에 오목해 보이는 것이다. 계속 이렇게 보이다가 밑변과 빗변이 더 이상 평행을 이루지 않게끔 예측 범위에 비례해서 충분히 고도를 높여주면 그제야 지구의 실제 볼록한 모습이 분명하게 드러난다. - 원주

지면 가스가 팽창하고 그에 따라 밤새 그물에 맺힌 미세한 얼음 조각들이 녹으며 일어나는 현상이었다. 통 몇 개를 아래 선박들에게 던졌다. 뉴욕 항로를 운항하는 정기선으로 보이는 대형 선박이 떨어진 통 하나를 건져 올리는 모습이 보였다. 배 이름을 확인하려 했지만 잘 보이지 않았다. 오즈번 씨의 망원경으로 보니 '아탈란타(그리스 신화 속 발이 빠른 여자 사냥꾼 - 옮긴이)'라고 쓰인 것 같았다. 지금 시각은 자정, 여전히 서쪽으로 방향을 유지한 채 빠르게 나아가는 중이다. 바다가 유난히 푸르게 빛난다.

추신

(에인즈워스) 지금 시각은 새벽 2시. 내가 보기엔 고요한 것 같지만 공중에 높이 떠서 비행 중이니 정말 고요하다고 단정 짓기는 어렵다. 오즈번 씨 집에서 출발한 이후로 잠을 한숨도 안 잤더니 더 이상은 버틸 수 없어 쪽잠이라도 자야겠다. 미국 해안까지 얼마 남지 않았다.

4월 9일 화요일

(에인즈워스) 오후 1시, 사우스캐롤라이나 해안이 보인다. 어려운 과제를 완수했다. 열기구로 쉽고 완벽하게 대서양을 건넌 것이다! 하느님 감사합니다! 이제부터 무엇이 불가능하다는 말을 입에 올릴 사람이 있을까?

일지는 여기까지다. 다음은 포사이스 기자가 에인즈워스 씨에게서 들은 하강에 관한 내용이다. 해안이 처음 보였을 때 주위는 쥐 죽은 듯 고요했다. 선원 둘이 해안을 가장 먼저 알아보았고 그다음이 오즈번 씨였다. 몰트리 요새에 오즈번 씨가 아는 지인이 있었으므로 그 근처에 내리기로 했다. 우리는 해안가로 접근하여 닻을 내린 뒤 풍선을 고정시켰다. 물이 빠진 해안은 모래가 부드럽게 다져진 상태라 착륙하기에 적당한 장소였다.

섬과 요새 주변에 사는 주민이 풍선을 보고 몰려왔지만 대서양을 횡단했다는 사실은 도무지 믿지 않는 눈치였다. 닻을 내린 시각이 정확히 오후 2시였으므로 여행은 총 75시간 만에 끝났다. 해안에서 해안까지로 치면 그보다 훨씬 적게 걸린 셈이다. 심각한 사고도 일어나지 않았고 위험할까 걱정한 적도 없었다. 풍선은 가스가 빠지긴 했지만 고장 없이 안전했다. 여기 실린 원고가 찰스턴에서 발송될 무렵 여행자들은 아직 몰트리 요새에 머물러 있었다. 여행자들의 행보가 확실히 정해진 바는 없지만 월요일이나 그 다음 날 중으로 더 자세한 추가 정보를 입수하여 독자 여러분에게 전할 예정이다. 이 여행은 인간이 여태껏 이루거나 시도한 것 중 가장 놀랍고 흥미로우며 중요한 프로젝트다. 앞으로 어떤 대단한 일들이 벌어질지 지금 알아내려 해봤자 소용없을 것이다.

모노스와 우나의 대화

모노스와 우나의 대화

이는 미래의 일이다.

— 소포클레스, 〈안티고네〉

우나 다시 태어난다고요?

모노스 그렇소, 사랑하는 아름다운 우나, '다시 태어나는' 거요. 이는 죽음으로써 그 비밀을 밝혀낼 때까지, 그 불가사의한 의미에 대해 사제들의 설명을 거부한 채 나 혼자 오랫동안 생각해왔던 말이오.

우나 죽음이라고요!

모노스 이상하군, 사랑하는 우나. 내 말을 되풀이하다니 말이오. 당신의 발걸음은 비틀거리고, 눈에는 기쁨에 가득 찬 불안감이 보이는군. 영생이라는 장엄한 신비로움에 당황하고 압박감을 느낀 모양이오. 그렇소, 죽음에 대해 말했소. 늙은이들의 가슴에 공포를 불러일으키고, 모든 기쁨에 곰팡이를 피게 하는 그 단어 말이오.

우나 죽음, 모든 축제마다 자리 잡고 있는 유령! 그 본질에 대한 추측에 얼마나 자주 몰두했는지! '이만큼 왔으니 더 이상은 안 돼!'라고 말하는 식으로 인간의 더없는 행복을 막는 행동이 얼마나 이상한지! 나의 모노스, 가슴 속에서 진실한 사랑이 싹트기 시작할 때면 행복이 더욱 힘을 더하리라는 헛된 희망을 품죠! 하지만 사랑이 자라면 자랄수록 우리를 영원히 갈라놓지 못해 안달 난 사악한 시간도 자라날 거예요. 그러다 사랑도 고통스러워지고, 그때는 증오만이 남겠죠.

모노스 사랑하는 우나, 그러한 슬픔은 여기서 말하지 마오. 내 사랑, 영원한 내 사랑!

우나 하지만 지나간 슬픔의 기억은 현재의 기쁨 아닌가요? 나는 과거의 일에 대해 할 말이 많아요. 무엇보다, 어두운 계곡과 그림자를 지나며 당신이 겪은 일에 대해 알고 싶어 미칠 지경이에요.

모노스 눈부시게 아름다운 우나가 무언가 물으면, 당신의 모노스가 언제 대답하지 않은 적 있었소? 당장 전부 이야기해주겠소. 그런데 그 이상한 이야기를 어디서부터 시작해야 할까?

우나 어디서부터라니요?

모노스 말한 대로요.

우나 모노스, 당신을 이해해요. 우리는 죽음을 통해 정의할 수 없는 것을 정의하려는 인간의 습성을 알게 되었지요. 그렇다면 삶이 멈추는 순간에서 시작하라고 말하진 않겠어요. 몸은 식어가며, 당신이 숨을 쉬지 않고 움직이지도 않는 휴면 상태에 빠져들자, 내가 열정적인 사랑의 손길로 당신의 창백한 눈을 감겼던 바로 그 슬프고도 슬픈 순간에서 시작해보세요.

모노스 나의 우나, 이 시대 인간들이 처한 일반적인 상황에 대해 먼저 이야기해야겠소. 비록 온 세상의 존경을 받지는 못했지만, 몇몇 현명한 선조가 인류 문명의 진보에 '향상'이라는 용어를 사용하는 것이 과연 적절한지 의심을 품었다는 사실을 당신도 기억할 거요. 우리가 소멸하기 직전의 5, 6세기 동안 매번 뛰어난 지식인들이 나타나 이제는 진실이라고 밝혀진 원리에 대해 격렬한 논쟁을 벌였소. 물론 지식인들은 자연을 지배하려 하기보다는 자연의 법칙에 따르라고 주장했어야 했지만 말이오.

오랜 시간이 지난 후, 실용 과학에서 이루어진 진보가 진정한 공리에서의 퇴보를 의미한다고 주장하는 천재들도 나타났소. 지금 우리에게 무엇보다 중요한 시적인 지성은 때때로 상상력에 의해서만 도달될 수 있으며, 독립적인 이성 자체는 아무런 도움이 되지 못한다오. 또한 시적인 지성은 한발 앞서 나가 철학자의 모호한 생각을 진화시키고, 지식의 나무, 금단의 열매, 죽음에 대한 신비한 우화를 통해 유아적 단계에 머물러 있는 영혼에게 지식이란 가당치 않다는 암시를 깨우쳐주오. 이들 시인은 '공리주의자'들, 즉 경멸받아 마땅한 칭호를 가로챈 공론가들의 경멸 속에서 살다 죽어가는 거요. 하지만 이들 시인은 슬프지만 서툴지 않게, 인간의 욕망이 간절한 즐거움보다 단순하지 않고, 환희라는 단어를 몰라 행복을 심오한 개념으로 이해하던 시절이었던 고대에 대해서 생각한다오. 울창한 언덕 사이로 푸른 강물이 사람의 손길이 미치지 않은 고독하고 향기로운 머나먼 원시의 숲을 향해 막힘없이 흐르던, 성스럽고 장엄하며 지극히 행복한 시절 말이오.

하지만 혼란이 만연한 세상에서 이처럼 예외적으로 고귀한 영혼은 오히려 반대로 혼란을 가중시키고 말았지. 아! 우리는 어느 때보다 사악한 시대에 살았던 거요. 유행하는 말로 하자면, 위대한 '진보'가 계속되었소. 도덕적으로 그리고 실질적으로 타락한 소동인 셈이지. 기술이 최고의 자리에 올랐고, 그렇게 일단 왕관을 쓰자 권력을 부여한 지성을 옭아매었소. 자연의 위엄을 잘 알던 인간은 자연의 요소에 대한 지배력이 강해지자 어린아이처럼 기뻐 날뛰었고, 환상 속에서 신에게 다가갈 때조차 경박하게 행동했었지. 혼란의 근원에서 추정할 수 있듯 인간은 점점 체계와 관념에 감염되어갔소. 그들은 일반론으로 무장했지. 다른 이상한 생각 중에는 보편적 평등사상이 힘을 얻었소. 신의 목소리와 유사한 것, 다시 말해 세상 모든 사물에 적용되는 변이의 법칙이 경고의 목소리를 드높이는데도 민주주의 사상이 만연하여 급진적인 시도가 이루어지고 있었소. 하지만 이 악은 최고의 악인 지식에서 비롯된 거요. 인간은 알면서도 복종하지 못하는 존재이기 때문이오.

그러는 사이 엄청난 매연을 내뿜는 거대한 도시가 셀 수 없이 많이 생겨났소. 푸른 나뭇잎들은 용광로의 뜨거운 열기에 말라버렸고, 자연의 아름다운 얼굴은 혐오스러운 질병 때문에 황폐하게 변해버렸지. 사랑스러운 우나, 내 생각엔 말이오, 우리는 믿어지지 않는 힘에 대해 눈을 감아버렸기 때문에 이곳에 억류된 것 같소. 감각이 왜곡되었거나 학파, 문화를 맹목적으로 무시하면서 파괴가 진행되었다는 사실이 드러났다오. 실은, 이러한 위기에서는 감각, 즉 순수한 지성과 도덕관념 사이에 위치하여 절대 무시되어서는 안 되는 그 능력만이 우리를 아름다움, 자연, 영생으로 되돌려놓을 수 있었기 때문이오. 아아, 플라톤의 관념과 직관! 영혼을 교육하는 데 최적이라고 여긴 음악! 플라톤과 음악! 둘 다 완전히 잊혀 경멸당하던 때야말로 그것이 절박하게 필요한 순간이었소.

우리 둘 다 사랑하는 철학자 파스칼은 이렇게 말했지. '우리의 이성은 직관을 따르게 되어 있다.' 정말 옳은 말 아니오! 시간만 허락했다면, 자연에 대한 생각이 학자들의 냉혹한 수학적 이성을 누르고 과거의 지배력을 되찾는다는 것도 그리 불가능한 일은 아니었을 거요. 하지만 그런 일은 일어나지 않았소. 과도한 지식에 너무 일찍 설득당한 바람에 세상에 노년기가 찾아와 버린 거요. 인류는 이러한 현상을 보지 못했거나, 불행히도 활기차게 살아가느라 못 본 체했다오.

지구의 기록을 보면, 고도로 발전한 문명은 완전한 파괴라는 대가를 치른다는 사실을 알 수 있다오. 단순하지만 영속하는 중국 문명과 건축 기술이 발달한 아시리아 문명, 천문학이 발달한 이집트 문명, 예술의 모태가 된 정교한 누비아 문명을 비교해봄으로써 나는 우리의 운명을 예측할 수 있었소. 이 지역의 역사 속에서 나는 미래에서 온 빛과 마주했소. 후자의 세 문명이 이룬 인공물들은 지구의 그 지역에서 생겨난 질병이었고 이를 치료할 방법은 파괴하는 것뿐이었소. 하지만 감염된 세계는 죽음 후에 부활이라는 구원을 기대할 수 없다오. 따라서 하나의 종족으로서 인류가 멸종되지 않으려면, '다시 태어나야' 만 한다고 생각하오.

지금껏 매일같이 꿈으로 휩싸여 있던 우리 영혼은 아름답고 사랑스러운 것이었고, 새벽녘이면 다가올 날에 관해 이야기를 나누었소. 부정한 것들을 없애버릴 수 있는 유일한 힘인 정화 작용을 거침으로써, 인공 문명으로 상처 난 지구가 푸른 초목과 울창한 산, 낙원의 미소를 띤 물로 옷을 갈아입고 인간이 살기 좋은 장소로 변모하게 되는 거요. 죽음으로 정화된 인간, 뛰어난 지성이 더 이상 독이 되지 않는 사람, 즉 구원을 통해 부활하여 이제는 지극히 행복한 불멸의 존재가 되었지만 여전히 물질인 사람들에게 말이오.

우나 그런 대화들을 잘 기억해요, 사랑하는 모노스. 세상이 격렬하게 파괴된 시대는 우리가 생각하듯 가까운 시기는 아니었어요. 당신이 말한 타락이 우리를 그렇게 믿게 했지요. 인류는 살았고, 각자 죽어갔어요. 당신도 병이 들어 죽었지요. 당신의 영원한 우나도 곧바로 당신의 뒤를 따랐지요. 나의 모노스, 지난 세기에는 시간의 흐름에 안달 내지 않는 둔감함으로 고통받았지만, 우리는 다시 함께하게 되었고 아직 한 세기도 지나지 않았어요.

모노스 그러면 오히려 불명확한 영원의 한 지점을 생각해봅시다. 분명히 내가 죽은 때는 지구가 쇠락한 시기였소. 혼란과 타락에서 비롯된 근심에 완전히 질려버려, 나는 심각한 열병에 걸리고 말았소. 며칠 동안 고통을 겪은 뒤 기쁨이 충만한 몽롱한 망상에 빠졌다가 당신이 고통으로 오인한 징후가 나타났지. 당신이 잘못 아는 거라고 알려주고 싶었지만 그렇게 하지 못했소. 그 후, 숨 쉬지 않고 미동도 하지 않는 휴면 상태에 빠져들었소. 내 주위 사람들은 이를 죽음이라 불렀지. 하지만 말이란 불명확한 것이오. 나는 감각을 잃은 상태가 아니었다오. 그것은 한여름날 정오에 깊고도 긴 잠에 빠져, 꼼짝도 않고 누워 외부의 방해를 받지 않고 충분히 자고 난 후 서서히 의식을 되찾는 극도의 정지 상태와 다르지 않았소.

　나는 더 이상 숨 쉬지 않았소. 맥박은 희미했고 심장 박동도 멈추었소. 자유의지는 사라지지 않았지만 무력해졌소. 하지만 감각만큼은 이상하리만치 활성화되어 제멋대로 기능을 바꾸었소. 미각과 후각은 완전히 뒤섞여 비정상적으로 강렬한 하나의 감각이 되어버렸소. 당신이 마지막으로 내 입술을 부드럽게 적셔준 장미수는 꽃들에 대한 달콤한 환상을 불러일으켰소. 지구의 어떤 꽃보다 사랑스럽고 환상적이지만 그 원형은 우리 주변에 피어 있는 꽃들 말이오. 자유의지가 멈추었으므로 안구 안에서 눈동자를 굴릴 수 없었지만 시야에 들어온 모든 물체는 다소 또렷이 볼 수 있었소. 망막과 눈 주위에 쏟아지는 빛은 눈의 앞 또는 안쪽에 쏟아지는 빛보다 훨씬 생생했지. 이러한 효과가 굉장히 이례적이라, 내게는 소리라고만 여겨졌소. 내 옆의 물체가 음영에 따라 흐릿하거나 짙게 보이거나 윤곽이 부드럽거나 각진 듯이 보이는 것이 마치 달콤하거나 귀에 거슬리는 소리처럼 느껴졌소. 동시에 약간 흥분되어 있기는 했지만, 청각은 유지되어 다른 감각보다는 정확히 실제 소리를 판단할 수 있었소.

　촉각은 훨씬 특이하게 변화되었소. 느낌은 서서히 수용되었지만 오래도록 남아 있어서 최고조에 달한 육체적 기쁨을 항시

누릴 수 있었다오. 그래서 당신의 사랑스러운 손가락이 내 눈꺼풀을 누르는 느낌은 처음에는 눈으로만 볼 수 있었지만 당신이 손을 떼고 한참 후, 마침내 헤아릴 수 없는 감각적인 기쁨이 나를 가득 채웠소. 그렇소, 감각적 기쁨이라고 말했소. 내가 자각한 것은 오로지 감각뿐이었다는 거요. 감각에 따라 수집된 정보가 수동적인 뇌에 전달되지만 이해력이 죽어버린 탓에 조금도 형체를 이루지는 못했기 때문이요. 약간의 고통이 있었지만 기쁨은 컸소. 윤리적 고통이나 기쁨은 전혀 없었소. 그래서 당신이 내 귓가에 대고 애절한 목소리로 흐느꼈을 때, 슬픈 음조라는 감각은 있었지만 부드러운 음악이라는 생각 외에 다른 생각은 들지 않았소. 그 소리는 죽어버린 내 이성에 슬픔이라는 감정을 전하지 못했소. 나의 얼굴 위로 끊임없이 떨어지는 커다란 눈물방울은 구경꾼들에게는 찢어지는 마음을 전했겠지만, 내 신경은 기쁨이라는 감정으로만 흥분되었다오. 오, 사랑하는 우나, 실은 이것이 바로 구경꾼들이 숨을 헐떡이며 울부짖는 당신에게 낮은 목소리로 경건하게 말한 죽음이란 것이라오.

사람들은 나를 관에 뉘였고, 서너 명의 검은 그림자가 이리저리 바쁘게 오갔소. 이들이 내 시야를 정면으로 지나갈 때는 형체를 알아볼 수 있었지만 옆을 스쳐 지날 때면 비명이나 신음 같다는 생각과 공포, 두려움, 비애와도 같은 절망적 감정을 나타내는 이미지로만 느껴졌소. 하지만 흰 드레스를 입은 당신만은 어느 쪽으로 지나가든 음악적으로 느껴졌다오.

날이 저물어 빛이 사라져가자 나는 알 수 없는 불안감에 사로잡혔소. 잠든 사람의 귓가에 슬픈 소리가 끊임없이 들려올 때, 그리고 멀리서 들려오는 종소리가 낮고 엄숙하지만 규칙적으로 울려 퍼져 구슬픈 꿈과 뒤섞일 때 느끼는 것 같은 불안감 말이오. 이윽고 밤이 찾아왔고 그 그림자와 함께 힘겨운 불편함도 찾아왔소. 확실히, 내 사지가 묵직하게 눌리고 있다는 느낌이 들었소. 탄식하는 소리도 들렸소. 저 멀리 들리는 파도의 여운과는 달리 훨씬 지속적이었으며, 황혼 무렵 시작하여 어둠이 짙어질수록 힘을 더해갔소. 그러다 갑자기 방 안에 빛이 스며들자, 좀 전에 들었던 것과 똑같은 소리가 불규칙적으로 울리면서 이 여운은 이내 방해받고 말았지만 서글프고 이상한 느낌은 가셨다오. 묵직한 압박감은 상당히 줄어들었고 많은 등잔에서 흘러나온 단조의 선율이 계속해서 내 귓가에 들려왔소.

그때, 내 사랑 우나, 내가 누워 있는 침대로 당신이 다가와 내 옆에 얌전히 앉아 향기를 풍기는 달콤한 입술로 내 눈에 입을 맞추자, 감정과도 비슷한 무언가가 당시 상황에서 비롯된 단순한 육체적 감각과 뒤섞여 가슴이 떨렸소. 그 느낌은 절반은 고마움이었고, 다른 절반은 당신의 진실한 사랑과 슬픔에 대한 응답이었소. 이 느낌은 멈춰버린 심장에서 나온 것이 아니었소. 오히려, 실재實在보다는 그림자에 가까워서 재빨리 사라지기 때문에 처음에는 극도의 정지 상태에 빠졌다가 그 뒤에는 전과 같이 순수한 감각적 기쁨으로 바뀌었소.

이제 보통의 감각이 파괴된 혼란스러운 상태에서 내 안의 여섯 번째 완벽한 감각이 생겨나는 것 같았소. 그 감각이 활동을 시작하자 나는 격렬한 기쁨을 느꼈소. 하지만 그 안에 이해력이 들어갈 자리가 없다는 점을 고려했을 때, 이 기쁨은 여전히 육체적인 것에 불과했소. 육체의 움직임은 완전히 정지했소. 근육은 미동조차 하지 않았고 신경도 반응하지 않았으며 혈관도 고동치지 않았소. 머릿속에서는 어떤 말이나 인간의 지성으로는 조금도 알 수 없는 무언가가 솟아났소.

이것을 정신적인 박동이라고 부르겠소. 이러한 움직임이 완전히 균일해지자, 하늘의 해와 달의 주기도 균일해졌소. 그 덕분에 벽난로 선반 위에 놓인 시계와 내 곁에 있는 이의 손목시계가 불규칙적으로 움직인다는 사실을 알아챘소. 째깍거리는 소리가 내 귓가에 낭랑하게 울렸소. 그 소리는 보통 그렇듯 정확한 비율에서 조금 어긋나 있었고 이러한 어긋남은 추상적 진실의 외면이 도덕적 감각에 영향을 미치듯 나에게 영향을 미쳤소. 방 안에 있는 두 개의 시계가 정확하게 움직이지는 않았지만, 내 마음속에서 음조를 계속해서 붙잡고 있었기에 각각의 오류를 잡아내기란 그리 어렵지 않았소. 이것은 오랫동안 스스로 존재하던 강렬하고 완벽한 감각이자, 인간들은 그 존재조차 모른 채 잇따른 사건과는 별개로 존재하였고, 다른 감각의 잿더미에서 생겨난 여섯 번째의 감각으로, 영원한 현세의 문턱을 넘어 천상의 영혼으로 가는 최초의 분명하고 확실한 발걸음이오.

한밤중이었소. 당신은 여전히 내 옆에 앉아 있었지. 다른 이들은 나를 관 안에 눕혀놓은 채 모두 죽음의 방에서 떠난 뒤였소. 등잔불은 깜박이며 타고 있었소. 단조로운 긴장감으로 떨리는 모습으로 미루어 알 수 있었소. 그런데 이러한 긴장감이 순식간에 사라지더니, 마침내 멈추었소. 내 코에 느껴지던 향기도 사라지고 어떤 형체도 보이지 않았소. 내 가슴을 누르던 어둠의 압력도 사라졌소. 전기처럼 둔탁한 충격이 내 몸에 스며들더니 무언가와 접촉한다는 느낌이 완전히 사라졌소. 인간이 감각이라 부르는 모든 것이 하나의 의식과 지속되는 감정에 흡수되었소. 유한한 육체는 마침에 치명적인 부패의 손길에 사로잡히고 말았소.

그렇다고 모든 감각이 사라진 것은 아니었소. 흐릿하게 남겨진 직관으로, 남아 있던 의식과 감각이 약간이나마 기능할 수 있었소. 내 육체에서 일어나는 끔찍한 변화를 느낄 수 있었고 꿈꾸는 사람이 자신에게 몸을 숙이는 사람의 존재를 인식하듯, 여전히 사랑하는 우나, 당신이 내 곁에 앉아 있다는 것을 어렴풋이 느낄 수 있었다오. 둘째 날 정오가 되었소. 당신을 내 곁에서 데려가더니 나를 관에 넣어 영구차에 싣고는 묘지로 데려가 무덤에 안치한 뒤 내 위로 두껍게 흙을 덮고는, 어둠과 부패 속에서 벌레들과 더불어 슬프고도 적막하게 잠들 수 있도록 나 홀로 남겨두고 떠나던 움직임 모두를 인식하고 있었소.

여기, 밝혀내야 할 비밀이라고는 거의 없는 감옥에서, 몇 날, 몇 주, 몇 달을 보냈소. 영혼은 날아드는 매 초를 정밀히 바라보았고 덕분에 그리 힘들이지 않고도 시간의 흐름을 기록할 수 있었다오. 아무런 목적도 없었지만 말이오.

1년이 지났소. 존재한다는 의식은 매 순간 흐릿해져갔고, 위치한다는 감각이 그 자리를 대신했소. 존재에 대한 생각이 위치에 대한 생각에 흡수되어버린 거요. 한때 육체였던 것을 둘러싼 협소한 공간은 이제 육체 자체가 되어갔소. 마침내, 스치는 불빛이 감각을 놀라게 하여 깨웠지만 깊이 잠든 사람이 간

혹 그러듯 감각도 절반쯤 꿈속에 빠져 있었소. 그리고 어둠이 덮고 있던 곳에서 놀랍게도 한 줄기 빛이 나에게 다가왔소. 영원한 사랑의 빛이었소. 사람들이 내가 어둠 속에 누워 있는 무덤에서 힘써 일하고 있었소. 그들은 흙을 파냈고 썩어가는 내 뼈 위로 우나의 관이 내려왔소.

이제 다시 모든 것이 무無로 돌아갔소. 흐릿한 불빛도 사라졌고 미약한 흥분도 잦아들었소. 그 후로 여러 해가 흘렀소. 먼지는 먼지로 돌아갔고, 벌레는 더 이상 먹이를 얻을 수 없었소. 마침내 존재하고 있다는 감각마저 사라지고, 그 자리는 시간과 장소라는 독재자가 영원히 지배하게 되었소. 실재하지 않고, 형체가 없으며, 사고하지 않고, 감각이 없고, 영혼이 없었으나 물질적인 부분도 없었소. 이 모든 부재不在 때문에 불멸한 것이며, 무덤은 아직도 나의 집이며, 잠식되는 시간은 친구가 되었소.

말의 힘

Edgar
A. Poe

말의 힘

오이노스 아가토스여, 새로이 영생을 얻은 나약한 영혼을 용서하소서!

아가토스 오이노스여, 너는 용서를 구해야 할 일은 하지 않았다. 여기에서조차 직관적으로 깨달음을 얻을 수는 없다. 지혜라면, 천사들에게 자유롭게 물어 구할 수 있겠지만!

오이노스 저는 이러한 존재가 되면 모든 것을 즉시 알게 되고 그럼으로써 곧 행복해질 것이라고 꿈꾸었습니다.

아가토스 행복은 지식이 아닌 지식을 습득하는 과정에 있지! 무엇이든 알아간다는 것은 영원한 축복이지만, 모든 것을 안다는 것은 악마의 저주지.

오이노스 주님께서는 모든 것을 아시지 않습니까?

아가토스 그분은 신이시기 때문에. 그것이야말로 그분조차 모르는 유일한 사실이지.

오이노스 하지만 우리의 지식이 매 순간 자라난다면, 결국 모든 것을 알게 되지 않겠습니까?

아가토스 저 아래를 내려다보아라! 별들 사이를 움직이며 무수히 많은 별의 광경을 응시해보라. 이렇게, 이렇게 말이다! 영적인 시선조차 우주의 끝없는 금빛 벽에 막히지 않는가? 셀 수 없이 빛나는 많은 별들이 하나로 뒤섞여 만들어진 벽에!

오이노스 물질의 무한함이 꿈이 아님을 확실히 알겠습니다.

아가토스 아이덴(작가가 창조한 가상 공간. 천국 혹은 에덴 – 옮긴이)에는 꿈이란 없다. 이 무한한 물질의 유일한 목적은 지적 갈증을 가라앉혀 줄 마르지 않는 샘물을 만들어내는 것뿐이다. 하지만 갈증은 영원히 해소되지 못할 것이다. 만일 갈증이 해소되면 영혼이 소멸하겠지. 그러면 이제 내게 질문해보아라, 오이노스여. 자유롭게, 두려워하지 말고. 이리 오거라! 우렁차게 노래하는 플레이아데스성단(황소자리의 유명한 산개성단으로, 별들의 분포가 일정하지 않은 성단 – 옮긴이)을 왼쪽으로 지나쳐, 왕좌의 바깥으로 나와 오리온성운 너머 별들의 초원, 팬지와 오랑캐꽃이 가득하고 태양이 세 가지 색깔로 물들어 있는 그곳으로 가자.

오이노스 아가토스여, 나아가면서 가르쳐주십시오! 지상 사람들에게 익숙한 어조로 말씀해주십시오. 인간으로 살아가며, 우리가 창조라 부르는 것의 방법이나 형식에 대해 당신이 지금 암시한 내용을 이해하지 못하겠습니다. 창조자가 신이 아니란 말씀입니까?

아가토스 신은 창조하지 않는다고 말했을 뿐이다.

오이노스 설명해주십시오!

아가토스 신은 오로지 태초에만 창조했을 뿐이다. 지금 온 우주에서 끊임없이 일어나는 창조는 신의 창조력의 직접적이고 즉

각적인 결과물이 아닌, 중간적이거나 간접적인 산물에 불과하다는 것이다.

오이노스 그러한 생각은 사람들에게는 극도로 이단적인 사고라고 받아들여질 겁니다.

아가토스 천사들은 이러한 생각이야말로 진실이라고 생각하지.

오이노스 여기까지는 이해할 수 있습니다. 우리가 자연 또는 자연의 법칙이라고 부르는 작용이 특정 조건에서는 창조와도 같은 것을 일으킨다는 사실 말입니다. 또렷이 기억합니다만, 지구의 종말 직전, 상당히 성공적인 실험들이 있었습니다. 몇몇 철학자들이 극미 동물의 창조라고도 불렀지요.

아가토스 네가 말한 경우는 이차적인 창조다. 그리고 최초의 말로 최초의 법이 만들어진 이래, 창조가 일어난 유일한 경우지.

오이노스 아가토스여, 존재하지 않는 심연에서 매 순간 하늘로 퍼져나가는 별들의 세계 그리고 이 별들은 신께서 직접 만드신 작품이 아닙니까?

아가토스 오이노스여, 내가 말하려는 개념에 대해 차근차근 설명하도록 노력해보겠다. 너도 잘 알다시피 어떤 사고思考도 소멸될 수 없기에 모든 행위에는 무한한 결과가 따른다. 우리가 지구에 살았을 때를 예로 들어보자. 손을 움직이면 그 주위의 공기가 진동하고, 이러한 진동은 무한히 확장되어 지구 공기의 모든 입자에 자극을 준다. 그때부터 영원히 반복된다. 결국, 한 번의 손짓에서 비롯된 일이다. 이는 지구의 수학자들도 잘 아는 사실이다. 수학자들은 정확한 계산을 통해 액체에 특별한 자극을 주어 특별한 효과를 만들어냈다. 그리하여 그 효과가 특정한 정도의 자극을 주면 지구를 한 바퀴 도는 데 얼마나 걸리는지 정확한 주기를 파악하고, 지구를 둘러싼 대기의 원자에 영원히 영향을 줄 수 있는지 쉽게 계산할 수 있게 되었다. 그 반대로, 주어진 조건에서 일어난 효과로부터 최초 자극의 정도 역시 어렵지 않게 찾아낼 수 있게 되었지. 이제 수학자들은 자극의 결과는 절대적으로 끝이 없고, 그 결과의 일부는 대수학적 분석을 통해 정확히 추적할 수 있으며, 반대 경우도 마찬가지라는 사실을 알아냈다. 동시에 이런 종류의 분석 자체는 무한히 발전할 수 있으며, 진보와 적용 가능성에는 한계가 없다는 사실도 알아냈다. 그것을 발전시키거나 적용하는 사람의 지적 능력의 범위 내에서 말이지. 허나 수학자들은 바로 이 지점에서 멈추었다.

오이노스 어째서 수학자들이 더 나아가야 했습니까?

아가토스 저 너머에 대한 깊은 관심이 있기 때문이다. 무한한 이해력의 존재는, 대수학적 분석을 완벽히 풀어낼 수 있는 사람은 그들이 알고 있는 것을 통해 공기 중의 모든 자극, 하물며 공기 중의 에테르(전자기장의 매체로 여겨졌던 가상의 물질. 과거에는 우주에 에테르가 가득 차 있다고 생각함 – 옮긴이)에서조차 어렵지 않게 추적할 수 있다고 추론해낸다. 그 결론은 먼 훗날에서나 얻겠지만 말이다. 공기 중의 모든 자극이 결국 우주의 모든 개별적 존재들에 영향을 미친다는 사실은 입증할 수 있다. 무한한 이해력의 존재, 우리가 상상한 존재는 자극을 통해 멀리서 일어난 파동을 추적하고, 물질의 모든 입자에 미치는 영향과 과거의 형태에서 끝없이 변화하는 것, 즉 새로운 창조도 종횡으로 추적할 수 있다. 이 모든 것들이 마침내 영향력을 잃고 신의 왕관에 이르러 반사될 때까지 말이다. 이런 존재들은 이러한 일을 할 수 있을 뿐 아니라, 수많은 혜성 중 하나를 연구 대상으로 삼는 것처럼 어느 시대건 특정한 결과물만 제시되면 역행 분석법으로 원래의 자극을 알아낼 수 있다. 물론, 어떤 시대에서건 모든 결과를 통해 원인을 찾아내는 능력, 역행 분석 능력은 신만이 가진 특권이다. 하지만 절대적으로 완전하지 않아도 괜찮은 다양한 능력은 천사의 지력으로 실행된다.

오이노스 허나, 당신은 공기 중의 자극에 대해서만 말했습니다.

아가토스 공기에 대해 말할 때, 나는 지상에 대해서만 언급했다. 하지만 일반 명제는 에테르에 가해진 자극을 참조한다. 에테르는 모든 공간에 스며들어 있는 유일한 물질이기 때문이다. 따라서 창조의 위대한 매개물이 되는 것이다.

오이노스 그러면 본질이 어떠하든 움직임을 통해 창조되는 것입니까?

아가토스 그래야만 한다. 진정한 철학은 모든 움직임의 근원은 '생각'이라고 오랫동안 가르쳐왔다. 모든 생각의 근원은….

오이노스 신입니다.

아가토스 네게 말한 적 있지. 최근 죽은 아름다운 지구의 아이와 지구 대기에 가해진 자극에 대해서 말이다.

오이노스 네, 그렇습니다.

아가토스 그러면 내가 말하는 동안, 말이 물리적 힘을 가졌다는 생각이 떠오르지 않더냐? 모든 말은 공기를 자극하지 않느냐?

오이노스 아가토스여, 우십니까? 어째서? 하늘을 날며 보았던 것 중 가장 푸르면서도 끔찍한 이 아름다운 별 위를 맴도는 지금, 어째서 날개가 처지시는 것입니까? 아름다운 꽃들은 동화 같은 꿈처럼 보이지만, 사나운 화산은 정열적으로 고동치는 심장 같습니다.

아가토스 그렇다! 나는 3세기 전, 사랑하는 이의 발밑에 무릎 꿇고 손을 부여잡은 채 눈물을 흘리며 열정적인 문장으로 이 야생의 별, 이 별의 탄생을 말했다. 이 별의 아름다운 꽃들은 이루어지지 못한 소중한 꿈들이며, 성난 화산들은 난폭하고 부정한 열정이다.

최면의 계시

Edgar
A. Poe

최면의 계시

최면술의 근거를 둘러싼 의문이 여전히 있긴 하지만 최면술이 보여주는 놀라운 사실들은 이제 거의 보편적으로 인정받는 실정이다. 이를 의심하는 사람들은 순전히 직업상 비판을 일삼는 무익하고 형편없는 족속에 지나지 않는다. 지금 시점에서 다음 사실들을 증명해보겠다는 시도는 순전히 시간 낭비일 뿐이다.

즉, 인간이 의지만으로 상대방의 의식을 잃게 만들어 상대방을 죽은 것과 매우 흡사해 보이도록 또는 적어도 인식 가능한 정상적 상태보다 더 그럴듯하게 죽은 것처럼 보이는 비정상적 상태로 빠뜨릴 수 있다는 사실, 의식을 잃은 사람은 이런 상태에 빠져 있는 동안 외부 감각 기관을 거의 사용하지 못해 애를 써야 그나마 약하게 쓸 수 있는 정도고 대신에 매우 섬세한 인지력으로 미지의 경로를 통해 신체 기관의 범위를 넘어서는 물질을 인지한다는 사실, 게다가 의식을 잃은 사람의 지적 능력이 놀라우리만치 고양된다는 사실, 의식을 잃게 만든 사람과 의식을 잃은 사람 사이의 공감대가 매우 깊게 형성된다는 사실, 마지막으로 횟수를 거듭할수록 더 쉽게 의식을 잃게 되지만 의식을 잃음으로써 유발되는 특이 현상은 이와 비례하여 더욱 광범위하고 뚜렷해진다는 사실이 그것이다.

이것들은 대략적으로 말해본 최면술의 법칙이지만 굳이 시범을 보일 필요까지는 없을 것 같다. 오늘따라 쓸데없이 시범을 보이겠다며 독자들을 귀찮게 하지도 않을 것이다. 사실 지금 내 목적은 전혀 다른 곳에 있다. 최면에 걸린 사람과 나 사이에 오갔던 놀랍기 그지없는 대화 내용을 수많은 편견에 맞서 아무런 첨언도 보태지 않고 그대로 옮기고자 한다.

나는 오랫동안 문제의 인물, 밴커크 씨에게 최면 요법을 써왔기 때문에 대체로 밴커크 씨가 최면에 걸리기까지 그 과정은 빠르고 쉬웠으며 최면 상태에서 보이는 통찰력도 높았다. 수개월 동안 밴커크 씨는 만성 폐결핵을 앓아왔고 나는 최면 요법을 적용하여 심한 고통을 덜어주었다. 그달 15일 수요일 밤에도 나는 밴커크 씨 침대 곁으로 불려갔다.

밴커크 씨는 심장 부위에 극심한 통증을 느꼈고 숨쉬기 매우 힘들어했다. 이는 모두 천식의 일반적인 증상이었다. 이런 발작을 일으킬 때 보통은 신경 중추에 겨자를 발라주면 완화되었지만 오늘 밤엔 이 방법도 듣지 않았다.

방에 들어서자 환자는 나를 환한 미소로 반겨주었고 몸이 무척 아팠을 텐데도 정신적으로는 매우 편안해 보였다.

밴커크 씨가 말했다.

"오늘 밤엔 내 육신의 병을 치료하기 위해서라기보다 최근에 나를 매우 두렵고 놀라게 만든 어떤 정신적 느낌에 관해 답을 얻고 싶어 불렀습니다. 내가 여태껏 영혼의 불멸이란 주제에 대해 얼마나 회의적이었는지는 말하지 않아도 알 겁니다. 또 한편으로 내가 부정해온 바로 그 영혼 속에 영혼이 정말 존재할 수도 있다는 어렴풋한 감정이 늘 있었다는 사실도 부인할 수는 없습니다. 이 어렴풋한 감정은 결코 확신에 이르지 못했지요. 감정과 이성은 별개였으니까요. 실제로 논리적으로 탐구해보려고 온갖 시도를 해보았지만 예전보다 더 깊은 회의에 빠져들고 말았습니다.

누가 쿠쟁(프랑스의 철학자 겸 정치가. 철학과 종교의 조화를 설명함 – 옮긴이)에 대해 연구해보라고 조언해주기에 쿠쟁이 쓴 책은 물론이고 유럽과 미국에 있는 쿠쟁의 추종자들이 쓴 작품까지도 모두 읽었지요. 브라운슨 씨의 《찰스 엘우드》도 구해서 읽었습니다. 온 정신을 집중해서 읽었고, 읽는 내내 논리적이라고 생각했습니다. 하지만 단순히 논리적으로만 그치지 않는 부분에서 주인공이 냉소에 차서 불쾌하게 언쟁을 시작합니다. 언쟁 내용을 요약해보면 주인공은 확신을 갖는 데 성공하지 못한 것이 분명해 보였소. 트링큘로(셰익스피어의 희곡 〈템페스트〉에 등장하는 광대 – 옮긴이)의 정부政府처럼 주인공은 결론에서 맨 처음 주장을 까맣게 잊어버렸더란 말이지요.

간단히 말해 만약 인간이 이론상 자신의 불멸을 믿는다면 영국과 프랑스, 독일의 윤리학자들 사이에 한동안 유행했던 그 단순한 관념들은 절대 믿을 수 없으리란 사실을 나는 금방 알아챘습니다. 관념은 정신을 즐겁게 하고 단련시킬지는 몰라도 제어할 수는 없습니다. 여기 세상에서, 적어도 철학에서는 언제나 특성을 사물로 여기도록 요구하지 않을 거라는 확신이 듭니다. 의지로는 영혼을 믿을 수 있어도 지성으로는 결코 그럴 수 없을 테니까요.

다시 말하는데 나는 어렴풋이 느끼기만 할 뿐 이론상으로는 절대 믿지 않습니다. 헌데 최근 들어 느낌이 좀 깊어진다 싶더니 급기야 논리가 그 느낌을 거의 묵인하기에 이르러 둘 사이를 구별하기 힘들게 되었지요. 그러니 최면술의 힘을 빌리면 분명히 이 현상도 밝혀낼 수 있을 겁니다. 비정상적 상태에서는 납득이 가지만 최면 효과를 통하지 않고는 정상적 상태로까지 이어지지 않는 일련의 추론을 이해하려면, 최면이 일으키는 정신적 고양 상태의 힘을 빌려야 한다는 가설이 내 의도를 가장 잘 설명해줄 수 있을 겁니다. 최면 속에서는 추론과 그에 따른 결론, 즉 원인과 결과가 함께 있지요. 하지만 자연 상태에서는 원인은 사라지고 결과만, 그것도 부분적으로만 남게 됩니다.

이렇게 생각하다 보니 만일 내가 최면에 걸린 동안 정확하게 방향이 잡힌 질문들을 받게 된다면 좋은 결과를 끌어낼 수도 있겠다는 생각에 이르렀습니다. 당신은 최면에 걸린 사람이 드러내는 심오한 자기 인식을 자주 관찰해보았겠지요. 최면 상태로 이어주는 모든 지시를 따르며 최면에 걸린 사람이 표현하는 폭넓은 지식 말이오. 그리고 이런 자기 인식으로부터 적절한 질문에 대한 암시를 추론해내는 겁니다."

물론 나는 이 실험에 동의했다. 손을 몇 차례 움직여 밴커크 씨에게 최면을 걸었다. 호흡이 그 즉시 편안해졌고 이제 밴커크 씨는 어떤 신체적 답답함도 느끼지 않는 듯 보였다. 그리고 나서 아래의 대화가 이어졌다. 대화에서 환자는 V로, 최면술을 건 나는 P로 표시하겠다.

P 잠이 드셨습니까?

V 네, 아니 더 깊게 자고 싶습니다.

P (몇 번 더 손을 움직인 뒤에) 이제 잠이 들었나요?

V 네.

P 지금 앓는 병은 어떻게 될 것 같습니까?

V (한참 머뭇거리고 나서 힘겨운 듯 말했다) 죽을 겁니다.

P 죽는다고 생각하면 괴로운가요?

V (곧바로) 아니, 아니오!

P 죽는 것에 만족합니까?

V 깨어 있다면 죽고 싶겠지만 지금은 상관없습니다. 최면 상태도 내게는 죽은 거나 마찬가지로 느껴지니까요.

P 자신에 대해 설명해주세요, 밴커크 씨.

V 그러고 싶지만 그건 생각보다 더 힘들군요. 당신이 질문을 제대로 던지고 있지 않아서 그런 겁니다.

P 그럼, 뭘 물어야 하지요?

V 처음부터 시작하세요.

P 처음이라! 그런데 처음이 어디입니까?

V 알다시피 처음은 하느님입니다(밴커크 씨는 지극한 존경을 담아 낮고 떨리는 어조로 말했다).

P 그렇다면 하느님은 무엇인가요?

V (몇 분 동안 망설였다) 말할 수 없습니다.

P 하느님은 영혼 아닐까요?

V 내가 깨어 있는 상태라면 '영혼'이 무슨 뜻인지 알았겠지만 지금은 그저 진실, 아름다움 같은 특성을 나타내는 단어로만 보이는군요.

P 하느님은 비물질적이지 않습니까?

V 비물질적인 것은 없습니다. 단어일 뿐이죠. 만약 특성이 사물이 아니라면 물질이 아닌 것은 존재하지 않습니다.

P 그럼 하느님이 물질이란 건가요?

V 아니오(이 대답에 나는 어리둥절했다).

P 아니면 무엇이죠?

V (한참 뜸을 들인 뒤 중얼거리며) 알고는 있지만 설명하기 어려운 문제요(여기까지 말한 뒤 한참 조용했다). 하느님은 존재하니 영혼이 아닙니다. 당신도 알다시피 물질도 아니지요. 하지만 물질에는 인간이 모르는 단계적 변화가 있습니다. 부피가 큰 것이 미세한 것을 자극하고 미세한 것은 부피가 큰 것에 스며듭니다. 예를 들어 대기가 전원電源을 자극하고 전원은 대기 중에 퍼져 있는 것처럼 말이죠. 물질의 이런 단계적 변화는 입자가 없어 더 이상 나눌 수 없는 비입자 물질에 도달해서, 자극과 침투의 법칙을 수정해야 하는 상황이 올 때까지 드물거나 섬세하게 증가합니다. 궁극적 물질 또는 비입자 물질은 모든 사물에 스며들 뿐 아니라 모든 사물을 자극해요. 따라서 모든 사물이 비입자 물질 안에 있게 되지요. 이 물질이 하느님입니다. 사람들이 '생각'이라는 단어로 구체화하려는 것은 이 물질이 움직이고 있는 상태입니다.

P 형이상학자들은 모든 행동은 움직임과 생각으로 환원될 수 있고 생각이 움직임의 근원이라고 주장합니다.

V 맞습니다. 그런데 이제 보니 그 의견에는 헷갈리는 구석이 있군요. 움직임은 생각이 아니라 정신의 작용입니다. 정지 상태인 비입자 물질 또는 하느님은(가장 비슷하게 상상해본다면) 사람들이 정신이라 부르는 것이지요. 인간의 의지력에도 똑같이 영향을 미치는 자가 운동력은 비입자 물질이 통합되어 사방에 널리 퍼져서 생긴 결과입니다. 나는 어떻게 그리 되는지 모르고 앞으로도 결코 알아내지 못할 겁니다. 하지만 비입자 물질이 내부에 존재하는 법칙이나 특성에 따라 움직이면 그것이 바로 생각입니다.

P 비입자 물질이 무엇인지 정확히 말해줄 수는 없습니까?

V 사람이 인식하는 물질은 점차 느낌을 벗어나게 되죠. 예를 들어 금속, 나무 조각, 물방울, 대기, 가스, 열, 전기, 발광 에테르가 있다고 칩시다. 우리는 현재 이런 것들을 모두 물질이라고 부르며 하나의 일반 정의 안에 포함시켰습니다. 이런 사실에도 불구하고 금속에 부여하는 정의와 발광 에테르에 부여하는 정의가 근본적으로 별개라는 것에는 이견이 있을 수 없어요. 발광 에테르는 영혼이나 무無와 같은 부류에 넣고 싶은, 거부하기 힘든 기분이 듭니다. 이때 우리를 저지하는 유일한 생각이 원자 구조에 대한 개념이지요. 여기에서도 우리는 원자가 끝없는 섬세함과 견고함, 명백함, 무게를 지닌 것이라는 인식의 도움을 받아야만 합니다. 원자 구조에 대한 개념을 없애면 우리는 에테르를 본질로 또는 적어도 물질로 여길 수 없을 겁니다. 적

당한 단어가 없으니 영혼이라고 해두죠.

자, 이제 발광 에테르에서 한 걸음 더 나아가 에테르가 금속보다 더 드문 것처럼 에테르보다 훨씬 더 드문 물질을 상상해 봅시다. 그러면 우리는 곧, 모든 학파의 신조에도 불구하고 독특한 덩어리인 비입자 물질에 이르게 됩니다. 원자 자체가 무한하게 작다는 것을 인정해도 그렇게 작은 원자들 사이의 공간에 작은 것이 또 무한하게 들어차 있다는 것은 말이 안 되기 때문입니다. 원자 수가 충분히 많은 경우 원자들 사이의 공간이 없어지고 완전한 덩어리로 결합되도록 일정 수준의 예외적 변화가 일어나는 지점이 있을 겁니다. 하지만 원자 구조에 대한 생각을 접고 보면 덩어리의 본질은 어쩔 수 없이 우리가 영혼이라고 여기는 것으로 슬며시 바뀌게 됩니다. 이전과 마찬가지로 완전한 물질이 분명한데도 말이죠. 사실, 존재하지 않는 것을 상상할 수 없으니 영혼도 상상을 할 수 없는 겁니다. 우리는 영혼이라는 개념을 만든 것에 우쭐해서 한없이 희박해진 물질을 생각해내어 자신의 인식을 기만했을 뿐입니다.

P 완전한 결합이라는 생각에 관해서 확실한 반대 의견이 있습니다. 우주에서 공전하는 천체들의 저항력은 매우 약해요. 실제로 현재 저항력이 어느 정도 존재한다고 밝혀지긴 했지만 뉴턴의 지혜로도 알아챌 수 없을 정도로 약하죠. 천체들의 저항력은 주로 밀도에 비례한다고 알려져 있으니 완전한 결합은 완전한 밀도를 의미하겠죠. 빈틈이 전혀 없는 곳에는 유연함이 있을 수 없어요. 완전한 밀도를 가진 에테르는 철이나 아주 견고한 물질로 이루어진 에테르보다 별의 진행을 훨씬 더 강력하

게 멈출 겁니다.

V 당신의 반대 의견에 명확히 반박하기는 어렵겠지만 쉽게 답해드리지요. 별의 진행과 관련해서 별이 에테르를 뚫고 지나가든 에테르가 별을 뚫고 지나가든 아무런 차이가 없습니다.

　에테르를 통과해 지나가느라 별의 진행이 늦어진다는 견해는 이해할 수 없는 천문학적 오류입니다. 아무리 희박해 보여도 에테르가 모든 별의 공전을 멈추는 시간은, 이해할 수 없는 문제를 대충 넘기려는 천문학자들이 인정한 것보다 훨씬 더 짧은 기간에 불과하기 때문입니다. 반면에 실제로 별의 진행이 지연되는 이유는 궤도를 통과할 때 에테르가 마찰을 일으키기 때문입니다. 어떤 경우에는 지연시키는 힘이 그 자체 내에서 일시적으로 끝나지만 또 다른 경우에는 끝없이 축적되기도 합니다.

P 하지만 하느님을 물질과 동일시하는 이 모든 생각이 불경하지 않습니까?(내가 같은 질문을 반복하고 나서야 밴커크 씨는 내가 한 말뜻을 완전히 이해할 수 있었다)

V 물질이 왜 정신보다 덜 숭배받아야 하는지 말할 수 있습니까? 잊어버렸나 본데 내가 말하는 물질은 모든 면에서 학파들이 주장하는 '정신' 또는 '영혼'처럼 뛰어난 능력을 가지고 있고 동시에 이 학파들이 말하는 '물질'과도 같아요. 하느님의 모든 권능은 영혼이기 때문에 나오는 것이라고 여기지만 하느님도 완벽한 물질일 뿐입니다.

P 그렇다면 움직이는 비입자 물질이 생각이라고 주장하는 겁니까?

V 대체로 이 움직임은 보편적 정신의 보편적 생각이지요. 이

생각이 창조를 이루어냅니다. 창조된 모든 사물은 단지 하느님의 생각인 거지요.

P '대체로'라고요.

V 네, 보편적 정신이 하느님입니다. 물질이 필요한 것은 새로운 개체를 위해서죠.

P 하지만 지금 말씀하신 '정신'과 '물질'은 형이상학자의 의견과 같군요.

V 혼동을 주지 않으려고 그런 겁니다. 내가 말하는 '정신'은 비입자 또는 궁극적 물질을 의미하고, '물질'은 그 외에 다른 모든 것을 가리키지요.

P '새로운 개체를 위해 물질이 필요하다'는 말씀이군요.

V 그렇습니다. 유형으로 존재하는 정신이 바로 하느님이기 때문입니다. 생각하는 존재인 개체를 창조해내기 위해 신성한 정신에 해당하는 부분에 육체를 부여해야 했습니다. 그렇게 해서 인간이 개성을 갖게 된 거죠. 공동으로 부여받은 육체를 벗어버리면 인간은 하느님이 됩니다. 육체를 부여받은 비입자 물질의 독특한 움직임이 곧 인간의 생각입니다. 전체의 움직임이 하느님의 생각인 것과 마찬가지죠.

P 육체를 벗어버리면 인간은 하느님이 된다는 건가요?

V (많이 망설인 끝에) 그렇게 말할 수는 없습니다. 모순이니까요.

P (내가 필기한 내용을 참고하며) '공동으로 부여받은 육체를 벗어버리면 인간은 하느님이 된다'고 하셨습니다.

V 그건 맞습니다. 그렇게 육체를 벗어버린 인간은 하느님일 거고 개성을 잃게 되겠지요. 하지만 인간은 그렇게 될 수도 없고,

그렇게 되지도 않을 겁니다. 그렇지 않으면 하느님이 행하신 일이 하느님 자신에게로 되돌아가게 된다고 상상할 수밖에 없고, 그것은 헛되고 무의미한 행동이 될 테니까요. 인간은 피조물이고 피조물은 하느님의 생각입니다. 생각이란 돌이킬 수 없는 것입니다.

P 이해가 안 가는군요. 인간은 육체를 결코 벗어버릴 수 없을 거란 말입니까?

V 인간은 절대로 육체 없이 존재하지 못할 거란 뜻입니다.

P 설명해보세요.

V 애벌레와 나비처럼 미발달된 육체와 완벽한 육체가 있다고 칩시다. 우리가 '죽음'이라고 부르는 것은 고통스런 변형 과정일 뿐입니다. 우리가 현재 지닌 육체는 예비 단계에서 일시적으로 진행되는 중입니다. 그래서 미래에 이르면 궁극의 상태로 완성되어 죽지 않게 되지요. 궁극의 삶은 완벽한 계획이거든요.

P 하지만 우리는 애벌레의 변형에 대해 잘 압니다.

V 물론 우리야 그렇지만 애벌레는 그렇지 않습니다. 우리의 미발달된 육체를 구성하는 물질을 보여주는 곳이 신체 기관들이지요. 아니 좀 더 분명히 말하면 미발달된 기관들은 미발달된 육체를 이루는 물질에 적합하지, 궁극의 상태로 완성된 육체에는 적합하지 않습니다. 따라서 미발달된 감각으로는 완성된 육체를 인식할 수 없고 내부 형태로부터 썩어서 떨어지는 껍질만 인식하는 거예요. 그 내부 형태 자체가 썩는 건 아닙니다. 하지만 궁극의 삶을 이미 얻은 자들은 껍질뿐 아니라 내부 형태도 쉽게 알아볼 수 있지요.

P 최면에 걸린 상태가 죽음과 매우 흡사하다고 말씀하시곤 했죠. 왜 그렇습니까?

V 죽음과 흡사하다는 것은 궁극의 삶과 비슷하다는 뜻입니다. 최면 상태에서는 미발달된 삶의 감각들이 작용을 멈추기 때문에 나는 신체 기관을 이용하지 않고도 궁극의 무기적 삶에서 사용하는 수단을 통해 외부 사물들을 직접 감지하는 거죠.

P 무기적이요?

V 그렇습니다. 신체 기관들은 다른 종류와 형태를 제외하고 물질의 특정한 종류와 형태만을 합리적으로 관련지어주는 장치입니다. 인간의 신체 기관들은 미발달된 상태에만 적합하지요. 궁극의 무기적 상태에서 인간은 한 가지를 제외한 모든 면에서 무한한 통찰을 할 수 있습니다. 그 한 가지는 하느님이 지닌 의지력의 특성, 즉 비입자 물질의 움직임입니다. 뇌에 빗대어 상상해보면 완성된 육체가 무엇인지 확실히 알 수 있을 겁니다. 뇌가 완성된 육체는 아니지만 뇌의 특성이 보여주는 개념은 완성된 육체를 이해하는 데 도움이 될 겁니다. 빛나는 몸체가 발광 에테르에 진동을 전합니다. 진동이 망막 내에 비슷한 진동을 일으키고 망막은 이 진동을 다시 시신경으로 전달합니다. 그 진동이 신경을 타고 뇌로 전달되면 뇌도 진동을 뇌에 스며 있는 비입자 물질에 전달하죠. 비입자 물질이 움직여 생각을 하게 되고 그제야 맨 처음 진동을 인식하는 겁니다. 이것이 미발달된 삶에서 정신이 외부 세계와 교감하는 방식입니다.

　미발달된 삶에서 이 외부 세계는 신체 기관의 특성을 통해 제한되지요. 하지만 궁극의 무기적 삶에서는(이미 말했듯 뇌와 유사한 물질로 이루어진) 몸 전체로 외부 세계를 감지합니다. 이 때 개입하는 것이라고는 발광 에테르보다 훨씬 더 희박한 에테르뿐입니다. 이 에테르와 조화를 이루어 몸 전체가 그 안에 스민 비입자 물질을 움직여 진동하는 거죠. 따라서 궁극의 삶이 지닌 무한에 가까운 인식 능력은 개별 신체 기관이 없기 때문이라고 여길 수밖에 없습니다. 미발달된 존재에게 신체 기관은 완전히 발달될 때까지 갇혀 있어야 하는 우리인 셈이에요.

P 미발달된 '존재'라…. 사고력을 지닌 미발달된 존재로 인간 말고 다른 것이 또 있습니까?

V 희박한 물질이 무수한 집합을 이루어 성운과 행성, 태양, 다른 천체 속에 들어 있지만 그것들 자체가 성운이나 태양, 행성인 것은 아닙니다. 미발달된 존재가 무한해지도록 신체 기관의 특성에 영양분을 공급해주는 것이 그 집합이 존재하는 유일한 목적입니다. 궁극의 삶에 이르기 전 미발달된 삶에 필요하지 않았다면 그와 같은 천체들도 없었겠죠. 천체들에는 미발달되고 사고 능력을 지닌 유기체들이 다양하게 거주하지요.

기관들은 거주 장소의 특성에 따라 다양합니다. 죽거나 변형이 일어날 때 궁극의 삶인 불멸을 누리고 비입자 물질의 움직임을 제외한 모든 비밀을 아는 이 피조물들은 의지력만으로 무엇이든 하고 어느 곳이든 지날 수 있어요. 그 집합은 우리가 뚜렷이 볼 수 있는 별들에 거주하는 것이 아니라 우리가 창조되었다고 무작정 믿는 우주에 거주합니다. 하지만 우주 자체는 사실 물질적으로 끝없이 광대해서 별의 그림자를 삼키고 빛을 가려 천사들이 감지하지 못할 정도로 별의 존재를 보잘것없이 만들어버립니다.

P '미발달된 삶에 필요하지 않았다면' 별도 없었을 거란 말씀이군요. 하지만 왜 필요한 겁니까?

V 대체로 무기적 물질뿐 아니라 무기적 삶에는 신성한 의지라는 단순하고 독특한 법칙의 작용을 저해하는 것이 아무것도 없어요. 그래서 그 작용을 방해할 목적으로, 복잡하고 물질적이며 법으로 압박당하는 유기적 삶과 물질이 생겨난 겁니다.

P 여전히 이해가 안 갑니다. 왜 그렇게 방해를 하는 거죠?

V 침해당하지 않은 법의 결과가 완전하고 정당하며 소극적 행복을 주는 것에 반해 침해당한 법의 결과는 불완전하고 부당하며 적극적 고통을 줍니다. 유기적 삶과 물질의 법을 그 수와 복잡함, 본질을 이용해 방해하면 법의 침해는 어느 정도 실용적이 되지요. 따라서 무기적 삶에서는 불가능한 고통이 유기적 삶에서는 가능해지는 겁니다.

P 고통이 있어서 좋을 게 뭐죠?

V 모든 것은 상대적으로 좋거나 나쁘기 마련이지요. 충분히 분석해보면 어떤 경우든 즐거움은 고통의 반대일 뿐이라는 것을 알게 됩니다. 완벽한 즐거움은 단순히 이상에 지나지 않아요. 어느 한 부분에서 행복하려면 그만큼 고통을 겪어야 하죠. 고통을 조금도 겪지 않고 축복을 바랄 수는 없습니다. 하지만 무기적 삶에서는 유기적 삶에서만큼 고통이 필요하지 않은 것으로 증명되었습니다. 지구에서 원시적으로 사는 고통은 천국에서 행복을 누리기 위한 유일한 조건입니다.

P 하신 말씀 중에 '물질적으로 끝없이 광대하다'는 부분이 전혀

이해가 가지 않는군요.

V 그건 아마 당신이 '물질'이라는 용어 자체의 포괄적 개념을 충분히 알지 못하기 때문인 것 같소. 성질이 아니라 감정이라고 보아야 합니다. 사고 능력을 지닌 존재들은 자신의 조직으로 물질을 받아들여 인식합니다. 지구 상에 있는 많은 사물이 금성에 사는 이들에겐 아무 쓸모도 없을 거예요. 금성에서 보고 만질 수 있는 많은 것들이 우리에겐 존재조차 알려지지 않았을 수도 있지요. 하지만 무기적 존재, 즉 천사들에게 모든 비입자 물질은 물질입니다. 그러니까 '우주'라고 부르는 것 전체가 참된 물질인 겁니다. 그러는 사이 비입자 물질이 우리가 무형물로 여기는 것을 통해 유기적 물질에서 벗어나는 것과 정확히 비례하여 별들은 우리가 유형물로 여기는 것을 통해 천사의 주목을 피하지요.

밴커크 씨가 힘없는 어조로 이 마지막 말을 했을 때 나는 그의 표정이 이상해지는 것을 보고 적잖이 놀라 얼른 깨워야겠다고 생각했다. 최면에서 깨자마자 밴커크 씨는 얼굴 전체가 빛나도록 밝게 미소를 머금은 채 베개로 쓰러져 숨을 거두었다. 나는 1분도 안 되어 시신이 돌처럼 딱딱하게 굳어버린 것을 알았다. 눈썹도 얼음처럼 싸늘했다. 평상시 같으면 아즈라엘(임종할 때 영혼을 육체에서 분리시키는 천사 – 옮긴이)의 손길이 한참 누르고 난 뒤에야 나타났을 현상이었다. 그렇다면 이야기 후반부에서 밴커크 씨는 정말로 유령이 되어 말하고 있었던 것일까?

폰 켐펠렌과 그의 발견

폰 켐펠렌과 그의 발견

　모리 경위가 발표한 세부 성명은 〈실리만의 잡지〉에 요약본이 실린 것은 물론이고 아라고가 매우 정확하고 상세한 논문으로 발표한 터라, 폰 켐펠렌의 발견에 관한 짧은 언급에서까지 그 주제를 과학적 관점으로 살펴보지는 않을 것이다. 먼저 간단히 폰 켐펠렌이라는 사람에 대해 설명하겠다. 나는 영광스럽게도 몇 년 전에 폰 켐펠렌을 개인적으로 알게 되었다. 지금은 폰 켐펠렌에 관한 것이라면 무엇이든 흥미로울 테니까 말이다. 그런 다음 추측에 근거하여 폰 켐펠렌의 발견이 초래한 결과를 살펴보겠다.

　내가 제시하는 대략적 관찰이(이런 경우, 늘 그렇듯 신문을 읽어서 얻는) 일반적인 생각과는 확실히 아무 관계가 없다는 것을 전제로 해야 할 것이다. 의문의 여지 없이 놀라운 이 발견에 예상하지 못한 부분도 있었다는 말이다.

　《험프리 데이비 경의 일기》(코틀 앤 먼로 출판사, 런던, 150쪽) 중 53쪽에서 82쪽을 읽어보자. 이 저명한 화학자가 지금 논의되는 생각을 떠올렸을 뿐 아니라 실제 실험으로 연구에서 상당한 진전을 이루었다고 나와 있다. 이제 폰 켐펠렌이 당당히 그와 똑같은 연구의 결말을 지은 것이었다. 폰 켐펠렌이 전혀 내비친 적은 없지만《험프리 데이비 경의 일기》에서 적어도 연구의 초기 발상을 얻은 것이 확실하다. 나는 이 사실을 이야기하는데 아무런 거리낌이 없으며 필요하다면 증거를 댈 수도 있다.

메인 주 브런즈윅 출신인 키삼 씨가 발명했다고 주장하며, 현재 언론에 널리 퍼진 〈커리어 앤 인콰이어러〉 신문에 실린 글은 내가 볼 때 여러 면에서 약간 출처가 불분명하다. 그렇다고 내용에 불가능해 보이거나 그럴듯하지 않은 부분이 있다는 말은 아니다. 자세하게 짚어보지는 않겠다. 그 글에 대한 내 의견은 주로 글을 쓴 방식에 근거한다. 작성 방식이 진실하지 않은 것 같다. 대개 사실을 말하는 사람들은 키삼 씨처럼 요일과 날짜, 정확한 장소를 두고 까다롭게 굴지 않기 때문이다. 게다가 만약 키삼 씨가 본인이 했다고 주장하는 발명을 지정된 시기에, 즉 8년쯤 전에 실제로 해낸 것이 맞는다면 그 시골뜨기에 불과한 자가 전 세계는 아니더라도 자신에게 막대한 이윤이 생길 것을 알았을 텐데 어째서 즉시 아무런 조치도 취하지 않았던 걸까? 상식적으로 누군가가 키삼 씨가 했다는 발명을 이루고도 이후에 키삼 씨 본인도 인정하듯 아기처럼, 부엉이처럼 손 놓고 있었다는 사실은 믿기 힘들다.

그건 그렇고 키삼 씨는 누구인가? 〈커리어 앤 인콰이어러〉에 실린 글 전체가 '이야깃거리'를 만들어내기 위한 조작은 아닐까? 기막힌 속임수라는 느낌이 들었다고 인정할 수밖에 없다. 내 개인적인 견해로는 그 신문에 실린 글에서 믿을 만한 구석이라고는 조금도 없다. 만일 내가 과학자들이 일반 연구 영역에서 나온 주장에 얼마나 쉽게 현혹당하는지 겪어보지 않아 잘 몰랐다면, 드레이퍼 교수처럼 명망 높은 화학자가 키삼인가 퀴젬인가 하는 작자가 발명한 척하는 것을 놓고 진지하게 논의 중이라는 사실에 매우 놀랐을 것이다.

어쨌든 《험프리 데이비 경의 일기》로 돌아가 보자. 이 소책자는 대중에게 공개할 목적이 아니었다. 심지어 작가가 죽었을 때, 작가를 잘 아는 지인조차 책에 쓰인 문체를 잠시 살펴보는 선에서 만족해야 할 정도였다. 예를 들어 13쪽 중간쯤에 질소의 초급 산화물에 대한 연구에 대해 이렇게 나와 있다.

'30초 이내에 계속되던 호흡이 점차 줄어들면 이어서 모든 근육에 약한 압박 비슷한 것이 느껴질 수도 있다.' 호흡이 '줄어들지' 않았다는 것은 뒤에 오는 문맥뿐 아니라 '느껴질 수도 있다'고 가정한 것을 보아서도 확실하다. 문장은 틀림없이 이런 의미였을 것이다. '30초 이내에 계속되는 듯 보이던 호흡이 점차 줄어들면 이어서 모든 근육에 약한 압박 비슷한 감각이 느껴질 수도 있다.' 이와 유사한 수많은 예시를 보면 원고가 매우 성급하게 출판되었으며 작가 자신만 알아볼 수 있도록 대충 적어놓은 공책에 지나지 않았다는 사실을 알 수 있다.

생각이 있는 사람이라면 누구나 책을 자세히 검토해보고 대부분 내 의견을 받아들일 것이다. 사실 험프리 데이비 경은 과학적 주제에 대한 자신의 견해를 밝힐 법한 사람이 아니었다. 험프리 데이비 경은 엉터리 수법을 무척 싫어했을 뿐 아니라 추측에 근거했다고 보이는 것을 병적으로 두려워했다. 따라서 아무리 지금 논의되는 문제에 대해 올바른 방향으로 나아가고 있다는 확신이 들었더라도, 실제로 시범을 보일 모든 준비가 끝날 때까지 결코 소리 내어 떠벌리지 않았을 것이다. 험프리 데이비 경이 미숙한 추측들로 가득 찬 이 '일기'를 태우라는 자신의 소원이 이루어지지 않을 수도 있다고 의심했다면 이 화학자는 정말이지 불행하게 숨을 거두었을 것 같다. 실제로 데이비 경의 소원은 이루어지지 않은 듯 보인다. '그의 소원'으로 태우라고 지시한 잡다한 서류 중에는 이 공책도 포함되어 있었기 때문이다. 이 점은 의심의 여지가 없다.

불길을 피해간 것이 다행인지 불행인지는 아직 모르겠다. 폰 켐펠렌이 위에 인용된 문구들과 그 밖에 비슷한 관련 문구들에서 정보를 얻었다는 사실을 나는 조금도 의심하지 않는다. 어떤 상황에서든 중대한 이 발견 자체가 전체적으로 인류에게 도움이 될지 해가 될지는 아직 밝혀지지 않았다는 점을 다시 말해두겠다. 당분간 폰 켐펠렌과 아주 가까운 친구들이 큰 이윤을 얻게 될 것은 불을 보듯 뻔한 일이다. 이 사람들은 이 사실을 '알아채지' 못할 정도로 어리석지 않으므로 일찌감치 집과 땅, 내재 가치를 지닌 다른 재산을 대거 사들일 것이다.

〈가정 잡지〉에 실렸다가 이후에 복사본이 널리 퍼진 폰 켐펠렌에 관한 짧은 기사에는 번역가의 실수가 엿보인다. 즉, 독일 태생이라는 점을 두고 몇 가지 오해가 있는 듯하다. 번역가는 프레스부르크 〈슈넬포스트〉 최근 호에 실린 구절을 옮겼다고 주장한다. 흔히 있는 일로, 독일어로 'viele'라는 단어를 잘못

해석한 것이 분명하다. 원본에서 '고난'이라는 의미인 'lieden'을 '슬픔'으로 번역해놓았다면 글 전체 분위기는 완전히 달라질 것이다. 물론 이런 생각은 대부분 나 혼자만의 추측일 뿐이다.

폰 켐펠렌은 실제로는 어떨지 몰라도 겉으로 보기에는 절대로 인간을 혐오하는 사람이 아니다. 내가 폰 켐펠렌를 알게 된 것은 전적으로 우연이었다. 이 사람을 안다고 말해도 될지는 모르겠지만 엄청나게 악명 높은, 혹은 며칠 후 그렇게 될 사람을 만나 이야기를 나눈 것은 시간이 흐르고 보니 사소한 일은 아닌 듯싶다.

〈문학 세계〉는 폰 켐펠렌이 프레스부르크 출신이라고 당당히 말하였다. 이는 아마도 〈가정 잡지〉에 실린 잘못된 기사에서 비롯된 것 같다. 기쁘게도 폰 켐펠렌의 입으로 직접 들어 분명히 말하는데 부모님은 모두 프레스부르크 태생이지만, 폰 켐펠렌은 뉴욕 주 유티카에서 태어났다. 집안사람 중에는 자동 체스 게임기에 쓰이는 메모리를 개발한 멜첼(메트로놈 발명가 – 옮긴이)이 있다. 폰 켐펠렌은 작은 키에 다부진 체구를 가졌으며, 크고 두툼한 파란 눈에 엷은 갈색 머리와 구레나룻, 크지만 매력적인 입과 고른 치아, 오뚝한 콧날을 지녔다. 한쪽 발에 무언가 결함이 있다. 의사 표현은 솔직하고 태도는 대체로 친절하고 상냥하다.

외모와 말, 행동을 종합해보면 내가 이제까지 보았던 사람 중에 '인간을 혐오하는 사람'의 유형과 가장 거리가 멀다. 우리는 6년쯤 전에 로드아일랜드 주 프로비던스에 있는 얼스 호텔에 일주일 동안 함께 묵었다. 그러면서 여러 번 폰 켐펠렌과 이야기를 나누었고, 이야기를 나눈 시간은 다 합쳐서 서너 시간 정도 되는 것 같다. 폰 켐펠렌이 주로 한 이야기는 그날의 화젯거리였고 내가 자신의 과학적 성취를 눈치챌 수 있을 만한 말은 아무것도 하지 않았다. 폰 켐펠렌은 뉴욕을 들러 브레멘으로 갈 거라며 나보다 먼저 호텔을 떠났다. 폰 켐펠렌이 한 위대한 발견이 일반에게 알려진 곳이 바로 브레멘이었다. 아니, 오히려 폰 켐펠렌이 발견했다는 사실을 처음으로 의심받은 곳이었다고 해야 맞는 것인지도 모르겠다. 이게 이제 불멸의 존재가 된 폰 켐펠렌에 대해 내가 개인적으로 알고 있는 전부다. 이처럼 얼마 안 되는 세부 사항들마저도 대중의 관심을 끌 것으로 생각했다.

이 일에 관해 떠도는 신기한 소문들이 대부분 알라딘의 램프 이야기처럼 완전히 지어낸 이야기라는 점에는 별로 의문이 들지 않는다. 그렇긴 해도 캘리포니아에서 있었던 발견과 마찬가지로 이런 종류의 일에는 허구보다 진실이 확실히 더 기이하다. 적어도 다음 이야기는 사실임이 증명되었으므로 무조건 믿어도 된다.

폰 켐펠렌이 브레멘에서 살 때, 매우 가난해서 적은 돈이라도 벌려고 온갖 수단을 동원하곤 했다는 사실은 익히 알려졌다. 구츠무트 사의 위조 사건으로 굉장한 파문이 일었을 때 의심의 눈길은 폰 켐펠렌에게로 향했다. 그 친구가 가스페리치 거리에 있는 엄청난 땅을 사들였기 때문이다. 폰 켐펠렌은 심문까지 받았으나 돈이 어디서 났는지 말하라는 질문에 답변을 거부했다. 결국 체포되었지만 범행을 저질렀다는 확실한 증거가 나오지 않아 다시 자유로운 몸이 되었다. 그런데도 경찰은 계속해서 폰 켐펠렌의 동태를 엄격하게 살폈고, 용의자가 자주 집에서 나가 같은 길로 들어선다는 것을 알았다. 경찰은 '돈 데르가트'라는 가짜 이름으로 알려진 좁고 구불구불한 미로 부근에서 여지없이 켐펠렌을 놓치곤 했다. 경찰은 마침내 뛰어난 인내심을 발휘하여 플라츠플라츠라는 골목에 있는 오래된 7층 집 다락방까지 쫓아갔다. 불시에 덮쳐 경찰의 상상대로 위조 작업에 한창 몰두 중인 켐펠렌을 찾아냈다. 폰 켐펠렌이 극도로 당황하자 경찰은 용의자가 범죄를 저지르는 중이라고 확신했다. 폰 켐펠렌에게 수갑을 채운 뒤 경찰은 용의자가 머물렀던 것으로 보이는 모든 다락방을 수색했다.

경찰이 켐펠렌을 붙잡은 다락방을 여니 화학 실험 도구들로 채워진 가로 3미터, 세로 2.4미터 크기의 벽장이 있었다. 그 실험 도구들로 어떤 일을 하려 했는지는 아직 확인되지 않았다. 벽장 한쪽 구석에는 불을 피워놓은 아주 작은 화덕이 있었고 그 위에 이중 도가니, 즉 관으로 연결된 도가니 두 개가 얹혀 있었다. 도가니 둘 중 하나에는 용해된 상태의 납이 거의 가득 차 있었지만 입구 가장자리에 있는 관 구멍까지 차오르지는 않았다. 다른 도가니 안에는 어떤 액체가 들어 있었고 경찰이 들이닥쳤을 때 맹렬히 증기로 변해 사라졌다.

경찰의 말에 따르면 체포될 무렵 켐펠렌은 양손으로(손에 긴 장갑은 이후에 석면 재질이었던 것으로 밝혀졌다) 도가니들을 집어 내용물을 타일 바닥으로 쏟아버렸다고 한다. 그제야 경찰이 켐펠렌에게 수갑을 채웠고 가택 수색에 앞서 용의자의 몸을 뒤졌다. 별다른 점은 발견되지 않았고 외투 호주머니에서 종이 꾸러미가 하나 나왔을 뿐이었다. 그 꾸러미 속에 들어 있던 것은 안티몬(합금을 만드는 데 쓰이는 금속 원소 - 옮긴이)과 어떤 알려지지 않은 물질로, 두 물질이 정확히 동량은 아니지만 비슷한 비율로 섞인 것을 이후에 확인하였다. 그 알려지지 않은 물질을 분석해내려는 시도는 지금까지 모두 실패했지만 언젠가는 틀림없이 밝혀질 것이다.

체포된 폰 켐펠렌을 데리고 벽장에서 나온 경찰은 주목할 만한 것이 아무것도 없는 일종의 곁방을 통과해 침실로 갔다. 이곳에서 서랍과 상자를 뒤졌으나 나온 것이라곤 중요치 않은 서류 몇 장과 진짜 은화와 금화 몇 개가 전부였다. 마지막으로 침대 밑을 들추어 보니 가죽으로 된 커다란 여행 가방이 보였다. 경첩이나 걸쇠, 자물쇠도 없이 뚜껑이 젖혀져 바닥에 아무렇게나 놓여 있었다. 경찰이 모두 힘을 합쳐(총 세 명이었고 하나같이 힘이 셌다) 이 여행 가방을 침대 밑에서 끌어내려고 해보았지만 여행 가방은 꿈쩍도 하지 않았다. 너무 놀란 나머지 경찰 중 한 명이 침대 아래로 기어들어 가 여행 가방 안을 들여다보고는 말했다.

"움직일 수 없었던 게 당연하네. 오래된 놋쇠 조각들로 가득 차 있거든!"

이번에는 한 사람이 발을 벽에 꽉 딛고 온 힘을 다해 여행 가방을 밀고 나머지 둘은 반대편에서 힘껏 끌어당겨 간신히 침대 밑에서 끌어내 내용물을 조사했다. 여행 가방 안을 채우고 있던 놋쇠로 짐작되는 금속은 콩알만 한 것부터 1달러짜리 동전만 한 것까지 다양한 크기의 작고 무른 조각들이었다. 다소 평평하게 보이기는 했지만 모양이 일정치 않았고 녹은 상태로 바닥에 던지니 납과 매우 흡사해 보이며 차갑게 식은 상태였다. 이제 경찰은 모두 이 금속이 놋쇠가 아닌 다른 것일 거라고는 조금도 의심하지 않았다. 물론 금일 거라는 생각은 절대 떠올리지 못했다. 어떻게 그런 터무니없는 상상이 가능하겠는가? 그런데 가장 작은 조각이라도 주머니에 챙겨 넣을 생각조차 안 하고 소홀히 다루어 경찰서로 실어 왔던 그 '많은 놋쇠'가 실은 순금일 뿐 아니라 불순물이 전혀 섞이지 않은 완전히 순수한, 동전에 들어간 금보다 훨씬 더 질 좋은 금이었다는 사실이 브레멘 전역에 알려지자 경찰들은 소스라치게 놀라고 말았다.

폰 켐펠렌이 어느 정도 자백하고 풀려난 과정에 관한 내용은 대중이 아는 것과 비슷하므로 자세히 이야기하지 않겠다. 폰 켐펠렌이 지혜의 돌에 관한 불가능해 보이는 옛 생각을 정확히 그대로는 아니어도 마음속으로 그리고 실제로 구현해냈다는 사실은 확실해 보인다. 물론 아라고가 낸 견해도 고려해볼 만하지만 완전히 옳은 것은 아니어서 폰 켐펠렌이 학회에 제출한 보고서의 비스무트에 대한 설명은 어느 정도 가감해서 받아들여야만 한다. 사실 지금까지 한 모든 분석이 실패했다. 폰 켐펠렌이 자신이 푼 수수께끼의 열쇠를 우리에게 주겠다고 마음먹지 않는 한 수년 동안 문제가 풀리지 않은 상태로 있을 것이다. 현재 알아냈다고 말할 수 있는 사실은 '납과 다른 어떤 물질을 알 수 없는 방식과 비율로 혼합하면 원하는 대로 아주 쉽게 순금을 만들 수 있다'는 것이 전부다.

물론 이 발견으로 인한 즉각적이고 극단적인 결과로 온갖 추측이 난무하는 실정이다. 사람들은 대부분 최근 캘리포니아 지역의 개발로 금이라는 물질에 관한 관심이 높아졌다고 주저 없이 말할 것이다. 이 견해는 당연히 폰 켐펠렌의 연구가 너무 뒤늦었다는 생각이 들게 만든다. 만약 캘리포니아 탄광에 금 매장량이 많아서 가치가 폭락할까 두려운 나머지 그토록 멀리까지 금을 찾으러 가야 하는 도박에 확신이 서지 않게 되어 많은 이들이 모험을 포기했다면, 폰 켐펠렌의 이 놀라운 발견에 대한 소식은 그곳으로 막 이주하려던 사람들, 특히 탄광 지역에 실제로 거주하는 사람들의 마음속에 과연 어떤 생각을 불러일으킬 것인가?

이 발견으로 제조 목적을 위한 내재 가치를 넘어, 그 가치가 얼마든 상관없이 금의 가치는 이제 혹은 얼마 안 있어(폰 켐펠렌이 비밀을 오래 간직할 수 있을 것 같지 않으므로) 납과 같고 은에는 훨씬 못 미치게 될 것이라는 주장이 계속 나온다. 정말이지 그 발견이 초래할 결과에 대해 벌써부터 예측하는 것은 무척이나 어려운 일이다. 허나 6개월 전에 그 발견이 알려졌더라면 캘리포니아 지역의 정착 사업에 막대한 영향을 미쳤을 것이라는 점 한 가지는 자신 있게 말할 수 있다.

유럽에서 이제까지 그 발견으로 가장 눈에 띄게 나타난 결과는 납 가격이 200퍼센트 올랐고 은 가격도 25퍼센트 가까이 올랐다는 것이다.

그림자-우화

Edgar
A. Poe

그림자 - 우화

아, 제가 어둠의 골짜기를 지난다 하여도.

— 〈시편〉

이 글을 읽는 당신들은 아직 산 자의 세상에 있다. 하지만 이 글을 쓰는 나는 그림자의 세상에 들어선 지 오래다. 불가사의한 일들이 일어나고 비밀도 밝혀지겠지만, 이 기록만은 수 세기가 흐른 뒤에야 세상에 모습을 드러낼 것이다. 공개된 뒤에 혹자는 믿지 못하고 의심을 품겠지만, 철필로 새긴 글자를 읽으며 깊은 생각을 하는 이도 나타날 것이다.

그해는 공포의 한 해였다. 아니, 세상의 어떤 언어로도 이 느낌을 표현할 수 없을 것 같은, 공포 그 이상의 느낌이었다고 해야겠다. 수많은 기이한 현상과 징후가 나타났으며 역병이 날개를 활짝 펴 온 세상을 뒤덮었다. 별자리를 읽을 줄 아는 이들은 하늘이 불길한 징조를 띠고 있다고 해석했다. 누구보다 나, 그리스인 오이노스에게는 하늘에 양자리가 나타날 무렵이면 794년의 주기가 완성되어 목성이 끔찍한 토성의 붉은 고리와 결합하게 될 것이라는 사실이 자명해 보였다. 내가 잘못 생각하지 않았다면 하늘에 어린 기이한 기운은 지구의 물리적인 궤도뿐 아니라 사람들의 영혼, 상상력, 사고 안에서도 명확히 드러났다.

우리 일곱 친구는 프톨레마이스(이스라엘 북부에 있는 항만 도시 – 옮긴이)라는 어둑한 도시의 웅장한 방 안에 앉아 키오스산 적포도주 몇 병을 마시며 밤을 보내고 있었다. 기량이 뛰어난 장인 코리노스가 장식한 놋쇠로 만든 높은 문은 우리 방의 유일한 입구로, 안쪽에서 단단히 잠갔다. 우울한 분위기가 감도는 방 안에는 검은 휘장이 둘러쳐 있어, 달과 창백한 별과 인적 없는 거리를 볼 수 없었다. 하지만 흉조와 악마에 대한 기억은 몰아낼 수 없었다. 우리를 둘러싼 대기 중에는 명확히 설명하기 어려운, 질식할 듯 무거운 불안감이 감돌았다. 육체적으로나 정신적으로 이러한 감각이 깨어나자 신경이 한껏 곤두서 사고할 힘조차 발휘되지 못했다. 우리에게는 죽은 자의 그림자가 드리워져 있었다. 그 분위기는 우리의 팔다리, 집 안의 가구들, 우리가 마시는 술잔에 드리워져 그 방 안의 모든 것을 압도하며 우울감에 빠지게 했다.

연회를 밝혀주는 일곱 개 등불에서 이는 불꽃만이 예외였다. 불꽃은 활기도 힘도 없이 타오르며 길고 가는 빛을 비추었다. 그 빛이 우리가 앉아 있는 둥근 탁자 위에 만들어낸 거울 속에서, 우리는 자신의 창백한 얼굴과 친구들의 내리뜬 눈 속에 비친 불안함을 볼 수 있었다. 하지만 우리는 웃고, 히스테리컬하지만 적절한 방식으로 즐기며, 미친 듯이 아나크레온(고대 그리스의 시인 - 옮긴이)의 노래를 불러댔고, 보랏빛 포도주가 피처럼 보이는 지경이 될 때까지 한껏 마셔댔다.

방 안에는 또 한 사람, 젊은 조일루스의 육신이 있었다. 죽어서 수의를 입은 채 누워 있는 조일루스는 방 안의 수호신이자 악령이었다. 아아! 역병으로 일그러진 그의 얼굴에는 어떠한 즐거움의 흔적도 없었고, 죽음이 역병의 고통을 반쯤은 앗아간 그의 눈만이 죽은 자들이 죽을 이들의 즐거움을 흡수하듯 우리와 즐거움을 받아들이는 것 같았다.

하지만 나, 오이노스는 죽은 이의 눈이 나를 향하고 있었다고 느꼈음에도, 그 눈에 담겨 있는 비통함을 애써 외면했다. 그저 흑단 거울만을 빤히 내려다보며 우렁차게 테이오스의 아들이 지은 노래를 불렀다. 점차 나의 노랫소리가 멈추자 방 안의 검은 휘장 사이로 울리던 메아리 역시 약해지더니 사라지고 말았다. 그러더니 노랫소리가 울리던 검은 휘장 사이로 무엇인지 알아볼 수 없는 어두운 그림자가 모습을 스윽 드러냈다. 마치 달이 하늘에 낮게 떴을 때의 사람 그림자처럼 보였지만, 사람이나 신 또는 익숙한 어떤 사물의 그림자처럼 보이지도 않았다. 그림자는 방의 휘장 사이에서 떨고 있다가 마침내 놋쇠 문 표면에 모습을 완전히 드러냈다. 그 그림자는 흐릿하고 형체가 없었으며 불분명했다. 사람이나 신의 그림자가 아니었다. 그리스, 칼데아, 이집트 어느 곳의 신도 아니었다.

그림자는 놋쇠 문 위와 그 위의 아치 아래에 걸쳐져 아무 말도 없이 꼼짝도 하지 않고 조용히 머물러 있었다. 내 기억이 맞다면 그림자가 머문 문은 수의를 입은 젊은 조일루스의 발치

맞은편이었다. 하지만 그곳에 모여 있던 우리 일곱은 휘장 사이로 나타난 그림자를 보았음에도 감히 바라보지도 못한 채, 그저 눈을 내리깔고 흑단 탁자의 거울만을 빤히 들여다볼 뿐이었다. 마침내 나, 오이노스가 그림자에게 사는 곳과 이름을 나지막이 물었다. 그러자 그림자가 대답했다.

"나는 그림자이며, 프톨레마이스의 지하 묘지와 가깝고, 카론(그리스 신화 속 저승으로 가는 강의 뱃사공 – 옮긴이)의 더러운 수로와 경계가 되는 헬루시온(극락, 천국 – 옮긴이) 평야 바로 옆에 살고 있소."

이 대답을 들은 뒤 우리 일곱은 공포에 질린 나머지 자리에서 벌떡 일어나 몸서리치며 서 있었다. 그림자의 목소리는 여전히 생생하게 기억나는, 먼저 세상을 떠난 수많은 친구의 익숙한 목소리가 뒤섞인 듯했던데다 음절 하나하나마다 억양이 달라서 음산하게 들렸기 때문이다.

침묵-우화

Edgar
A. Poe

침묵 ─ 우화

산봉우리는 잠들어 있다.

골짜기와 암벽과 동굴이 숨을 죽인다.

─ 알크만

내 머리 위에 자기 손을 얹으며 악마가 말했다.

"잘 들어보게. 내가 말하는 땅은 리비아 자이르 강(일명 콩고 강, 적도 부근을 흐르는 강─옮긴이) 주변에 있는 몹시 처량한 지대라네. 고요가 사라진 곳이지. 도무지 침묵을 모르는 땅이었다네.

강물은 어떤지 아는가? 물빛은 완전히 역겹도록 샛노란데다 바다로 흘러가지도 않아. 거칠게 소동을 부리며 이글대는 태양의 붉은 눈 아래서 영원히 고동치지. 강 양쪽 기슭에는 질펀한 진흙땅이 수 킬로미터나 뻗어 있는데 거인 같은 수련들이 자라는 황량한 사막이야. 수련은 그 고독한 사막에서 한숨을 푹푹 내쉬며 흉측하게 생긴 기다란 목을 하늘로 뻗어 올리고서는 영원히 지지 않는 머리를 앞뒤로 까딱거리지. 수련들 사이에서 희미하게 투덜대는 소리가 마치 지하수 흐르는 소리처럼 끊임없이 웅얼거렸어. 그러다가 서로를 향해 또다시 한숨짓곤 했지.

그들의 영역에도 경계는 있어. 오싹하고 시꺼먼 높은 숲이 만들어낸 경계였다네. 그곳에는 키 작은 덤불이 헤브리디스 제도(스코틀랜드 서북쪽 기슭에 있는 섬의 무리로, 500여 개의 섬으로 이루어짐 – 옮긴이)의 파도처럼 온종일 쏴석거렸어. 그렇지만 하늘에는 바람 한 점 없었다네. 수천 수억 살 먹은 키 큰 고목들이 무시무시한 굉음을 내며 변함없이 여기저기서 흔들리지. 나무 꼭대기 꼭대기마다 영원히 마르지 않는 이슬이 떨어진다네. 독을 품은 낯선 꽃이 깊은 잠에 빠지지 못해 불안한 마음으로 몸을 비틀며 나무 아래 누워 있지. 머리 위에는 요란스럽게 바스락거리는 잿빛 구름이 서쪽으로 영원히 몰려다니다 수평선에서 물보라를 일으키는 불기둥 같은 폭포를 만나면 함께 뒹군다네. 여전히 하늘에는 바람 한 점 없었다네. 자이르 강 주변에는 고요도 없고 침묵도 없었지.

밤이었다네, 비가 내렸지. 비가 추적추적 내렸어. 허나 땅에 떨어진 건 비가 아니라 피였다네. 나는 머리 위로 비를 맞으며 키 큰 수련으로 이루어진 늪 한가운데 서 있었어. 여전히 수련들이 적막이 짙어 고독하다며 서로를 향해 한숨지었지.

짙고 검붉은 달이 가늘고 창백한 안개를 뚫고 불쑥 떠올랐지. 내 눈은 강가에 솟아 있던 거대한 잿빛 바위로 향했어. 달빛을 받아 빛났지. 바위는 잿빛이었고 섬뜩했으며 무척 컸어. 바위는 잿빛이었다네. 바위 앞쪽에 글자가 새겨진 게 보였어. 나는 바위에 새겨진 글자를 읽을 수 있을까 해서 수련 늪을 지나 강기슭까지 걸어갔지. 알아볼 수는 없었다네. 하는 수 없이 다시 늪으로 되돌아오는 길인데 마침 달이 훨씬 더 붉게 빛났지. 그래서 바위로 되돌아가 글자를 들여다봤지. 그 글자는 바로 '적막'이었어.

위를 올려다봤네. 한 남자가 바위 꼭대기에 우뚝 서 있었다네. 나는 남자를 잘 지켜볼 수 있는 수련 사이로 몸을 숨겼다네. 남자는 키가 크고 기골이 장대했는데 어깨부터 발끝까지 치렁치렁한 고대 로마의 토가를 두른 차림새였지. 윤곽이 흐릿해서 정확한 모습은 알 수 없었지만 이목구비만은 분명 신의 윤곽이었어. 밤의 장막도, 안개의 장막도, 달과 이슬의 장막도 그 남자의 이목구비는 덮지 않았으니 알 수 있었네. 사색으로 가득 찬 이마는 아주 높았지. 근심으로 가득한 그 남자의 눈은 격렬했어. 남자의 뺨에는 깊이 팬 주름이 아주 조금 있었는데 나는 거기서 슬픈 이야기와 피로와 인간에 대한 혐오와 외로움 뒤에 찾아오는 갈망을 읽었다네.

남자가 바위 위에 앉아 손으로 얼굴을 비스듬히 괴고는 적막이 흐르는 주위를 둘러보더군. 쏴석거리는 키 작은 덤불을 내려다보고 수천 수억 살 먹은 나무를 올려다보고, 그 위로 구름이 바스락거리는 하늘도 보고 선홍빛 달도 봤어. 나는 수련이 우거진 늪 은신처 안에 꼭꼭 숨어 남자의 움직임을 찬찬히 지켜봤지. 남자는 고독에 몸서리쳤어. 하지만 밤은 점점 흐르고 남자는 바위 위에 앉았지.

신을 닮은 남자는 하늘로 잠깐 눈을 돌렸다가 처량한 자이로 강을 내려다보고 역겹도록 샛노란 강물을 응시했어. 이번엔 황량한 수련 무덤으로 주의를 돌려 수련이 들려주는 한숨 소리와 아래에서 울리는 투덜거리는 소리에 귀를 기울였어. 나는 은신처에 꼭꼭 숨어 그자의 움직임을 지켜봤지. 남자는 고독에 몸서리쳤어. 하지만 밤은 점점 흐르고 남자는 바위 위에 앉았지.

나는 늪 깊숙한 곳으로 내려가 거인 같은 수련들 사이를 헤치고 멀리멀리 걸어갔지. 더 깊숙한 늪에는 하마가 산다네. 하마는 내가 부르는 소리를 듣고 나와서는 괴물과 함께 바위 밑으로 가더니 달빛 아래 서서 무지막지하게 큰 소리로 으르렁거렸지.

나도 폭풍우에게 소동의 저주를 내렸네. 그러자 조금 전까지 바람 한 점 없던 하늘에서 무시무시한 비바람이 모여들었지. 사나운 비바람이 격렬하게 몰아치는 하늘은 납빛이 되었네. 그 남자의 머리 위로 거세게 비가 몰아쳤어. 강이 넘쳐 흘러내렸지. 강물은 고통으로 몸을 비틀다 거품이 되어 부글거렸고 수련은 침상 위에서 비명을 질러댔어. 숲은 바람 앞에 산산이 부서졌고 천둥이 포효하고 번개가 번쩍였지. 바위도 그 자리에서 정신없이 흔들렸다네. 나는 은신처에 꼭꼭 숨어 그자의 움직임을 지켜봤지. 남자는 고독에 몸서리쳤어. 하지만 밤은 점점 흐르고 남자는 여전히 바위 위에 앉아 있었지.

나는 화가 치솟아 강과 수련과 바람과 숲과 하늘과 천둥에게 침묵의 저주를 내렸지. 저주에 걸린 저들은 순식간에 잠잠해졌지. 달은 하늘에 닿는 길을 무너뜨리는 짓을 멈추더군. 천둥이 사그라지고 번개도 번쩍이지 않았어. 구름은 조용히 하늘에 걸렸고 강물도 수위를 낮추더니 그 상태를 유지했지. 나무는 요동치지 않았고 수련도 한숨짓지 않았어. 더는 아래에서 울리는 투덜대는 소리도 들리지 않았지. 끝이 보이지 않는 광대한 사막을 통틀어 소리의 그림자조차 비치지 않았어. 나는 바위 위에 새겨진 글자를 봤다네. 글자는 변했어. 그건 바로 '침묵'이었지.

이제 내 눈길은 남자의 얼굴에 다다랐는데 맙소사, 남자의 안색은 정말 끔찍했었지. 허둥지둥 손에 묻고 있던 얼굴을 들어 올리더니 바위 앞으로 나서서 귀를 기울였어. 하지만 끝이 보이지 않는 광대한 사막을 통틀어 소리라고는 단 한 음도 들리지 않았고, 바위에 새겨진 글자는 '침묵'이었지. 남자가 온몸을 부르르 떨고 고개를 돌려 서둘러 멀리 달아나버렸지. 더는 그 남자를 볼 수 없었다네."

동방박사들이 가지고 있던 쇠줄로 감싼 책의 〈비애〉 편을 들여다보면 재미있는 이야기를 꽤 만날 수 있다. 이야기 속에는 천상과 지구와 웅장한 바다의 영광스러운 역사가, 하늘과 바다와 땅을 다스렸던 정령의 영예로운 역사가 있다. 무녀가 들려주는 이야기 속에는 구비 설화도 많다. 옛날에는 도도나(제우스의 신탁소가 있던 그리스의 오래된 도시 – 옮긴이) 주위에서 흔들리던 어스레한 잎사귀들이 신전에서 들었던 신성한 이야기도 들었다. 무엇보다 무덤 그늘에 나란히 앉아 악마가 들려줬던 우화가 최고로 멋진 이야기였다고 알라의 이름으로 맹세한다. 악마가 이야기를 마치고 호탕하게 웃다가 무덤으로 난 구멍 안으로 나가떨어졌다. 나는 악마랑 함께 웃을 수가 없었다. 악마는 내가 웃지 못하도록 저주를 내렸기 때문이다. 무덤에서 영원히 살고 있던 스라소니가 나와서 악마의 발아래 누워 그의 얼굴을 빤히 들여다보았다.

하나인 네 짐승, 낙타표범

Edgar
A. Poe

하나인 네 짐승, 낙타표범

누구나 장점이 있다.

― 크레비용, 〈크세르크세스〉

안티오코스 에피파네스(고대 시리아의 왕. 유대인을 박해함 ―
옮긴이)는 흔히 예언자 에스겔(《성경》속 예언자. 유대인을 탄압
할 신이 있을 것을 예언함 ― 옮긴이)이 말한 신으로 여겨진다. 사
실 이 영광은 키루스 대왕(페르시아의 왕. 〈에스라〉1장 1~3절에
서 유대인 포로를 해방함 ― 옮긴이)의 아들 캄비세스 덕분이다. 시
리아 군주의 성격은 굳이 윤색하여 말할 필요도 없다. 기원전
171년 왕위에 즉위, 아니 왕위를 찬탈, 에페수스에 있는 아르
테미스 신전을 약탈하려는 시도, 유대인에 대한 뿌리 깊은 적
대심, 지성소(구약시대 기독교 성전 안쪽 대제사장만이 들어갈 수
있는 가장 성스러운 장소 ― 옮긴이)의 오염 그리고 혼란스러운 11
년의 통치 기간이 끝난 후, 타바에서 맞이한 비참한 죽음이 두
드러진 인물이기에 그의 전 생애와 평판을 특징짓는 신성모독
적이고 비열하고 잔인하고 어리석고 엉뚱한 업적보다 더욱 당

대 역사가에게 주목받는다.

인자한 독자여, 지금이 기원전 160년이고 우리는 기이한 거주지, 비범한 도시 안티오크(고대 시리아의 수도-옮긴이)에 있다고 상상해보자. 물론 내가 특별히 언급한 도시 이외에도 시리아 및 주변 국가에는 같은 이름의 도시가 열여섯 개나 있다. 우리의 도시는 안티오키아 에피다프네라는 이름이고 도시는 인근 마을과 신성한 신전이 세워진 작은 마을 다프네까지 아우른다. 논란의 여지가 있긴 하지만, 도시는 알렉산더 대왕 사후 셀레우코스 1세 니카토르가 자신의 아버지 안티오코스를 추모하여 지었으며 시리아 군주의 거주지가 되었다. 로마 제국 번성기에는 동쪽 지방 총독의 평범한 주둔지였다. 여왕의 도시에서 많은 황제들, 특히 베루스와 발렌스가 이곳을 자주 찾았다. 바로 그 도시에 우리가 도착했다. 산성에 올라 우리의 도시와 이웃 마을을 살펴보자.

"황야를 가로질러 황막하게 솟은 건물 사이를 폭포처럼 거세게 쏟아지는 거대한 강의 이름은 무엇인가?"

오론테스 강, 눈에 보이는 유일한 물이다. 물론 남쪽으로 약 20킬로미터 떨어진 곳에 거울처럼 드넓게 뻗은 지중해를 제외하면 그렇다. 모든 사람이 지중해를 보았다. 그런데 그대에게 살짝 귀띔하자면 안티오크를 엿본 사람은 극소수다. 그 극소수가, 그러니까 그대와 나처럼 안티오크를 엿본 소수만이 새로운 경험의 특혜를 얻었다. 그러므로 지중해에서 눈을 돌려 우리 아래에 놓인 수많은 집을 주목하라. 지금이 기원전 160년임을 기억하라. 더 늦은 시기였다면, 지금이 서기 1845년이라면 이 굉장한 구경거리를 보지 못했을 것이다. 19세기 안티오크는 비통할 만큼 쇠퇴했기 때문이다(그렇다, 안티오크는 쇠퇴할 것이다). 도시는 세 번의 시기에 세 번의 지진이 일어나 완전히 파괴될 것이다. 적막하고 황폐한 도시에서 이전의 모습을 찾아볼 수 없기에 원로들은 거주지를 다마스쿠스로 옮기게 될 것이다. 다행이다, 내 조언 덕에 그대가 이 도시의 땅을 관찰할 수 있다.

> 이 도시를 유명하게 만들어준
> 기념물과 명성 있는 것들로
> 그대의 눈을 즐겁게 하리니
>
> — 셰익스피어, 〈십이야〉

이런, 미안하다. 앞으로 약 1750년 동안 셰익스피어가 나타나지 않으리라는 사실을 잊었다. 어찌 되었든 에피다프네의 모습을 보면 내가 기이한 도시라 부른 것도 이해가 되지 않는가?

"도시는 하나의 훌륭한 요새와 같다. 예술의 덕만 본 줄 알았더니 자연의 은혜도 입었구나."

진정 그러하다.

"웅장한 궁전이 참으로 많다."

그것 또한 그렇다.

"만인의 추앙을 받는 고대 유적에도 뒤지지 않을 호화롭고 훌륭한 신전들이 가득하다."

그렇기도 하지만 움막과 헛간처럼 지저분한 집도 셀 수 없이 많다. 도랑마다 오물이 넘치고 숭배 의식을 위해 피운 지독한 향이 아니더라도 참을 수 없는 악취가 진동한다. 이토록 비좁은 거리를 보았는가? 믿기지 않을 만큼 높은 집을 보았는가? 땅 위에 드리운 그림자가 참으로 우울하구나! 끝없이 늘어선 콜로네이드(지붕을 떠받치도록 일렬로 세운 돌기둥 – 옮긴이)에 매달린 등불이 종일 불타니 다행이다. 등불이 비치지 않는다면 우리는 황량한 이 시대, 이집트의 어둠 속에 파묻힐 테니 말이다.

"확실히 도시가 이상하구나! 저기 있는 독특한 건물은 무엇인가? 보라! 다른 어떤 건물보다 가장 높이 솟았고 궁전인 듯 보이는 건물 동쪽에 놓여 있다."

저것은 시리아에서 숭배받는 태양신 엘라가발라의 새로운 신전이다. 미래에 아주 악명 높은 어느 로마 황제가 이 태양신 숭배를 로마에 도입할 것이고 거기서 엘라가발루스라는 황제의 명칭을 따온다. 그대는 그 신전의 신을 엿보고 싶겠지. 그렇다고 하늘을 볼 필요는 없다. 태양신은 그곳에 존재하지 않는다. 적어도 시리아인에게 숭배받는 태양신은 하늘에 없다. 그 신은 저기 있는 건물 안에서 찾을 수 있다. 불을 상징하는 원뿔이나 각뿔이 꼭대기에 얹힌 커다란 돌기둥, 그러한 모습으로 숭배받는다.

"들어라! 보아라! 반은 벌거벗은 채 얼굴을 온통 칠하고 천민에게 소리치며 몸짓하는 우스꽝스러운 저 사람은 누구인가?"

일부는 엉터리 약장수다. 일부는 철학가라는 부류에 속하는 사람들이다. 대부분은, 특히 곤봉으로 천민을 때리는 저 사람들은 왕의 명령을 따르는 기특한 어릿광대, 자신의 주어진 의무를 충실히 수행하는 왕실의 높은 관리들이다.

"저것들은 무엇인가? 맙소사! 마을에 사나운 짐승들이 가득하다. 정말 무시무시한 광경이구나! 아찔하다!"

그대가 원한다면 무시무시하다 표현해도 좋다. 허나 조금도 위험하지 않다. 잘 살펴보면 동물들은 아주 조용히 주인을 뒤따른다. 목에 줄이 감겨 끌려가는 짐승도 있지만 대부분 작은 동물이거나 순한 종들이다. 사자, 호랑이, 표범은 아무 구속 없이 걸어 다닌다. 그 동물들은 별 탈 없이 사육사에게 길들여 시종처럼 자기 주인을 따른다. 가끔 그들의 본능이 침해받은 자신의 주권을 행사할 때도 있다. 그러나 병사들이 잡아먹히고 봉헌된 황소의 목이 물어뜯기는 일은 에피다프네가 풍기는 조짐에 비하면 아무것도 아니다.

"지금 들리는 이 엄청난 소란은 무엇인가? 분명 에피다프네에서 나는 소리다! 평범하지 않은 일이 터진 것 같다."

그대가 한 말이 옳다. 왕이 새로운 구경거리를 주문했나 보다. 경기장에서 열리는 검투 시합이거나 스키타이(기원전 8~3세기경 남부 러시아에서 활약한 최초의 기마 유목 민족 – 옮긴이) 죄수들을 학살하거나 왕의 새 궁전에 큰 화재가 발생했거나 웅장한 신전이 붕괴했거나 유대인들을 화형에 처하거나 등등. 대소동이 늘어난다. 웃음소리가 하늘로 피어오른다. 피리는 제각각 비명을 질러대고 백만 개의 입이 끔찍하게 아우성친다.

재미난 구경거리가 생겼나 보다. 무슨 일인지 내려가 보자! 이쪽이다. 조심히 걸어라! 여기가 티마르쿠스라 불리는 큰길이다. 사람들이 구름처럼 이쪽으로 몰려와 이 흐름을 거슬러 올라가기 어렵구나. 궁전에서 곧장 뻗어나온 헤라클리데스 골목에서 사람들이 꾸역꾸역 쏟아져 나온다. 왕이 행차한 게 틀림없다. 옳거니! 왕의 전령이 남부 지방에서 쓰는 거만한 말투로 '국왕 폐하 행차시다. 물렀거라!'라고 외치는 소리가 들린다. 왕이 아시마 신전을 지나칠 때 왕의 모습을 훔쳐볼 수 있을 것이다. 신전 안으로 숨자. 왕이 곧 이리로 올 것이다. 그동안 신전 안에 있는 그림을 보는 건 어떤가? 무슨 그림이지? 아하! 아시마 신의 모습이다. 그 모습은 어린 양도 아니고 염소도 아니고 반인반수 사티로스도 아니고 판(그리스 신화 속 상반신은 인간, 하반신은 염소의 모습을 한 신 – 옮긴이)도 아니다. 그런데도 미래의 학자들은 시리아의 아시마 신이 그러한 모습이라 생각했다. 아, 실례, 생각할 것이다. 안경을 쓰고 말해보아라. 무슨 모습인가?

"이럴 수가! 원숭이잖아!"

그렇다. 개코원숭이다. 그렇다고 결코 열등한 신은 아니다. 아시마Ashimah라는 이름은 그리스어로 원숭이를 뜻하는 'Simia'에서 나온 말이다. 멍청한 역사가들! 어, 저기를 보라! 저기! 누더기를 걸친 장난꾸러기 아이가 재빨리 도망간다. 어디로 가는가? 무엇이라 소리치는가? 꼬마가 무어라 말하는가? 아! '승리한 국왕 폐하가 오신다'라고 외치는구나. 예복을 차려입은 왕이 오신다. 유대인 죄수 천 명을 손수 사형한 왕이 오신다! 누더기를 걸친 아이가 왕의 업적을 높이 찬양한다. 들어보라! 찬양의 노래가 들리는구나! 왕의 용맹을 칭송하기 위해 라틴어 찬가를 만들어 이렇게 노래한다.

천 명, 천 명, 천 명,

천 명, 천 명, 천 명,

전사 한 명이 천 명을 죽였네!

천 명, 천 명, 천 명, 천 명!

다시 노래하라, 천 명!

오오! 노래하라

국왕 폐하 만세,

천 명을 쓰러뜨린 자 그 누구인가!

오오! 목청껏 외쳐라,

시리아의 포도주 통을 다 모아도

그가 뿌린 붉은 피를

모두 담지 못하는구나![1]

"저 트럼펫의 팡파르가 들리는가?"

들린다. 왕이 온다! 보라! 사람들이 공경과 두려움이 가득한 눈을 들어 하늘을 올려다본다. 왕이 온다, 오고 있다, 눈앞에 왔다!

"누구인가? 어디 있는가? 왕이라니? 보이지 않는다. 도무지 왕을 못 찾겠다."

눈이 멀었나 보군.

"그런가 보다. 내 눈에 보이는 것이라곤 멍청하고 정신 나간

---

[1] 플라비우스 보스피쿠스에 따르면 이 찬가는 로마 황제 아우렐리아누스가 사르마티아 전쟁에서 적 950명을 직접 죽였을 때 백성이 부른 노래다. - 원주

사람들이 거대한 낙타표범 앞에 엎드려 그 발에 입을 맞추려 애쓰며 소란을 떠는 모습밖에 없다. 보라! 그 짐승이 천민 한 명을 발로 차 넘어뜨렸다. 또 한 명을 찼다. 또 한 명, 또 한 명…. 발을 어찌나 멋지게 사용하는지 감탄하지 않을 수 없구나."

천민! 그렇다. 이들이 바로 고귀하고 자유로운 에피다프네 시민들이다! 짐승이라 했는가? 누가 엿듣지 않게 조심하라. 그 동물이 사람의 얼굴을 하고 있음을 알아차리지 못하였는가? 나의 친구여, 저 낙타표범이 다름 아닌 안티오코스 에피파네스, 위대한 안티오코스, 시리아의 왕, 동방의 절대군주 중 가장 강력한 왕이라네!

가끔 안티오코스 에피마네스(안티오코스 미친광이)라 불리기도 하나 그것은 사람들이 왕의 출중함을 제대로 알아보지 못했기 때문이다. 안티오코스는 지금 짐승 가죽 안에 숨어서 최선을 다해 낙타표범 역을 연기하는 중이다. 왕의 위엄을 훨씬 돋보이게 하기 위한 일이다. 우리의 군주는 키도 대단히 커서 짐승 가죽이 헐렁하지 않고 아주 잘 맞다. 몇 가지 특별한 사건이 없었더라면 짐승 가죽을 취하지 않았으리라…. 유대인 천 명을 학살한, 그러한 사건 말이다. 네발로 어슬렁거리는 군주의 위엄, 얼마나 우월한가! 엘리네와 아르겔라이스 두 부인을 양쪽에 끼고 꼬리를 하늘 위로 추켜세웠다. 머리 바깥으로 튀어나온 눈을 제외하면, 진탕 퍼마신 포도주 때문에 정체 모를 칙칙한 색으로 변한 얼굴을 제외하면, 왕의 모습은 대단히 매력적이다. 왕을 따라 검투 시합 경기장으로 들어가 보자. 왕이 직접 부르는 승리의 노래를 들어보자.

에피파네스 말고 누가 왕이 될쏘냐?

말해보아라, 아는가?

에피파네스 말고 누가 왕이 될쏘냐?

브라보! 브라보!

에피파네스 말고 아무도 없다네,

아무도 없다네.

신전을 허물어라.

태양을 내쫓아라!

활기차게 노래하는구나! 백성은 왕을 시인 중의 시인, 동방의 영광, 인류의 기쁨, 가장 뛰어난 낙타표범이라 칭송한다. 백성이 왕에게 노래를 다시 요청했다. 들리는가? 왕이 다시 노래한다. 경기장에 도착할 즈음 앞으로 벌어질 경기에서 승리하리니 서정적인 시의 화관을 머리에 쓰리라.

"어이쿠, 이런! 우리 뒤에서 또 무슨 일이 벌어지는가?"

뒤에서? 아하, 알겠다! 친구여, 때마침 잘 말하였다. 빨리 안전한 장소로 피신하자. 여기라네! 이 수로 아래 숨자. 무슨 일이 일어나는지 알려주겠다. 역시 내가 예측한 대로다. 도시에서 사육당한 야생 동물이 남다른 낙타표범의 모습을 보고, 낙타표범의 인간 머리를 보고, 자기 처지의 부당함을 깨달았나 보다. 그리하여 폭동이 일어났다. 물론 폭동을 진압하려는 인간의 노력은 모두 헛된 짓이 될 것이다. 시리아인 몇 명이 벌써 잡아먹혔다. 그러나 네발 달린 열사들이 한목소리로 외치는 말은 낙타표범을 잡아먹자는 것이다. 그래서 시인 중의 시인은 살기 위해 뒷다리를 부지런히 움직여 도망가는 길이다. 신하들은 곤경에 빠진 왕을 버렸고 부인들도 그 훌륭한 본보기를 따랐다.

인류의 기쁨인 그대, 곤경에 처했구나! 동방의 영광인 그대, 이빨 사이에 씹힐 위험에 처했구나! 그러니 왕이시여, 꼬리를 애처롭게 내려서는 안 된다. 그러면 분명 진흙탕 위로 끌려가게 될 터이니 아무 도움도 되지 않는다. 그대 뒤를 쫓는 피할 수 없는 파멸을 돌아보지 마라. 용기를 내라, 있는 힘껏 다리를 움직여라, 경기장을 향해 질주하라! 기억하라, 그대는 안티오코스 에피파네스다. 위대한 안티오코스다! 시인 중의 시인, 동방의 영광, 인류의 기쁨, 가장 뛰어난 낙타표범이다! 세상에! 저 무서운 속도를 보라! 도망치는 능력이 뛰어나구나! 달려라, 왕이여! 브라보, 에피파네스! 잘한다, 낙타표범! 영광스러운 안티오코스! 그가 달린다, 뛰어오른다, 난다! 활에서 튕겨 나간 화살처럼 경기장을 향해 달려간다! 그가 뛰어오른다, 비명을 지른다, 쓰러졌다!

다행이다. 찰나의 순간 원형 경기장 입구에 도달한 동방의 영광이여, 에피다프네에서 그대 시체를 한입 베어 물지 않을 새끼 곰은 없다. 이제 나가자, 이곳을 떠나자! 현대의 여리고 섬세한 귀는 왕의 도망을 축하하기 위해 시작될 어마어마한 대소동을 견딜 수 없을 터이니 말이다. 들리는가! 벌써 시작되었구나. 보라! 도시 전체가 발칵 뒤집혔다.

"역시 이 도시는 동방에서 가장 인구가 많은 도시구나! 황막하게 선 사람들이여! 주인과 하인이, 노인과 어린이가 뒤엉킨 무리여! 저 다양한 민족과 다양한 종교를 보라! 옷차림도 무척 다채롭구나. 바벨의 혼란한 언어여! 짐승들의 울부짖음이여! 악기의 짤랑거림이여! 철학가들이여!"

이제 떠나자.

"잠시만! 경기장이 시끌벅적하다. 무슨 일이 일어났는가? 궁금하다."

경기장이? 오, 아무것도 아니다! 고귀하고 자유로운 에피다프네 시민들은 그들의 노래대로 왕의 신의, 용기, 지혜, 신성에 감동한데다 왕이 마지막으로 보여준 초인적 민첩함까지 보았다. 달리기 경주에서 이긴 왕의 이마에, 서정적인 시의 왕관을 더하여 승리의 화관을 수여하는 일은 시민의 의무 아니겠는가. 다음 경기에 있을 개막식 때 줄 화관을 미리 씌워주는 것이다.

호흡 상실

Edgar
A. Poe

호흡 상실

오, 숨 쉬지 마시오.

— 토마스 무어, 〈아일랜드 가요〉

적에게 완강히 저항하는 도시와 같은 불굴의 정신력 앞에서는 끔찍이 불행한 운명도 결국 무릎 꿇게 된다.《성경》에는 살먀네세르 5세가 3년간의 포위 끝에 사마리아를 정복하였다는 기록이 있으며, 디오도로스는 사르다나팔루스가 니네베(아시리아 제국의 가장 큰 도시 – 옮긴이)에서 일주일 동안 버텼지만 소용없었다고 저술하였다. 트로이는 10년 동안 치른 전쟁 끝에 사라졌고, 시인 아리스테아스가 신사로서의 명예를 선언했듯 아조투스(고대 팔레스티나 도시 유적이며 항구 도시 – 옮긴이)는 20여 년을 버틴 끝에 이집트 왕 프사메티코스에게 문을 열었다.

"이 여편네야! 암여우! 잔소리쟁이!"
나는 결혼한 이후로 매일 아침 아내를 이렇게 불렀다.
"마녀! 할망구! 애송이! 죄악의 소굴 같은 여편네! 세상 모든 끔찍한 것의 전형! 당신, 바로 당신 말이야."

그러고는 발끝으로 일어서 아내의 목을 조르며 귓가에 대고 말한다. 숨을 잃어 극도의 공포와 충격을 느끼면, 나는 아내가 자신이 얼마나 하찮은 존재인지 확실히 깨달을 수 있도록 새롭고 가슴에 깊이 꽂힐 비난의 말을 퍼부어 댈 준비를 한다.

'숨이 막힌다'거나 '숨이 멎었다' 같은 표현은 사람들이 나누는 대화에서도 널리 사용되지만, 이러한 일이 실제로 자신에게 일어날 거라고는 생각하지 않는다. 하지만 그런 일이 실제로 일어났다고 상상해보라, 얼마나 놀라고 당혹스러우며 절망스러울지! 나에게는 어떤 경우에도 사라지지 않는 장점이 있다. 에두아르 경은 《신 엘로이즈》에서 '격정의 길이 나를 진정한 깨달음으로 이끈다'고 말했지만, 나는 제어되지 않는 순간에도 절대로 신중함을 유지했다.

나는 처음에는 이 사건이 나에게 어느 정도의 영향을 미칠지 알 수 없었지만, 이보다 더 끔찍한 경험을 할 때까지는 어쨌든 아내의 문제를 덮고 넘어가기로 했다. 그래서 즉시 거만하고 일그러진 표정을 장난기와 친밀감을 띤 온화한 표정으로 바꾸고는, 아무 말 없이 아내의 한쪽 뺨을 어루만지며 반대쪽 뺨에는 키스했다. 마치 방에서 발끝으로 돌며 빠 드 제퓌르(발레 용어. 움직이는 다리가 최고조에 달했을 때 첨가되는 작은 점프 – 옮긴이)라도 한 것 같은 나의 익살맞은 행동에 놀란 아내를 내버려 두었다. 내 모습을 보라. 쉽게 화를 내는 성질에서 비롯된 부정적 결과를 보여주는 끔찍한 사례인 듯, 죽은 듯 살아 있고, 살아 있는 듯 죽은 상태로 평온하면서도 숨을 쉬지 않는 이례적인 상태로 안방에 편안히 존재한다.

그렇다, 숨이 멎었다! 진지하게 말하는데 나의 숨은 완전히 사라졌다. 만일 목숨을 잃었다면 깃털을 움직일 수도 투명한 거울을 더럽힐 수도 없을 것이다. 기구한 운명이여! 발작적으로 솟구친 처음의 슬픔은 어느 정도 완화되었다. 아내와 대화할 수 없게 되었을 때 몇 번 시도해본 덕분에 완전히 없어졌다고 결론 내렸던, 입 밖으로 소리를 내는 힘은 사실상 부분적으로만 제지되었을 뿐이며, 흥분된 위기 상황에서 내가 목소리를 낮추면 나의 감정에 대해 아내와 대화를 이어갈 수 있음을 깨달았다. 숨결이 아닌 목 근육의 발작적인 움직임에 따라 목소리의 정도를 조절하는 것이다.

나는 한동안 의자에 파묻힌 채 명상에 빠졌다. 명상도 그다지 위로가 되지는 않았다. 막연한 최루성 환상이 나의 영혼을 사로잡으며 자살에 대한 생각마저 뇌리를 스쳤다. 그러나 이러한 생각은 경험이 없기에 잘 알지 못하는 것에 대해서 구체적으로 준비하지 않는 인간 본성의 부정적 특징에서 비롯된 것뿐이다. 건강한 폐를 자랑하며 나의 폐 기능의 심약함을 조롱하듯, 살찐 고양이가 양탄자 위에서 가르랑거리고 사냥개들이 탁자 밑에서 쌕쌕거리는 모습을 보며 자살이란 무엇보다 잔혹한 행위라는 생각에 진저리쳤다. 막연한 희망과 두려움이 혼재된 혼란스러운 상태에서 나는 아내가 계단을 내려오는 소리를 들었다. 아내가 이 집 안에 없다는 것은 확실했다. 이 참담한 상황에서도 심장은 다시 고동치기 시작했다.

방 안쪽에서 조심스레 문을 잠근 뒤 나는 열렬히 구석구석 찾아보았다. 내가 찾는 분실물은 외진 구석이나 옷장, 서랍에서 발견될 수도 있다. 수증기 같은 기체거나 고유한 형태를 갖추었을 수도 있다. 철학자들 대부분은 많은 철학적 논제에서 여전히 비철학적이다. 하지만 윌리엄 고드윈은 《맨더빌》에서 '보이지 않는 것은 실재하는 것뿐이다'라고 말했는데, 이 말이야말로 내 상황에 딱 들어맞는다고 할 수 있다. 신중한 독자라면 지나친 부조리라고 비난하기 전에, 아낙사고라스(고대 그리스 철학자. 세상 만물을 자연적 방법으로 이해함 - 옮긴이)를 떠올려 보라. 아낙사고라스는 '눈은 검다'고 주장했고 나도 그렇다고 생각해왔다.

나는 오랫동안 꼼꼼히 수색을 계속했다. 나의 노력과 인내에 대한 보상은 이빨 한 세트, 가짜 엉덩이 두 쌍, 인조 속눈썹 한 짝, 윈디너프 씨가 내 아내에게 보내는 연애편지 한 묶음을 찾아내는 데 그치고 말았다. 여기서, 윈디너프 씨에 대한 내 아내의 사랑을 확인했음에도 조금도 거북하지 않았다고 미리 말해두어야겠다. 나와 전혀 다른 것을 칭송한 래코브레스 부인은 못된 존재임이 분명하다. 잘 알려졌다시피, 나는 살집이 있지만 탄탄한 몸매이며 키는 다소 작다. 아내 래코브레스 부인은 내 친구의 나무 막대기처럼 마른 몸매와 조롱거리가 될 만큼 비쭉한 키를 제대로 평가했어야 했다. 앞서 말했듯 나의 노력은 헛수고였음이 드러났다. 옷장, 서랍을 샅샅이 훑고 구석구석 살펴보아도 아무 소용이 없었다. 하지만 화장 도구가 든 가방을 뒤지다 이름도 고상한 대천사의 그랑장 오일병을 깨뜨렸을 때 성과가 있다고 확신했다. 실례를 무릅쓰고 추천할 만큼

향이 좋은 제품이었다.

나는 무거운 마음을 안고 안락의자에 돌아와 이 나라를 떠날 준비를 마칠 때까지 아내의 눈을 피할 방법을 고민했다. 진작 이 나라를 떠나기로 마음먹었다. 낯선 외국의 환경에서는 나의 재앙을 감출 수 있을 것도 같았다. 깊은 사랑을 이간질하고, 분노할 자격이 충분한 불쌍한 이에게 오히려 비난을 쏟는 처절한 재앙 말이다. 나는 오래 주저하지 않고 재빨리 비극〈메타모라〉(존 오거스터스 스톤의 희곡. 왐파노아그족 추장 메타코멧이 백인들과의 전쟁 끝에 최후를 맞이한다는 내용 – 옮긴이)를 떠올리려 애썼다. 다행히 이 연극 대사의 강세가 떠올랐고 주인공이 말하는 부분을 기억해내고는, 나의 말투가 단점이라고는 전혀 생각할 필요 없으며 이러한 쉰 목소리도 도처에 가득하리라 생각하게 되었다.

나는 한동안 사람들의 왕래가 잦은 습지대의 경계까지 산책하러 나갔다. 양심을 걸고 말하건대, 이는 데모스테네스의 비슷한 행동을 따라 한 것이 아닌 나만의 고유한 습관이다. 상황을 꼼꼼히 따져본 뒤, 내가 갑자기 극적인 열정에 빠져들었다고 아내를 속이기로 마음먹었다. 이러한 점에서 난 기적을 물려받은 셈이다. 모든 질문이나 제안에 비극적인 분위기를 품은 음울한 어조로 대답한다 해도 자연스럽게 들릴 수 있기 때문이다. 그러면 곧 기꺼이 말할 수 있게 될 것이며, 특정 주제에 대해 말할 때도 어느 정도는 이러한 어조를 유지할 수 있을 것이다. 하지만 곁눈질을 하거나 이를 드러낸다거나 무릎을 떨거나

발을 질질 끌며 걷거나 하는 유명 배우의 특징으로 알려진 민
망한 행동을 하는 방식으로 이러한 감정을 표현하는 데 능숙하
지 못하다. 물론 그들은 내가 자유롭지 못하다고 이야기할 것
이다. 신이시여! 그들이 내가 숨을 잃었음은 알아채지 못하게
하소서.

　한참 후 신변을 정리하기 시작했다. 어느 날 아침 일찍 일어
나 지인들에게 이해를 구하는 편지를 쓰고, 중요한 일을 직접
처리하기 위해 시내로 나갔다.

　역마차는 사람들로 가득했다. 하지만 어스름한 여명 속에서
는 동승한 사람들의 얼굴을 알아볼 수 없었다. 나는 몸집이 거
대한 두 신사 사이에 끼어 앉아 꼼짝도 못 하였다. 그중 몸집이
큰 한 명이 내 몸을 짓누르는 것에 대해 양해를 구하고는 바로
잠들어버리는 통에, 고통을 견뎌내며 절로 터져 나오는 비명은
붉게 달아오른 팔라리스의 황소(속이 비어 있는 놋쇠 황소 모형
안에 사람을 집어넣고 불로 달구는 고문 기구 – 옮긴이)의 울부짖음
같은 코골이 소리에 묻혀버리고 말았다. 다행히도 내 호흡 기
능의 상태로는 질식사는 불가능했다.

　도시 외곽이 가까워질 무렵, 동이 터오자 나를 괴롭히던 이
는 일어나 셔츠 깃을 정돈하고는 친절한 태도로 나의 정중함에
감사를 표했다. 다리는 꼬이고 고개는 한쪽으로 꺾인 채 꼼짝도
않는 내 모습을 보고는 불안해하기 시작했다. 책임감 있으며 살
아 있는 동료 여행자들에게 밤사이 죽은 사람을 떠맡았다고 단
호한 어조로 이야기하면서 그들을 자극했다. 그러고 나서는 자

신이 낸 의견의 진위를 입증하기 위해 오른쪽 눈을 때렸다. 이에 따라, 승객들은 마치 자신들의 의무라도 되는 양 잇따라 내 귀를 잡아당겼다. 젊은 견습의 또한 내 입 안에 휴대용 거울을 집어넣고 나에게 숨이 붙어 있지 않음을 확인하자, 박해자의 주장은 진실로 판명되었다. 모든 승객은 장래에도 이러한 부담을 순순히 받아들이지 못하겠지만, 현재로서도 시체를 싣고 갈 수는 없다고 결정했다.

그리하여 나는 마차 왼쪽 뒷바퀴에 양팔이 깔리는 사고보다 더한 일은 당하지 않고, 마침 역마차가 지나는 길에 있던 '까마귀'라는 선술집 간판 앞에 버려졌다. 그리고 나서 마차꾼은 정당한 일을 했다고 말해둬야겠다. 마차꾼은 나를 던진 뒤 잊지 않고 나의 큰 여행 가방도 던졌는데, 불행히도 내 머리 위에 떨어지는 바람에 흥미롭고 특이한 방식으로 두개골이 골절되고 말았다. '까마귀' 주인은 친절한 사람으로, 내 여행 가방에 아무 문제 없이 그에게 보상할 만큼의 돈이 있다는 사실을 확인하고는 나를 거둬들였다. 그러더니 알고 지내는 의사에게 연락을 취한 뒤, 10달러짜리 청구서를 동봉하여 조심스레 나를 의사 집으로 옮겼다.

구매자는 나를 자기 방으로 데려가더니 즉시 수술을 시작했다. 나의 귀를 자르고 나서야, 의사는 내가 움직인다는 징후를 발견했다. 의사는 종을 급히 울려 이웃에 있던 약제사를 불러 이러한 위급 상황을 협의했다. 내가 살아 있을지도 모른다는 의사의 의심이 결국 정확했다고 밝혀질 즈음에는 은밀히 해부를 시행할 목적으로 이미 나의 복부를 절개하여 내장을 제거

해버린 상태였다. 약제사는 내가 정말로 죽었다고 생각했다. 나는 약제사의 생각이 틀렸음을 입증하기 위해 의사가 작업하는 동안 온 힘을 다해 발길질을 하고 처절하게 몸을 뒤틀었다. 이렇게 애쓴 덕분에 내 장기를 되찾을 수 있었다.

모든 것은 약제사가 가져온 전기 충격기 덕분이다. 약제사는 아는 것이 많은 사람으로 몇 가지 흥미로운 실험을 했는데, 그 중 몇몇은 상당히 흥미롭기는 했지만 나에게는 다소 고생스러운 과정이었다. 따라서 내 고난을 전달하기 위해 대화를 시도하였으나 말하는 능력이 중단되어 입을 벙긋할 수도 없었다. 다른 상황이었다면 기발하지만 상상으로나 가능한 이론에 대해 대답하며 히포크라테스의 병리학에 대한 지식으로 논박할 수 있었을 것이다.

의사는 나에 대한 어떤 결론도 내릴 수 없었기 때문에, 더 이상 나를 해부하지 않고 내버려 두기로 했다. 그러고 나서 다락방으로 옮겨졌다. 의사 아내가 나에게 속바지를 입힌 뒤 스타킹을 신겼고, 의사는 손을 묶고 손수건으로 입을 막았다. 그리고는 방 바깥에서 문을 잠그고 나를 침묵과 명상 속에 홀로 남겨둔 채 서둘러 저녁 식사를 하러 갔다. 그제야 나는 입이 손수건으로 묶여 있지 않았더라면 말을 할 수 있었을 거라는 사실을 깨닫고 몹시 기뻤다. 이러한 상상으로 나 자신을 위로하며 잠들기 전의 습관처럼 속으로 〈주의 편재編在〉 몇 구절을 읊조린다. 그때 욕심 많은 눈빛으로 시끄럽게 울어대는 고양이 두 마리가 벽에 뚫린 구멍으로 들어와 다락방 벽에 걸린 카탈라니의 초상화 쪽으로 펄쩍 뛰어오르더니, 나의 얼굴을 쳐다보고는 시시한 내 코를 두고 보기 흉한 싸움을 벌였다.

페르시아의 제사장은 귀를 잃어 페르시아 제국 키루스의 왕좌를 물려받았고, 조피르는 자신의 코를 베어 바빌론을 얻었다. 따라서 내 얼굴에서 몇 그램을 잃는다 해도 육체의 구원을 얻을 수는 있을 것이다. 나는 고통을 느끼고 분노에 불타올라 단번에 포박을 풀어버렸다. 방 안을 걸으며 경멸 섞인 시선으로 공격자들을 흘낏 쳐다본 뒤, 공포와 실망이 뒤섞인 그들 앞에서 창문을 활짝 열어젖히고는 창밖으로 몸을 던졌다.

바로 그때, 한 죄수가 감옥에서 마을 외곽에 있는 처형장으로 향하는 길이었다. 죄수는 오랫동안 병을 앓아 건강 상태가 좋지 않았기에 쇠고랑을 차지 않는 특권을 누리며 내가 걸친 것과 비슷한 죄수복을 입고서 교수형 집행인이 끄는 수레에 누워 있었다. 내가 뛰어내리려는 그 순간 의사의 집 창문 아래에서 벌어진 상황이었다. 졸고 있는 마부와 제6보병연대의 술 취한 신병 두 명 외에 다른 간수들은 없었다. 불행히도 내가 마차에 떨어져 바로 일어나자마자, 죄수는 뒤쪽으로 빠져나가 골목 사이로 눈 깜짝할 사이에 사라졌다. 병사들은 어찌할 바를 모르고 야단법석을 떨어냈다. 하지만 자기들 눈앞에 악당을 대체할 한 남자가 수레에 서 있는 모습을 보고 서로 의견을 주고받았다. 어찌된 일일까? 술을 한 모금 마시더니 소총 개머리판으로 나를 기절시켰다.

곧 목적지에 도착했다. 물론 나를 변호할 기회는 없었다. 교수대에 매달리는 것은 이제 피할 수 없는 운명이었다. 나는 절반은 짜증이 치솟고, 절반은 욕을 퍼붓고 싶은 감정을 느끼며 거기서 체념하고 말았다. 견유학파(고대 그리스 철학의 유파. 금욕주의를 주장하며 개처럼 살고자 하였기에 이 같은 이름이 붙음 - 옮긴이)는 아니지만 개가 된 듯한 기분이 들었다. 교수형 집행인은 내 목에 올가미를 걸었다. 그러고는 툭 떨어졌다.

교수대 위에서 내가 느낀 감정을 세세히 말하고 싶은 마음을 억누르겠다. 간단명료하게 말할 수도 있겠지만, 잘했다고는 할 수 없는 이야깃거리 아닌가. 사실 이 같은 주제에 대해 글을 쓰기 위해서는 교수형을 당해보아야 한다. 모든 작가들은 제한된 경험밖에 할 수 없다. 그리하여 안토니우스는 음주에 대한 글을 쓴 것이다. 나는 그때도 아직 죽지 않았다고 말할 수 있다. 숨을 멈추자 나의 육체는 풀려났다. 왼쪽 귀 아래에 매듭이 없었더라면 불편했을지도 모른다. 바닥에 툭 떨어지면서 내 목을 갑자기 잡아당긴 것은 역마차에서 만났던 뚱뚱한 신사로, 비틀린 관절에는 별다른 도움이 되지 못했다.

내가 군중에게 충격을 안기기 위해 최선을 다한 데는 그럴듯한 이유가 있다. 내가 일으킨 경련은 굉장했고 발작은 멈추지 않을 것 같았다. 군중은 환호했다. 신사 몇 명은 기절했고 수많은 숙녀들은 히스테리를 일으키며 집으로 실려 갔다. 화가는 그 자리에서 자신이 숭배하는 그림 〈산 채로 살갗이 벗겨지는 마르시아스〉의 스케치를 수정할 기회를 얻었다. 내가 충분한 볼거리를 제공하고 나자 나의 몸은 교수대에서 내려졌다. 불행히도 내가 알지 못했던 사실은 진짜 범죄자를 다시 찾았다는 것이다. 물론 많은 이들이 나를 동정했지만 아무도 나의 시신을 수습하려 하지 않아, 지하 묘지로 보내졌다.

어느 정도 시간이 흐른 뒤 나는 지하 묘지에 안치되었다. 이제는 일꾼들도 떠나고 나 홀로 남았다. 그 순간 마스턴(영국의 풍자 시인이자 극작가 겸 목사 – 옮긴이)의 〈불평주의자〉 한 구절이 거짓말처럼 또렷이 떠올랐다.

　죽음은 좋은 친구, 집을 언제나 열어놓고 있지.

　나는 관 뚜껑을 밀어내고 밖으로 걸어 나왔다. 그곳은 지독하리만치 음울하고 눅눅했고, 나는 지루함에 몸부림쳤다. 신나는 기분이 사라지자 수많은 관을 손으로 일일이 더듬으며 움직여보았다. 나는 관을 하나씩 내려놓고 뚜껑을 부수어 열고는 그 안에 있는 죽은 이들에 대해 추측해보았다.

　퉁퉁 부푼 사체에 걸려 넘어지면서 혼잣말을 중얼거렸다.
　"이자는 말이지, 어떤 말을 동원해도 불행한 사람이었다고밖에 할 수 없겠군. 이 끔찍한 작자는 걷는다고 하기보다는 뒤뚱거리며 인간이라기보다는 코끼리처럼, 아니 인간이 아니라 코뿔소처럼 인생을 살았겠지. 뭔가를 타려는 시도는 허사로 돌아갔을 테고, 빙글빙글 도는 행위도 할 수 없었겠지. 한 걸음 내딛으면 오른쪽으로 두 걸음, 왼쪽으로 세 걸음 비틀거렸을 거고 말이야. 관심사도 조지 크래브(영국의 사실주의 시인. 그는 앞으로 똑바로 걷지 않았다고 함 – 옮긴이)의 시에 국한되었겠지. 피루엣을 할 생각도 못했을 테고, 빠 드 빠삐옹(발레 스텝 – 옮긴이)은 추상적인 개념에 불과했을 거야. 이자는 한 번도 산 정상에 올라보지 못했겠군. 첨탑에 올라 도시의 전경을 본 적도 없을 테지. 더위는 저자의 최대의 적이었겠어. 한여름에는 정말 개처럼 헐떡거렸겠군. 엎친 데 덮친 격으로, 그런 날이면 더위에 질식하는 꿈을 꾸었겠지. 그래, 한마디로 말하면 숨이 막혔을 거야. 관악기를 연주한다는 건 사치였겠지. 그는 자동 부채, 풍차 날개, 환풍기를 발명했을 거고, 풀무 제작자 듀폰을 후원했을 거야. 그리고는 시가를 피우려다가 끔찍하게 죽음을 맞이했겠지."

통통한 사체는 내가 진심으로 동정하며, 깊이 흥미를 느낀 사례였다. 키가 크고 여윈 기이한 외모의 소유자가 누워 있는 관을 끌면서 말을 이었다. 그의 놀라운 외모에서는 반갑지 않은 친숙함이 느껴졌다.

"여기, 이자는 동정받을 자격조차 없는 비열한 작자로군."

그 대상을 보다 자세히 살펴보기 위해 엄지와 검지로 그의 코를 잡아당겨 앉은 자세로 만들어놓은 뒤 내 팔로 고정하는 독백을 이어갔다.

"이자는 동정받을 자격조차 없어. 그 누가 그림자를 측은히 여기겠는가? 게다가 죽었을 때 충분히 신의 가호를 빌어주지 않았던가? 이자는 큰 건축물, 탄환 제조 탑, 피뢰침, 롬바르디아 포플러 숲의 시조이지. 〈음영론〉 덕분에 불멸의 존재가 되었고, 뛰어난 능력을 발휘하여《사우스 박사의 뼈 이야기》최종본을 편집하기도 했어. 이자는 어린 나이에 대학에 입학하여 기체역학을 공부했고, 그 후 집으로 돌아와 끊임없이 이야기하며 프렌치호른을 연주하고 백파이프를 장려했어. 타임에 대항하며 걸었던 캡틴 바클레이도 이자를 능가할 수는 없었을 거야. 가장 좋아하는 작가는 윈덤과 올브레스이고, 예술가는 피즈였어. 이자는 연기를 들이마시고 멋지게 죽었지. 히에로니무스의 서간집에 나오듯, '가벼운 바람에도 다치기 쉬운' 존재처럼 말이야. 정말이지 이자는…."

"당신은 어쩌면 그리할 수 있소? 대체 어쩌면 말이오."

내가 비난을 퍼부은 대상이 숨을 몰아쉬더니 턱에 감긴 붕대를 찢으려 애쓰며 말을 막았다.

"래코브레스 씨, 당신은 어쩌면 그리 지독하리만치 잔인하게 내 코를 잡아당길 수 있소? 그들이 내 입을 어떻게 묶어놓았는지 보지도 못했소? 만일 당신이 아무것도 모른다면 알아둬야 할 것이 있소. 내가 얼마나 많은 숨을 처리해야 하는지 말이오. 그럼에도 모르겠다면 앉아보시오. 내 상황에서는 입을 열어 자세히 말할 수 있고, 당신 같은 다른 사람과 대화할 수 있다는 사실에 굉장히 안도감을 느낀다오. 그리고 당신이 신사가 하는 이야기를 방해하리라고는 생각하지 않소. 말하는 도중에 끼어드는 행위는 짜증스러울 뿐만 아니라, 의심할 여지도 없이 뿌리 뽑아야 하오. 그렇게 생각하지 않소? 답이 없군. 부탁하건대 한 번에 한 사람씩 말하도록 합시다. 내 얘기는 곧 끝날 테니 그다음에 당신이 시작하시오.

당신은 어쩌다 이곳에 들어온 거요? 내가 얼마 동안 여기 있었는지 말하지 마시오. 그건 끔찍한 사고였다오! 그 사고에 대해서는 들어봤겠지? 정말이지 끔찍한 재앙이었소. 좀 전에 당신이 서 있었던 창문 아래를 걸을 때였지. 아마 당신이 수술대 위에 있을 무렵이었을 거요. 그때 무서운 일이 벌어졌소. '숨을 잡아!'라는 소리를 들은 거요. 당신은 잠자코 있으시오! 나는 다른 이의 숨을 잡았소. 나 자신의 것도 지나치게 많은데 말이오. 그때 모퉁이에서 브랩을 만났소. 브랩은 도망치던 중이었지. 하지만 입을 열 기회도 잡지 못했소. 일언반구도 할 수 없었던 거요. 그때, 갑자기 간질 발작이 일어났소. 브랩은 그대로 도망쳐버렸지. 빌어먹을 놈 같으니라고! 사람들은 나를 시체로 여겨 이곳에 집어넣은 거요. 모두 그렇게 생각했지. 당신이 나에 대해 이야기하는 것을 모두 들었소. 모두 거짓이오! 끔찍하고, 충격적이고, 이해할 수 없는 이야기요! 어쩌고저쩌고 어쩌고저쩌고…."

예기치 못한 연설에 내가 얼마나 놀랐는지 숨길 수 없었다. 기쁘게도, 내가 이웃인 윈디너프라고 금방 알아본 그 신사가 붙잡은 숨은 사실 내가 아내와 대화하던 중 놓쳤던 것과 똑같은 날숨임을 확신하게 되었다. 의심할 여지 없이, 시간과 장소, 환경이 '숨'을 더욱 확실한 문제로 만들었다. 나는 롬바르디아 포플러 숲의 시조가 오랫동안 나에게 설명을 늘어놓도록 내버려 두지 않았다.

이러한 관점에서 나는 뛰어난 장점인 신중함을 발휘하며 행동했다. 숨을 유지하는 데는 아직 어려움이 많았고, 나의 처절한 노력만이 이를 극복할 수 있었다. 많은 사람은 자신의 소유물 중에 물건만을 평가하곤 한다. 하지만 소유주에게 무가치한 것들, 골칫거리나 고통은 성공이나 포기를 통해 얻은 이익과 정비례한다. 윈디너프 씨와의 경우도 그렇지 않은가? 현재 윈디너프 씨가 기꺼이 제거하려는 숨에 대한 염려를 내보이며, 그에게 탐욕을 버리라고 할 수도 있지 않을까? 세상에는 악당들이 있으며, 한숨 쉬며 기억하건대, 악당들은 이웃과 불공평하게 기회를 겨루는 데에서 양심의 가책을 느끼지 않고(에픽테토스가 한 말이다), 인간은 자기 자신이 가진 재앙의 부담에서 벗어나기를 열망하지만 타인이 해방되기를 바라지 않는다.

나는 윈디너프의 코를 여전히 쥔 채, 이러한 생각에 맞추어 대답하는 편이 적절하겠다는 생각이 들었다. 깊이 분노한 어조로 말문을 열었다.

"괴물! 괴물, 과호흡 멍청이! 부당하게 그대는 두 배로 호흡한다는 저주를 받았지. 그대는 뻔뻔스럽게도 오랜 친구가 쓰던 익숙한 말투로 나에게 연설했소. 과연 모두 거짓일까? 어쨌든 확실히 잠자코 있었소! 한 번 호흡하는 신사에 대한 정말 멋진 이야기지! 이상은 모두, 내가 힘닿는 대로, 당신이 겪은 재앙에서 벗어나고 당신의 불행한 과호흡을 줄인 뒤에 할 얘기요."

나는 브루투스처럼 한숨 돌리고 나서 대답했고, 윈디너프는 회오리바람처럼 즉시 나를 압도했다. 주장에 맞서는 주장이 연이어 나오고 사죄에 대한 사죄가 이어졌다. 윈디너프가 따르려 하지 않는 규정은 없었고 내가 활용하지 못할 것도 없었다.

마침내 사전 준비를 마치고 윈디너프 씨는 나에게 숨을 주었다. 이에 대한 영수증은 꼼꼼히 따져본 뒤에 나중에 윈디너프 씨에게 주기로 했다. 많은 이들이 이렇게 피상적이고 미묘한 거래에 대해 두루뭉술한 태도로 말하는 것에 대해 비난하리라는 것은 나도 잘 안다. 이 사건을 자세히, 깊이 파고들었어야 한다고 생각할 수도 있다. 이것이 정말 사실이라면 과학 분야에서 흥미로운 지류에 새로운 빛이 비쳤을 수도 있다. 이 모든 것에 대해 대답해줄 수 없어 유감이다. 한 가지 힌트만이 내게 허락된 유일한 답변이다. 여러 사정이 있지만 이런 민감한 문제에 대해 될 수 있으면 말하지 않는 편이 안전하겠다는 생각이 든다. 그렇다, 정말 민감한 문제라서, 제3자의 관심을 끌어 격렬한 분노를 사고 싶지 않다.

우리는 오래지 않아 지하 묘지에서 탈출하는 데 필요한 협의를 마쳤다. 되찾은 목소리로 힘을 모은 결과는 충분히 위력적이었다. 휘그당(영국 최초의 근대적 정당 - 옮긴이)의 편집자 시저스는 '지하 소리의 근원과 본질'에 대한 논문을 다시 출간했고, 민주당 관보 칼럼에서는 답변, 응수, 논박, 정당화라는 과정이 이어졌다. 결국 그들은 이러한 논란을 끝내기 위해 묘지 문을 열었고, 나와 윈디너프가 모습을 드러내면서 양당 모두 틀렸음이 판명되었다.

이 파란만장한 인생의 기이한 여로에 대한 자세한 이야기를 마치기 전에, 무차별적으로 철학을 받아들이는 것은 보고 느끼거나 완전히 이해할 수 없는 재앙이라는 화살에 맞서는 확실한 방패로써 유용하다는 사실을 독자들에게 다시 한 번 강조해야겠다. 고대 히브리인들은 죄를 지은 자든 좋은 폐와 자신감을 가진 성자든 '아멘'이라고 외치기만 한다면 누구에게나 천국의 문의 열린다고 믿었다. 아테네에 역병이 창궐했을 때였다. 역병을 퇴치하기 위해 모든 방법을 동원해보았지만 허사였다. 이때 라에르티오스의 《유명한 철학자들의 생애와 사상》 2권에 쓰인 것처럼, 에피메니데스는 신전과 사원을 세워 '적절한 신'에게 바치라고 조언하였다.